KB200987

협俠의 전통과 한국 문학

순천향인문진흥총서
11

협俠의 전통과 한국 문학

순천향대학교
인문학진흥원 편

5월 14일[illegible]

루이빌 오후

리즈 박사님께

저는 한국을 위협히 떠나서 [illegible] 거치 크리스마스 이침에 미국에 도착했습니다. [illegible] 습니다. 박사님께 글 다시 편지를 쓰며 제가 귀국한 [illegible] 세히 말씀드리겠습니다. 저는 이곳 루이빌에 당분 [illegible] 다. 박사님께 부탁하는데요, 그곳이 교수에 지원 했 [illegible] 오하이오 루이빌 [illegible] 요청해 주시기 바랍니다.

진심을 담아서

호머 헐버트

[illegible] 115 [illegible]

간행사

옛날 어떤 가난한 사람이 친구 집을 찾아가 술에 취해 잠들었다. 마침 볼일이 있어 주인은 친구를 두고 외출해야 했다. 집주인은 가난한 친구를 생각해 값을 매길 수 없는 구슬을 잠든 친구의 옷 속에 달아주고 갔다. 잃어버리지 않고 언제든 그것을 꺼내서 쓸 수 있도록 한 것이다. 술에서 깬 가난한 친구는 그 사실을 모르고 궁핍하게 생활했다. 후에 옛 친구를 다시 만나게 되었다. 가난한 친구의 모습은 더 초라하고 궁핍해 보였다. 구슬을 매달아 주었던 친구가 말했다. "네가 고생할까 봐 값비싼 구슬을 주었거늘 왜 아직도 그렇게 살고 있는가?"라고 했다. 영문을 모르는 가난한 친구는 무슨 말이냐고 했다. 이에 친구에게 전후 사정을 설명하고 입고 있는 옷 속을 보라 하니 그 보석이 여전히 있었다. 이에 "너는 그것을 모르고 의식주를 해결하기 위해 고생하고 구차하게 살고 있구나. 이제라도 구슬로 필요한 것들을 사들인다면 풍족한 생활을 할 수 있을 것이다"라고 했다.

『법화경(法華經)』의 「오백제자수기품(五百弟子授記品)」에 나오는 이야기다. 자신이 가진 귀중한 것의 존재를 모르고 밖에서만 값진 것을 찾는 중생의 어리석음을 비유하고 있다. 사실 우리의 삶은 거창한 신념이나 가치로만 이루어지지 않는다. 매 순간의 보잘 것 없고 사소한 것들과의 관계와 경험이 삶을 구성한다. 주변의 작은 것들에서 소중한 가치를 얼마나 찾아내는가에 삶의 의미가 존재한다.

한국 고전문학을 전공한 사람으로서 문학사의 큰 흐름만 보려고 했다. 보잘 것 없다고 여겨지는 것들에는 눈을 주려고 하지 않았다. 고급한 연구자라면 그와 같은 연구 태도를 가지는 것이 마땅하다고 생각했다. 그런데 과연 그러한가. 이른바 저급한 작품들에 많은 사람들이 깊이 빠져 들어 정신없어 읽고 또 읽었음에도, 고급한 연구자라는 미명하에 보잘 것 없어 보이는 작품들을 치지도외(置之度外)하는 것이 온당한가. 그렇지 않을 것이다. 작고 보잘 것 없어 보여도 그 가치를 찾고 의미를 부여해야 한다.

무협소설이 그러하다. 무협소설은 그 출발이 한국 문학의 본령과는 거리가 먼 어떤 것이었다. 중국 대중소설의 번역 혹은 의역에 불과하였다. 〈정협지(情俠誌)〉, 〈군협지(群俠誌)〉, 〈비로(飛虎)〉 등이 모두 그러하다. 게다가 이들을 잇는 수많은 무협소설은 작가 의식이 결여된 저속한 짜깁기로, 그리고 정식 출판도 되지 않는 인쇄물로 대서점(貸書店)과 만화방에서만 유통되었다. 문학 정신과는 거기가 먼, 이른바 B급 문학이었다. 그래서 그런지 제대로 된 연구나 자료 보존을 위한 노력이 따르지 않았다. 그저 간헐적인 연구와 함께, 자료의 수집 및 정리의 필요성이 제기되었을 따름이었다.

무협소설은 우리 문화 영역의 박석(薄石)과 같은 존재였다. 그것은 K-culture의 문화적 재화가 되고 심미적 토양이 되었다. K-culture 확산의 토양을 제공하고 선도함으로써 통속문학의 영역을 명시적으로 확장했다. 이는 현재 무협소설이 웹소설, 웹툰, 게임, 영화 등의 다양한 매체에서 선협, 환협 등으로 전환되고 있는 것에서도 드러난다. 무협소설은 한국 문화 산업의 한 축으로 굳건하게 자리 잡았다. 무협소설은 결코 홀시해서는 안 되는 한국 문화의 큰 자산이다.

이에 순천향대학교 인문학진흥원은 무협소설의 한국 문학적 전통을 찾고 그것이 어떤 의미를 갖는지를 살펴보려 했다. '협俠의 전통과 한국 문학'을 인문학총서로 기획하고 발간하는 까닭이다. 하지만 이런 의도가 어느 한 사람의 선언으로 이루어질 수 없다. 무협소설과 같이 열악한 연구 생태계에서는 더욱 그렇다. 무협소설 관련 인문학총서의 기획과 발간은 모두가 집필진으로 참여하신 연구자들의 기꺼운 허락 덕분이다. 이 자리를 빌어 의미 있는 책의 발간에 참여하신 이남면, 신호림, 이주영, 정하정, 홍우진 교수님께 감사드린다. 또한 총서 발간과 관련하여 온갖 궂은 일을 도맡아 처리해 주신 오원근 부원장님, 강지은 교수님 그리고 보고사 편집부 여러분께도 깊이 감사드린다. 책의 발간이 무협소설 연구의 초석이 될 수 있기를 기대한다.

2025년 2월

인문학진흥원장 전성운

차례

메타모포시스(Metamorphosis)의 현장

-〈정협지(情俠誌)〉와 영웅소설을 중심으로-

전성운

1. 머리말

문화 및 문화 현상은 다양한 요소의 중층 복합에 따른 결과(물)이다. 그렇기에 특정 문화 요소가 단일한 전통 혹은 전승 맥락을 지닐 것이란 기대를 지닌 채 문화 요소의 계통을 추적하는 것은 사실상 낭만적 환상에 가깝다. 실재하는 문화 및 문화 현상은 알 수 없을 정도로 복잡하게 얽혀 있으며, 가시적 연속을 넘어서는 존재(물)일 따름이다.

그것은 고전소설 역시 마찬가지이다. 고전소설이 특정한 현대 서사 갈래로 계승되었을 것이란 생각은 천진하다. 그럼에도 고전소설 전공자로서 다음과 같은 생각을 품게 되는 것 또한 자연스럽다. 고전소설 가운

* 전성운, 「메타모포시스(Metamorphosis)의 현장-〈情俠誌〉와 영웅소설을 중심으로」, 『고전문학연구』 第66집, 한국고전문학회, 2014.

데 영웅소설과 유관한 서사적 전통은 어디에 있는 것일까. K-culture의 저변 혹은 그것의 어느 국부(局部)에서나마 영웅소설의 전통이 존재하며, 그것을 가시적으로 확인할 수 있지 않을까? 그러나 이런 의문에도 불구하고, 그 전통의 구체적 양상을 현대소설이나 웹소설, K-culture 문화(현상)의 어떤 분야에서 명백하게 적시해내지는 못한다. 단지 영웅소설 가운데 특정 작품의 활용 양상을 찾아낼 수 있을 뿐이다.

그런데 이런 기대가 완전히 무리가 아니라면, 다음과 같은 질문을 이어 던질 수는 있다. 영웅소설 수용의 전통을 확인할 단서 즉, 가시적 혹은 역동적 전변(轉變)이 일어나는 지점은 있을까. 있다면 그곳에서는 무슨 일이 일어났을까? 즉 영웅소설의 문제적 연속성 이른바, "역동적 전위(轉位)"가[1] 존재한다고 가정할 때 그것의 구체적인 양상은 어떠한가.[2] 영웅소설의 표징(表徵)이 뚜렷하지 않을 수 있지만 K-culture의 어딘가에는 그와 유관한 문화 요소가 산포(散布)하거나 그 형색(形色)을 확연히 바꾼 채라도 존재하리라고 추단할 수 있다면, 그것이 꼴과 색을 바꾸어 K-culture의 저변에 자리잡아 가는 지점을 찾고 그 구체적 양상을 살펴야 할 것이다. 이른바 메타모포시스(Metamorphosis)의 현장을 고찰할 필요가 있다.

---

1 김흥규, 『한국문학의 이해』, 민음사, 1986, 201면.

2 본고는 "변화, 갱신은 살아 있는 사회와 문화의 본질"이며 "자기 갱신과 초극의 문제적 연속성을 중요한 사항으로 밝혀야 한다"는 주장에 동의한다. 다만 변화와 갱신의 양상을 이해하려는 것이 '주체'와 '자기'의 틀에서 "각 시대의 문학이 계승·반발·변이·전환의 역사적 계기들을 통해 어떻게 맺어져 있는가를 밝히는 시각"(김흥규, 위의 책, 204면)은 아니다. 오히려 수용자로서 욕망 주체의 문학적 기호(嗜好)와 그 분자화된 흐름—그것의 역사적 계기일 수는 있지만—이 맺어져 이루어내는 변이(變異) 현상이라 여긴다. 그리고 이런 현상은 문학적 기호의 연속적 흐름과 그것이 만들어내는 문학 현상으로서의 새로운 갈래나 유형의 출현, 즉 메타모포시스(metamorphosis) 현상으로 본다.

본고는 이런 가정을 전제로 영웅소설의 서사적 표징과 역사적 근사성(近似性)을, 무협소설 〈정협지(情俠誌)〉를 사례로 삼아 고찰하려 한다.[3] 사실 영웅소설의 서사적 수용의 흐름은 다기(多岐)한 양상을 보인다. 일단 무협소설의 측면에서만 보아도 선협(仙俠)이나 환협소설(幻俠小說), 슈퍼 히어로물, 게임물 등이[4] 있다. 그러나 제한된 논의에서 모든 흐름과 현상을 낱낱이 살필 수는 없다. 〈정협지〉를 특정하여 살펴보려 하는 이유이다.[5]

---

3 영웅소설과 무협소설의 관계를 직접 거론한 경우는 그리 많지 않다. 이치수는 〈홍길동전〉이나 〈임꺽정〉과 같은 한국 의적 소설의 전통이 중국 무협소설이 거부감 없이 수용될 수 있었다고 했으며, 이진원은 영웅소설 가운데 〈사각전〉, 〈권익중전〉, 〈홍길동전〉, 〈전우치전〉 등을 무협소설로 여겨야 한다고 했다. 또한 조성면은 이재학의 무협만화가 영웅소설의 구조와 문법을 충실하게 계승하고 있거나 적극적으로 차용하고 있다고 했다. 그러나 이들이 그 관련성을 구체적으로 따져 보지는 않았다(이치수, 「중국무협소설의 번역 현황과 그 영향」, 대중문학연구회 저, 『무협소설이란 무엇인가』, 예림기획, 2001, 69면; 이진원, 『한국무협소설사』, 채륜, 2008, 54~71면; 조성면, 「무협만화의 영웅소설, 또는 꿈과 전망을 잃어버린 시대의 대중적 서사시」, 대중문학연구회 저, 『무협소설이란 무엇인가』, 예림기획, 2001, 333면).

4 선협은 신선(神仙)과 협행(俠行), 환협(幻俠)은 도술을 비롯한 각종 판타지와 협행이 결합된 서사물을 가리키며, 슈퍼 히어로물은 일반적 인간의 능력 범위를 넘어서는 존재가 펼치는 영웅적 행동과 관련된 서사물을 지칭한다. 이들 외에 각종 게임물에서 영웅소설의 서사구조나 인물 형상을 캐릭터화 양상을 확인할 수 있다.

5 이런 고찰에는 무협소설이 K-culture의 저변을 이루는 '그 무엇' 가운데 하나의 요소라는 전제가 존재한다. 무협소설은 21세기 이후 지속적인 확장성을 보인다. 특히 웹소설, 웹툰, 게임, 드라마, 영화 등의 저변에 무협소설이 존재한다. 실제로 2019년 4월 15일부터 현재까지 네이버에 연재(주3회) 중인 〈화산귀환〉은 1785화에 이르고, 누적 조회 수는 6억 5천만 뷰를 넘었으며 웹툰과 웹소설로 연재, 출판되기도 했다.

2. 〈정협지〉의 번역 양상

〈정협지〉는 무협소설이라는 새로운 유형이 성공적으로 정착할 수 있게 한 단초 작품이다. 『경향신문』에서 연재가 진행되는 중에 〈정협지〉(신태양사, 1962) 첫 권이 단행본 출판되었다. 이는 〈정협지〉의 대유행 덕분이다. 김현은 〈정협지〉의 성공과 무협소설의 유행을, “이 소설은 소위 한국에서 무협소설 붐을 일으키게 한 최초의 서적이다. 〈정협지〉가 나온 2, 3년 후까지 비교적 조용하던 무협소설계는 2년 전의 〈군협지(群俠誌)〉 발간과 『동아일보』 지상에 연재된 〈비호(飛虎)〉를 통해 급속도로 팽창한다”고[6] 했다. 이처럼 〈정협지〉는 무협소설이란 새로운 유형의 서사 갈래를 안착시키는 데 기여했다.

그렇다면 〈정협지〉는 어떤 방식으로 번역되었고, 그것이 독자에게 열렬하게 수용될 수 있었던 까닭은 무엇인가. 김광주는 『경향신문』에 1961년 6월 15일부터 1963년 11월 23일까지 총 810회에 걸쳐 〈정협지〉를[7] 번역 연재했다. 후에 신태양사(新太陽社)(1967, 전3권), 신태양사(전5권, 1974), 범양사(전5권, 1981), 청목(전5권, 1984), 한국출판공사(전5권,

---

6 김현, 「무협소설은 왜 읽히는가-허무주의의 부정적 표출」, 『현대한국문학의 이론/사회와 윤리』, 문학과 지성사, 1991, 227면.

7 최초로 번역된 무협소설이 〈정협지〉가 아니라, 〈강호기협전〉(박건병 역, 1931)과 〈무술원조 중국외파무협전〉(이규봉 역, 1934)이라는 연구가 있다(고훈, 「1930년대 한국 무협소설연구-〈강호기협전〉과 〈무술원조 중국외파무협전〉을 중심으로-」, 『어문론집』 90, 중앙어문학회, 2022, 165~184면). 그러므로 〈정협지〉에 최초라는 수식은 붙일 수는 없다. 그렇다고 무협소설사에서 〈정협지〉가 끼친 영향과 의의가 달라지지는 않는다. 〈무술원조 중국외파무협전〉은 본격 무협소설이라 할 여지가 충분치 않으며, 〈강호기협전〉은 별다른 인기를 끌지 못한 채 전체 분량의 1/10정도[60회]의 번역에 그쳤다(이진원, 앞의 책, 2008, 89~99면; 고훈, 「〈무술원조 중국외파무협전〉 연구」, 『대중서사연구』 29, 대중서사학회, 2013, 172~173면).

1985), 생각의 나무(전6권, 2002) 등에서 단행본으로 거듭 출간되었다. 〈정협지〉의 원작은 대만의 위지문(尉遲文)이 쓴 〈검해고홍(劍海孤鴻)〉이며[8] 모두 10집, 38장으로 구성되어 있다.

〈정협지〉는 〈검해고홍〉의 번역/번안이나 재창작[9] 혹은 창작역이라고만[10] 소개되는 경우가 대부분이며,[11] 번역 양상에 대한 본격적인 고찰은 이루어지지 않았다. 〈정협지〉는 기본적으로 원작 〈검해고홍〉의 구성과 서사 전개를 충실하게 따랐다. 등장인물, 사건, 배경, 장(章)의 구분 방식 등이 원작과 다르지 않다. 그러면서도 인물의 심리 묘사, 배경이 되는 장소의 묘사, 사건 서술의 구체적 방식, 장명(章名)과 장의 구분 지점 등에 있어서는 일정한 변화를 보였다. 신문 연재 과정에서 발생하는 분량의 문제와 함께 독자 수용을 배려한 까닭이다.

먼저 주목할 것은 제목의 변화이다. 원작의 〈검해고홍〉이란 제목은

---

8 본고에서는 臺灣華文電子書庫(Taiwan-eBook)의 〈劍海孤鴻〉 영인본과 생각의 나무(2002)에서 출판된 〈정협지〉를 활용하였다. 臺灣華文電子書庫에는 〈검해고홍〉(전10집) 가운데 제5집이 없다. 〈검해고홍〉은 제5집이 일실된 상태다. https://taiwanebook.ncl.edu.tw/en/search/all/; 김광주, 〈정협지〉, 생각의 나무, 2002.

9 육홍타는, "〈검해고홍〉은 50면 남짓한 짤막한 작품이었으나 정협지는 무려 810회나 연재했을 만큼 분량이 늘어났다"고 하면서 "〈정협지〉는 제목뿐만 아니라 내용도 원작과는 상당한 거리가 있어서 거의 재창작에 가까웠다"고 했다. 그러나 그런 설명의 근거는 제시하지 않았다(육홍타, 「시장 측면에서 본 한국 무협소설의 역사」, 대중문학연구회 저, 『무협소설이란 무엇인가』, 예림기획, 2001, 122면).

10 명환은 〈정협지〉 번역을 두고, "김광주의 유려한 필치가 돋보여 창작역의 성격이 더 뚜렷하다"고 했다. 한명환, 「무협소설의 환상성 고찰: 김광주 '정협지' 화소분석」, 『현대소설연구』 12, 2000, 66면.

11 윤재민은 〈정협지〉의 번역이 갖는 유통사적 의미를 초국가적 냉전 문화의 측면에서 살폈다. 〈정협지〉와 원작 〈검해고홍〉, 그리고 제목이 바뀐 〈玉珮金犀〉(台北: 四維出版, 2014)의 유통을 초국가적 생산 양식과 관련된 연결성 문제의 측면에서, 주인공 노영탄을 냉전 통치에 호응하는 기화론적 신체 표상으로 독해했다. 윤재민, 「초창기 한국 냉전 문화와 유행의 신체 1954-1964」, 동국대학교 박사학위논문, 2021, 146~178면.

작품이 무협소설임을 분명히 한 것으로, 무협소설이 성행하던 대만의 출판 상황을 반영하였다. 〈검해고홍〉 각 장(章)이 끝난 부분이나 판권지 앞에는 출판되었거나 앞으로 출판될 무협소설에 대한 소개가 있다.[12] 이것은 대만에서는 이미, 무협소설의 서사 문법이나 갈래 특성이 독자에게 충분히 알려졌다는 뜻이다. 반면 한국의 독자에게 무협은 생경한 소설 유형이다. 그렇기에 한국 독자의 서사적 기대 지평을 고려한 제목이 필요했다. 김광주는 '정협(情俠)'이란 단어로, 남녀 사이의 '애정'과 '의협(義俠)'이 서사의 중심임을 드러냈다.[13] 자유연애와 의협은 한국 독자들에게도 충분히 친숙한 내용이기 때문이다. 그렇다고 이런 제목이 원작의 서사 지향과 전혀 다른 재창작인 것은 아니다. 원작 부제의 "長篇俠情名著"에서 '협(俠)'과 '정(情)'을 취했다. 김광주는 "칼의 바다를 나는 외기러기[劍海孤鴻]"가 아닌 "애정과 협(俠)에 대한 기록[情俠誌]"이란 제목이 독자 흡인에 효과적일 것이라 여겼던 것이다.

〈정협지〉의 회(回) 분할은 기본적으로 〈검해고홍〉을 따르고 있다. 다만 중반 이후 〈정협지〉 각회의 시작과 끝 지점이 〈검해고홍〉과 일치하지 않는다. 예컨대 〈검해고홍〉 제6집 제23장 '金絲猿'의 본문 11행에서 〈정협지〉 22회 '絕頂激鬪'가 끝이 난다. 〈정협지〉 23회 '臥薪嘗膽'은 〈검해

---

12 〈검해고홍〉의 제1집 제1장이 끝난 지점[32면]에 〈紫府迷宗〉 伴霞樓主, 〈姹女神弓〉 伴霞樓主, 〈海天情侶〉 墨餘生, 〈古道斜陽〉 謝東山, 〈虎目蛾眉〉 蕭逸, 〈騰雨嘯風〉 彭鴻鈞 등의 작품과 작가가 소개되어 있으며, 제2집의 제7장이 끝난 지점[134면]에도 最新武俠名著라는 표기 뒤에 台北 眞善美出版社에서 출판된 〈年羹堯新傳〉 成鐵吾, 〈呂四娘別傳〉 成鐵吾, 〈南明俠隱〉 海上擊筑生 등의 작품과 작가가 소개되어 있다.

13 조성면은 〈정협지〉 제목과 관련하여, "강호를 주유하며 의협을 실천하는 협객의 이야기[俠]에 남녀 간의 사랑 이야기[情]가 결합된 작품"이라고 했다(조성면, 「김광주의 〈정협지〉와 1960년대 대중문화」, 『한국학연구』 20, 고려대학교 한국학연구소, 2009, 211면).

고혼〉 23장 '金絲猿'의 본문 12행에서 시작되어 제24장 '故佈疑陣'의 본문 3행에서 끝이 난다. 이와 같은 장회의 불일치는 작품이 끝날 때까지 계속된다. 특히 〈검해고홍〉 제8집은 〈정협지〉(생각의 나무, 2002)에서 4개의 회로 분할된다. 〈검해고홍〉 제30장 '誅怪得寶'와 제31장 '神龍一劍'을, 〈정협지〉는 '洞天福地', '女人失踪,' '正體不明', '苦難試驗'의 4회로 분할했다. 그리고 이 과정에서 〈검해고홍〉 제32장 '不堪回首話當年'의 일부 내용을 〈정협지〉 32회 '苦難試驗'에 포함시켰다.

그렇다면 장회 분할이 아닌, 〈정협지〉의 구체적 번역 양상은 어떠한가.

〈정협지〉 1, 1회, 15면	낙양(洛陽) ⅰ)중원의 대읍일뿐더러 ⅱ)주나라를 위시하여 역대의 제왕들이 도읍으로 삼았던 고성. ⅲ)난공불락의 천험의 지세를 자랑하던 고장이면서도 저 유명한 안록산이 일거에 함락시켜 현종을 괴롭힌 고장이기도 하다. ⅳ)성안에는 넓은 거리, 좁은 한길들이 종횡을 짜 놓은 것같이 깔려 있었다. 오가는 길손과 장사치들이 조수처럼 ⅴ)밀려들고 밀려 나갔으며 일년 열두 달 아침부터 밤까지 소란스럽고 복잡한 풍경이 그칠 사이 없었다.
〈劍海孤鴻〉 第一章, 3면	洛陽, 這一座古城, 不但是關洛的大邑, 更是多少個朝代的帝王之都. 縱橫密織的街道, 往來如潮的商客行旅, 一年到頭, 從早到晚, 總是那麼熙攘喧囂.

인용한 〈정협지〉의 번역에서 특별히 오류라고 지적할 만한 곳은 없다. 〈검해고홍〉의 몇 글자를 생략한 채 의역했거나 새로운 단어나 문장을 추가했다는 것 외에는 대체로 무난한 번역이다. ⅰ)의 "중원"은 관중(關中)과 낙양(洛陽)으로 대표되는 황하 유역[關洛]을 가리키는 말이니, 축자직역(逐字直譯)은 아니지만 틀린 번역도 아니다. ⅱ)는 원문에 없는 첨가된 문장이지만, 뚜렷하게 부적절하지도 않다. 주(周)가 낙양을 도읍

으로 삼은 것은 서주(西周)가 아닌 동주(東周), 즉 춘추시대부터다. 굳이 넣지 않아도 되는 내용이었다. 그렇지만 『춘추(春秋)』, 『주례(周禮)』, 『열국지(列國志)』 등으로 한국 독자에게 익숙한 '주나라'를 첨입함으로써 독자의 이해를 도우려 했던 것으로 보인다.

그런데 iii)은 전혀 생뚱맞은 첨가이다. 물론 당(唐) 현종(玄宗)과 안록산(安祿山)의 난, 양귀비 등을 언급함으로써 낙양의 지정학적 위치 특성을 독자에게 환기시키는 효과가 존재할 수 있다. 특히 당 현종 때 조정군이 안록산의 반군에게 낙양 부근의 전투에서 고전, 패배했던 사실을 익히 알고 있던 독자라면 말이다. 사실 양귀비는 한국 독자라면 누구나 알고 있는 경국지색의 미인이다. 이런 점에서 중국의 지명에 익숙하지 않은 독자의 흥미를 끌어내기 위한 문장의 첨가라고 볼 수 있다.

iv)와 v)는 일정한 문장의 첨가가 있지만, 그것은 전후 문맥을 고려하면 자연스러운 문장임을 알 수 있다. 예컨대 "조수처럼 오가는 길손과 장사치"라고 번역해도 무관하겠지만, 조수의 특성을 고려했기에 "밀려들고 밀려 나갔으며"를 덧붙였을 것이다. 또한 그렇게 오가는 사람이 많기에 "복잡한 풍경"이 첨가되었다. 이런 첨가는 어찌 보면 자연스럽다. 더구나 그런 말을 덧댄다고 해서 원문의 의미와 크게 달라지지도 않는다.

이상과 같은 번역 특징은 〈정협지〉 전체에서 드러난다. 요컨대 〈정협지〉의 서사는 〈검해고홍〉을 그대로 따르고 있지만, 그렇다고 구체적 묘사에서까지 축자(逐字)하거나 원문 직역을 하지는 않았다. 그러나 서사 전개는 동일하지만, 그것이 형성하는 분위기가 달라지기도 한다.

	i)보따리를 받아 들고 말 위에 올라앉은 소녀를 쳐다볼 뿐 더 할

〈정협지〉 1 1-2회, 61-63면	말이 없었다. ii)노영탄과 눈동자가 맞추지는 순간, 감욱형은 말을 비호같이 돌려 몰았다. 그리고 점점 새카만 그림자로 변하더니 어느 순간 연기 같은 먼지 속으로 사라져갔다. 강남 때는 삼월이었다. iii)중원(中原) 땅에는 파릇파릇 자라나기 시작하는 풀이 가는 곳마다 산과 들을 덮었고, 아늑한 봄 하늘에는 귀여운 꾀꼬리 소리가 한창이었다. iv)남선북마(南船北馬) 강남땅은 강과 배가 아니면 교통이 거의 불가능한 고장이었다. 그리고 수운의 중추요 맥박이 되어서 대륙의 한복판을 꿰뚫고 흐르는 것이 양자강이다. 서장고원(西藏高原)에서 뻗은 양자강의 물줄기가 파촉(巴蜀)의 벌판을 흐르고 흘러서 그 하류인 구강(九江)으로 접어들기 시작하면 강반(江畔)의 봄 풍경은 초록빛 수채화같이 아름다웠다. 멀고도 가까운 것같이 손으로 스쳐보고 싶은 충동조차 받는, 강반의 파란 봄풍경을 따라 진강(鎮江), 남경(南京)으로 향해 그대로 흘러내려가면 그 도중에 왼편 기슭으로 엷은 보랏빛 속으로 내닫는 큼직한 부두가 있다. 안경(安慶). 안휘성(安徽省)의 수도
〈劍海孤鴻〉 第一章-第二章, 31-33면	說罷, 接過包袱, 望着她上了馬背, 雖然依依不捨, 却不敢再說什麼. ㉠)只是眼看着她, 躍馬飛馳而去, 轉眼之間, 只剩下一條黑影, 漸漸的消逝在滾滾煙塵之中. ㉡)眼望着一條條, 通向四方的大道, 路永坦這時已把心中滿腔的愁緒哀思, 抛出腦海, 懷着一個新的希望, 邁開大步, 路上了新的路程. 江南三月, ㉢)草長鶯飛. ㉣)因爲地理環境, 形成中國南船北馬的奇特情況, 大江以南, 水渠紛岐, 河道支離, 水運便是最重要的交通脈絡, 而長江的水運 更是帆影如梭, 不絕於途. 安慶是安徽的首府

노영탄은 감욱형과 헤어진 후 떠돌다 안휘성 안경(安慶)에 이른다. 이때 장과 회가 바뀌면서 겨울철 낙양의 시공간은 춘삼월 안휘성 안경으

로 제시된다. 그런데 상황에 대한 묘사와 장소의 설명은 완전히 일치하지 않는다. ⅰ)의 내용은 원전과 크게 다르지 않다. 세세한 표현이 생략된 의역일 따름이다. 반면 ⅲ)는 ㉢)의 "草長鶯飛"를 온전히 의역하여 풀어냈다. 풀이 자라나고 꾀꼬리가 날아다니는 춘삼월의 정경으로 번역하였다.

이런 번역 양상은 ㉣)과 ⅳ)을 비교해 보면 더욱 분명해진다. ㉣)에서 중국은 지리 환경으로 인하여 강북은 말을 타고 다니지만 강남, 특히 양자강 이남 지역은 수운(水運) 교통이 발달했음을 말한다. 그리고 이것은 ⅳ) 역시 마찬가지다. 강남지역이 강북의 육로와 달리 수운이 발달했음을 지적했다. 그러나 ⅳ) 번역의 구체적 내용은 확연히 다르다. ⅳ)는 의역이면서 서사 이해를 돕기 위한 설명에 가깝다. 안휘성 안경이란 서사의 배경을 찾아가는 시선을 고려한 기술이다. '서장 고원→파촉→구강→진강 →남경→안경'으로 이어지는 강물의 흐름과 그 주변 경치를 묘사하였다. 이는 장강의 수운이 매우 발달해 있고 수로가 복잡하고도 길게 얽혀 있음만을 서술하던 ㉣)과는 판이하다. 이처럼 상황에 대한 묘사와 구체적 표현에 있어 전혀 다른 면모를 보인다. 흡사 같은 소재와 줄거리, 주제를 바탕으로 각기 다른 사람이 쓴 글처럼 느껴지게 한다.

표현의 차이가 뚜렷하지 않는 미묘한 변화도 더러 있다. ⅱ)와 ㉠)의 경우가 그렇다. ⅱ)에서는 감욱형과 노영탄의 눈이 마주쳤다고 했다. 그리고 그 순간 감욱형은 "말을 비호같이 돌려 몰았다"고 했다. 흡사 감욱형이 노영탄과의 이별을 참지 못하고 급하게 떠나는 것처럼 묘사했다. 그리고 그 결과 "그리고 점점 새카만 그림자로 변하더니 어느 순간 연기 같은 먼지 속으로 사라져갔다"고 서술했다. 이는 독자로 하여금 이들이 암담하게 헤어지는 느낌을 갖게 한다. "새까만 그림자"나 "연기 같은 먼지 속"이란 표현은 기약할 수 없는 그들의 재회를 암시하는 것 같다. 그렇지만 ㉠)을 보면 이와는 사뭇 다르다. 감욱형이 노영탄과 눈을 마주쳤다는 말은 애초부터 없다. 또한 감욱형이 이별로 인한 감정의 요동이 존재한다는 어떤 표식도 없다. 그녀는 시간이 늦었고 용건을 마쳤으니 서둘러 자리를 떠났을 뿐이다. 〈정협지〉의 해당 부분에서 남녀의 애정이 느껴지는 것은 온전히 번역자 덕분이다.

이것은 노영탄의 전도(前途)에 대한 번역에서도 드러난다. 〈정협지〉에서는 ㉡)부분을 아예 번역하지 않았다. 그리고는 노영탄과 감욱형이 암담한 이별을 하는 것처럼 번역한 후에, 노영탄의 마음에 근심과 슬픔이 가득[心中滿腔的愁緒哀思]하다고 했다. 이별에서 근심과 슬픔이 생겨나는 것처럼 묘사한 것이다. 그렇기에 그런 암울함 속에서 한 가닥 희망을 품고[懷着一個新的希望] 새로운 길을 향해 큰 걸음으로 나갔다고[邁開大步, 路上了新的路程] 번역하게 되면 전후가 어긋난다. 이에 번역자는 감욱형과 노영탄 사이의 암담한 이별로 1회를 맺어 버린다.

〈정협지〉 1 1회, 60-61면	이렇게 말하고 다시 몸을 일으킨 ⅰ)소녀는 말안장 위에서 보따리 하나를 집어내더니 노영탄에게 주면서 덧붙여 말하는 것이었다. "시간이 이르지 않고 ⅰ)소녀 집을 나온 지도 오래됐으니 이제 그만 집으로 돌아갈까 합니다. 이 몇 가지 안 되는 의복과 몇 잎 안 되는 은전을 ⅱ)받아두셨다가 노자에 보태 쓰시기를…… 될 수 있으면 이 고장을 떠나 타향으로 가시고 진심으로 무술을 배우고 싶은 결심이 있으시다면 두루두루 훌륭한 선배를 찾아보실 것이요…… 강호에는 가는 곳마다 기인(奇人)과 이사(異士)가 허다하니 ⅲ)몸조심하고 실수나 잘못이 없으시도록 명심하시기를……" 노영탄도 몸을 일으켜 소녀와 마주 대하고 섰다. "아가씨의 극진한 정성과 호의, 길이길이 명심불망하리이다. 일후에 어느 때 어느 곳에서나 하늘이 도와주시는 기회가 있다 하면 분골쇄신 은혜에 보답할 것을 맹세하오!"

〈劍海孤鴻〉 第一章, 30-31면	說着, 站起身來, 從馬背上拿下一個包袱遞給路永坦, 同時說道‥ 時間不早, ㉠我出來半天了, 要趕快回去, 這是幾件衣服, 和一些銀子, ㉡希望你收下, 作爲路費, 最好離開此地, 遠走他鄉, 如果你確有意學武, 不妨一路尋訪, 江湖上儘多奇人異士, ㉢只要你留心注意, 便不會錯過 路永坦這時也站起身來, 說道‥ 小姐的至情盛意, 我永遠銘感不忘, 以後只要有機會, 粉身碎骨也要圖報.

이 부분만을 따로 떼서 보면, 〈정협지〉와 〈검해고홍〉 사이의 차이가 분명하지 않아 보인다. 다소의 의역과 약간의 첨입(添入)이 있긴 하지만 큰 의미의 편차는 없는 것처럼 보인다. 그러나 원본과 번역본이 조성하는 분위기는 상당히 다르다.

먼저 ⅰ)과 같은 호칭을 보자. 감욱형은 노영탄에게 자신을 "소녀"라고 겸칭(謙稱)한다. 그런데 원문에는 소녀라는 말이 없다. 감욱형은 노영탄에게 그저 ㉠과 ㉡에서처럼, "我"와 "你"로 칭할 뿐이다. 애초 노영탄은 숭양표국(崇陽鏢局)에서 잔심부름이나 하던 처지였고, 감욱형은 표주(鏢主) 감영장(甘永長)의 금지옥엽이다. 주인과 고용인의 관계였으니, 감욱형이 노영탄에게 소녀라고 칭할 까닭은 없다. 더구나 노영탄은 숭양파(崇陽派)의 무예인 홍소우제(虹銷雨霽)의 수련 모습을 훔쳐보다 들켜 쫓겨났다. 쫓겨난 노영탄은 자신이 옳지 못한 행동을 했다는 것과, 현재의 비참한 처지에서 오는 부끄러움을 이기지 못하고 자살을 시도한다. 그리고 그것을 가늠한 감욱형은 노영탄을 좇아와 목숨을 구해준 후, 그에게 의복과 은자를 주며 이곳을 떠나는 것이 "가장 좋다[最好]"고 충고한다. 무림에서 타문파의 무예를 훔쳐 배우려는 행위는 결코 용서받지 못할 파렴치한 짓이다. 그러니 감욱형은 눈에 띄지 않도록 빨리 떠나라고 충고한 것이다. 이런 상황에서 감욱형이 노영탄에게 겸칭할 까닭도, ii)와 같이 존대할 이유도 없다. 친절하지만 하대하는 것이 더 적절하다. 번역도 그랬어야 했다. 그런데 번역자는 말줄임표[……]를 반복 사용했다. 이것은 이들이 헤어지는 데 무슨 깊은 사연이나 여운이 있는 것과 같은 느낌이 들게 한다.

이것은 iii)의 경우에도 그렇다. 사실 iii)은 맥락상 오역처럼 보인다. 그러나 이것은 감욱형의 따뜻한 충고의 말일 뿐이다. 강호에는 적잖은 기인과 이사가 있으니, 무예를 배우려 한다면 마음을 기울여 세심하게 살핌으로써[留心注意] 그릇 지나쳐 버리지 말라[不會錯過]는 뜻이다. 그런데 역자는 난데없는 "몸조심"과 함께 "실수"나 "잘못" 등의 단어를 사용했다. 흡사 감욱형이 노영탄의 전도를 몹시 염려하여 말을 채 잇지 못하고, 그의 건강과 안녕을 기원하는 것처럼 번역한 것이다. 〈검해고홍〉은 노영탄이 감욱형의 진실되고 두터운 마음[至情盛意]에 감사드리며, 이후 기회가 있으면 분신쇄골(粉身碎骨)해서 갚겠노라고 서술했다. 감욱형이 은혜를 베풀었고 이에 그것에 지극한 감사를 표현한 것이다. 번역자의 서술과는 달리 이들은 특별한 남녀 관계를 맺고 있지 않다.

이상에서 볼 수 있는 것과 같이 〈정협지〉는 〈검해고홍〉의 서사 전개 과정을 그대로 따랐으며, 인물이나 사건, 시공간적 배경 등에서도 큰 변화를 보이지 않았다. 그러나 제목과 회명은 바뀌었다. 그리고 구체적 장면의 묘사나 표현에서도 일정하게 변화를 보였다. 그것은 번역자가 새로운 대중문학 갈래인 무협소설을 독자에 적절하게 소개하고자 했기 때문일 수 있다.

3. 〈정협지〉의 형색(形色)과 영웅소설

그렇다면 당시 독자들이 〈정협지〉를 맹렬하게 수용했던 까닭은 무엇일까. 그것은 무엇보다 무협소설이 지닌 대중성과 익숙함 때문이다. 이에 대해 정동보는, 무협소설은 구태의연한 도식성에 안주하지만 그것이 "자신의 역할과 맞물리면 나름의 멋이 있기 때문이다"라고 했다. "대중문화의 도식성 속에서 멋의 싹을 보려면 그것의 적절성을 알아야 하고, 그 도식성의 적절성을 알기 위해서는 그것에 익숙해 있어야 한다"는 의미다. 이는 익숙하면 재미있다는 말이니, "무협소설에 길들이지 않은 사람은 그 속에서 천편일률성만을 느낄 뿐"이지만, 한 권 한 권 읽어 익숙해지면 "그것만의 특정한 법칙이나 규범을 생성해 낸다는 것을 알 수 있"다는[14] 것이다.[15]

그렇지만 이는 새로운 의문을 낳는다. 〈정협지〉가 1960년대 한국의 독자에게 이미 익숙했던 유형의 대중소설이었던가 하는 물음이다. 갈래 문법의 익숙함이 유행을 만들었다는 주장은 순환논리의 모순에 빠졌을 가능성이 다분하다. 익숙해지기까지 혹은 낯익게 하기까지의 과정이 고려되지 않은 까닭이다. 그렇다고 "읽을거리를 요구하던 독자" 즉, "야담전집, 궁중 비화 등의 읽을거리를 다 읽은 다음 무협소설로 눈을 돌린 것"으로[16] 설명하기도 어렵다.

---

14 정동보, 「무협소설 개관」, 대중문학연구회 저, 『무협소설이란 무엇인가』, 예림기획, 2001, 16면.

15 조현우는 무협소설의 익숙함과 관련하여, "무협소설과 같이 공식의 적용과 적당한 변주를 통해 창작되는 텍스트들에 대한 지속적인 독서"의 요인으로 "경험 현실과의 단절을 통한 가장하기"와 "기표의 비워짐을 통한 낯익게 하기"를 들었다(조현우, 「무협소설의 흥미 유발 요인 탐색-낯익게 하기의 미학을 중심으로」, 대중문학연구회 저, 『무협소설이란 무엇인가』, 예림기획, 2001, 45~63면).

오히려 1960년대 무협소설의 예비 독자는 그것을 수용할 수 있는 문학 기호적(嗜好的) 인식 기반을 가졌다고 가정하는 것이 적절할 수 있다. 실제로 고전소설 혹은 영웅소설의 서사적 특징과 그 수용 기반에서 무협소설에 대한 익숙함을 확인할 수 있다.[17] 예컨대 한명환은 〈정협지〉의 의존화소를 분석한 후에,[18] 그것을 무협소설의 서사 구조와[19] 비교했다. 그 결과 〈정협지〉의 줄거리가 무협소설 일반의 것과 "복수모티프가 크게 부각되지 않는다는 점 외에 다르지 않음을 알 수 있다"고 결론지었다. 이는 무협소설의 서사구조가 영웅소설에서 흔히 말하는 '영웅의 일생의 구조'와[20] 크게 다르지 않음을 의미한다. 이와 관련하여 다음을 보자.

"도련님…… 저…… 저는 이제 그만입니다. 제 말을 잘 들어 두시기를…… 십오년 동안이나 숨겨두었던 비밀입니다. 도련님이 겨우 한 살 나셨을 때 집안이 뜻하지 않은 기화를 입었습죠. 지금의

---

16 김현, 앞의 책, 1991, 229면.

17 한국 무협소설에 대한 것은 아니지만, 무협소설의 유행을 "전통소설의 통속성의 중흥"으로 이해하거나 "영웅소설의 맥락에서 무협소설"을 분석한 경우도 있다(이등연, 「무협소설의 현단계」, 『상상』 1994년 겨울; 공상철, 「중국무협소설에 나타나는 영웅의 형상」, 『상상』, 1996년 겨울).

18 한명환은 〈정협지〉의 줄거리를 다음과 같이 정리한다. 1. 부모가 살해당한다. 2. 잃은 형을 찾아 나선다. 3. 고난에 빠진다. 4. 무예를 배운다. 5. 무림의 비극을 막기 위해 환속한다. 6. 사랑에 빠진다. 7. 애정에 변고가 생긴다. 8. 상승 무예를 익혀 악상을 처단한다. 9. 괴물을 퇴치, 보물을 얻고 애정을 회복한다. 10. 애정에 다시 변고가 생긴다. 11. 악당을 소탕하여 대업을 완성한다. 12. 대적한 신룡검이 형임이 드러난다. (한명환, 앞의 논문, 2000, 73~74면 참조.)

19 정동보는 무협소설의 서사 구조를 다음과 같이 정리했다. 1. (부모가) 원수에게 살해당한다. 2. 유랑한다. 3. 제자가 되어 입문한다. 4. 무예를 배운다. 5. 복수를 하러 떠난다. 6. 사랑에 빠진다. 7. 좌절당한다. 8. 다시 (상승)무예를 익힌다. 9. 애정에 변고가 생긴다. 10. 부상을 입는다. 11. 상처를 치료한다. 12. 보물을 얻는다. 13. 악당을 소탕한다. 14. 대업을 완성한다. 15. 은거한다. (정동보, 앞의 논문, 33~34면.)

20 조동일, 『한국소설의 이론』, 지식산업사, 1977, 256면, 288~289면 참조.

〈정협지〉 1
1회, 17-19면

임금님…… 그때도 연왕이시었습니다. ⅰ)태조께서 붕어하신 뒤 난국을 다스리신다는 것을 구실로 어린 태자를 물리쳐 버리시고 스스로 제위에 오르셨으나 그 당시 조정의 일반 대신들도 무릇 충량한 선비라면 한 사람도 이에 따르는 이가 없었습니다. 어르신네께서는 태상사의 소경으로 계시면서 방효유(方孝孺) 선생을 따라서 맹렬한 반항 운동을 일으키셨습니다. 마침내 연왕께서는 극도로 분노를 참지 못하시고 ⅱ)도련님댁 온 가족에게 모조리 죽음을 내리신 것입니다. 이 위태로운 지경에서 저와, 또 다른 하인배 한 친구 둘이서 도련님과 큰 도련님을 각각 한 분씩 모시고 간신히 도망쳤습니다. ⅲ)도련님을 모시고 동으로 서로, 떠돌아다니고 숨어 다니고……

"도련님…… 저…… 저는 이제 그만입니다. 제 말을 잘 들어 두시기를…… 십오년 동안이나 숨겨두었던 비밀입니다. 도련님이 겨우 한 살 나셨을 때 집안이 뜻하지 않은 기화를 입었습죠. 지금의 임금님…… 그때도 연왕이시었습니다. ⅰ)태조께서 붕어하신 뒤 난국을 다스리신다는 것을 구실로 어린 태자를 물리쳐 버리시고 스스로 제위에 오르셨으나 그 당시 조정의 일반 대신들도 무릇 충량한 선비라면 한 사람도 이에 따르는 이가 없었습니다. 어르신네께서는 태상사의 소경으로 계시면서 방효유(方孝孺) 선생을 따라서 맹렬한 반항 운동을 일으키셨습니다. 마침내 연왕께서는 극도로 분노를 참지 못하시고 ⅱ)도련님댁 온 가족에게 모조리 죽음을 내리신 것입니다. 이 위태로운 지경에서 저와, 또 다른 하인배 한 친구 둘이서 도련님과 큰 도련님을 각각 한 분씩 모시고 간신히 도망쳤습니다. ⅲ)도련님을 모시고 동으로 서로, 떠돌아다니고 숨어 다니고……그럭저럭 십오 년이란 세월이 흘러…… 그런데 저는…… 저는 이제 마지막…… 이런 사실을 여쭈어 드리지 않고 그대로 갈 수야……"

일각 또 일각 노복의 음성에는 죽음의 그림자가 짙게 깔려 있었다. 잘라질 듯 잘라질 듯 위태로운 음성을 사그라드는 촛불 같은 마지막 생명의 나머지 힘을 다해서 간신히 이어나갔다.

"……이 옥패는 그때 뿔뿔이 흩어져서 몸을 피할 때 가지고 나와 유물로 간직해두었던 것입니다. 똑같은 것이 두 개가 있었는데 도련님 것은 안쪽으로 봉(鳳) 문양이 새겨져 있고…… 또 한 개는 형님 되시는 큰 도련님 수중에…… 그것은 바깥쪽으로 용 문양이 새겨져 있습니다. 큰도련님께서는 도련님보다 세 살이 위였으니까 지금은 벌써 열아홉 살이나…… 제가 죽은 뒤에는 낙양에 있는 숭양표국을 찾아가셔서 저의 몇 촌뻘 되는 아우… 척굉달(戚宏達)을 만나보시고…… 그자가 그곳 국사로 있으니…… 그러시고 유명한 스승을 찾으셔서 무술을 공부하시어…… 부모님의 원수는 못 갚아 드린다 하시더라도…… 온 천하를 두루두루…… 큰 도련님을

	찾아내셔야만…… 저는…… 저는…… 이제 그…… 그만……”
〈劍海孤鴻〉 第一章, 4-5면	少爺, 我……我……不行了, 我要告訴你, 隱藏了十五年的一件祕密, 在你一歲的時候, 你們全家遭逢了一件奇禍……當今的皇上, 那時還是燕王, 在太祖駕崩之後, 籍口靖難逼退幼主, 自登帝位, 當時一般前朝的大臣, 凡是忠良之士, 都不肯附從, 你父親是太常寺的少卿, 跟隨方孝孺先生, 一起激烈的反抗, 結果, 燕王惱怒, 便下詔將你父親全家賜死, 在最危急的關頭, 我和另人個家人, 分別携了你和你哥哥, 偸偸逃出……我帶着你東飄西蕩, 轉眼十五年過去了, 如今我已不行, 不能再不告訴你. 這塊玉珮是當年逃難分手的信物, 共有兩塊, 你這塊是陰面, 雕的是隻鳳, 另塊在你哥哥手中, 是陽面, 雕着一條龍, 你哥哥大你三歲, 算來現在也有十九歲了, 咳……我死了以後, 你就到洛陽的崇陽鏢局, 去投奔我的表弟戚宏達, 他在那兒作鏢師, 同時, 你要尋求名師學成武藝, 就算不能爲父母報仇, 至少也能走遍天涯海角, 去找你的哥哥, 我……我……我…… 不能再……再照顧你了.

가인(家人) 노성(路成)은 주인공 노영탄에게 집안의 전후 내력과 향후의 살아갈 바를 유언한다. 그의 유언은 노영탄 삶의 방향을 결정함으로써, 〈정협지〉의 서사 전체를 관통한다. 실제로 노영탄은 노성의 유언대로 낙양의 척굉달을 찾아가고 상관학을 만나 무예를 공부하며, 형인 악중악과 재회한다. 악중악과의 재회에서 〈정협지〉는 끝난다. 〈정협지〉의 핵심 서사에서 노성이 말하지 않은 바는 사랑하는 여인과의 만남뿐이다.

그런데 이런 노영탄의 삶은 영웅소설 주인공의 그것과 크게 다르지 않다. 특히 충량(忠良)을 실천하다 온 집안이 풍비박산하고 형제가 이산(離散)한 것이나, 그로 인해 유리한 것 등은 영웅소설의 주인공이 겪는 고난과 방불하다. 〈조웅전〉의 이두병 찬탈이나 〈유충렬전〉의 정한담의 모함 등도 〈정협지〉에서 연왕이 권좌를 찬탈하는 것과 방불하다. 물론 〈정협지〉의 주인공이 겪는 경험의 구체적인 내용은 영웅소설의 그것과 다르다. 하지만 기본적인 설정과 진행은 충분히 익숙하다. 그렇기에 정동보의 지적처럼, 〈정협지〉만의 "특정한 법칙이나 규범이 생성됨을 알 수 있게" 되고 재미를 느낄 수 있다. 이는 무협소설의 독자가 노영탄의 삶에 대한 문학적 기호(嗜好)로서 인식 기반을 이미 지니고 있었음을 의미한다. 이를 바탕으로 노영탄의 경험을 내면화하고 공감할 수 있었던 것이다.

더욱이 명(明) 초기 연왕(燕王)의 정난지변(靖難之變)과 방효유(方孝孺) 일족의 처단과 같은 사건은 〈현봉쌍의록〉, 〈쌍천기봉〉, 〈성현공숙렬기〉, 〈옥호빙심〉, 〈삼강명행록〉, 〈쌍렬옥소록〉, 〈임화정연〉 등과 같은 장편국문소설에도 빈번하게 소재화된 사건이다.[21] 게다가 무협소설의 주된 공간 배경은 중국 강남의 '강호(江湖)'이다.[22] 〈정협지〉의 노영탄은 낙양을 떠난 후 안휘성 안경에 도착한다. 안경은 강호의 중심으로, 서남 방향에 동정호와 파양호가 있고 동북 방향에는 소호, 태호, 홍택호가 자리한다. 이는 〈주생전〉의 악양(岳陽)과 전당(錢塘), 〈구운몽〉의 남악 형산(衡山)과 동정호, 〈사씨남정기〉의 사씨가 남정했던 소상강(瀟湘江) 등을 비롯하여 수많은 고전소설의 배경 공간이었던 곳이다. 〈정협지〉의

---

21 김동욱, 「고전소설의 정난지변(靖難之變) 수용 양상과 그 의미」, 『고소설연구』 41, 한국고소설학회, 2016, 311~340면.

22 강호는 중국 강남의 오월(吳越) 지역에 있는 삼강오호(三江五湖)를 줄여서 일컫는 말이다. 삼강과 오호는 사람마다 다소 다르게 설명한다. 위소(韋昭)는 삼강을 오강(吳江), 전당강(錢塘江), 포양강(浦陽江)이라고 하였고, 곽박(郭璞)은 민강(岷江), 송강(松江), 절강(浙江)이라고 했다. 반면 육덕명(陸德明)은 송강(松江), 누강(婁江), 동강(東江)이라고 하였다. 오호는 남창(南昌) 부근의 파양호(鄱陽湖), 악양을 비롯 여러 도시를 품은 동정호(洞庭湖), 소주 부근의 태호(太湖), 합비에 인접한 소호(巢湖), 그리고 회안(淮安)에 인접한 홍택호(洪澤湖)를 가리킨다. 강호는 한국의 무협 독자에게 언어적으로나 문화적으로 익숙한 공간 배경이다.

시공간적 배경은 그것을 실질적으로 이해하고 있지 못한 독자라 하더라도, 쉽게 받아들일 수 있는 문학적 기호로서 보편지(普遍知)였던 것이다. 이런 특징은 인물 형상에 있어서도 마찬가지다.

〈정협지〉 1, 2회, 68-69면	그 청년은 바로 노영탄이었다. 그는 정말 이런 꼴을 가만히 보고만 있을 수 없었다. ⅰ)까닭없이 선량한 사람들, 더군다나 의지할 곳 없이 타향이 흘러들온 가엾은 늙은이와 어린 딸을 억누르고 괴롭게 구는 폭행 앞에 그의 의분이 북받쳐 오르지 않을 수 없었고, 언제나 정의에 불붙는 그의 천성인지라, 나중에야 무슨 결과가 닥쳐오든 그런 것을 헤아릴 틈이 없었다. 참다 참다못해 덮어놓고 식탁을 주먹으로 힘껏 치고 몸을 날려 그 말라깽이 사나이 앞으로 달려가서 뺨을 치고 턱주가리를 향해 주먹을 날린 것이다. 그러나 막상 때려놓고 보니 겁이 나지 않을 수 없었다. ⅱ)'이 일을 어떻게 수습한다?' 자신이 도리어 당황해져서 우두커니 상대방을 바라다보며 서 있을 뿐이었다.
〈劍海孤鴻〉 第二章, 36면.	正是路永坦, 他實在看不下這種欺壓良善的暴行, 只覺得義憤塡膺, 氣衝斗牛, 激起他正義的天性, 一時裏竟不顧後果, 一拍桌子, 跳上前給了那瘦子一巴掌. 這一打完, 心中倒反生出懼怕之情, 怔怔的站在地上, 望着對方.

진삼강 도보지라는 악당은 주루에서 노래하며 구걸하던 소녀를 희롱한다. 주루의 사람들은 그 광경을 보고도 어쩌지 못하고 침묵으로 자리만 지킨다. 그러나 노영탄은 참지 못한다. 의분이 폭발하여 악당의 뺨을 치고 턱주가리를 향해 주먹을 날린다. 그렇다고 노영탄의 무공이 악당보다 뛰어난 것도 아니었다. 노영탄은 자신의 행동에 대한 대책이 없었다. 주먹을 날린 후 그저, "우두커니 상대방을 바라보며 서 있"었을 뿐이었다. 정의롭지만 대책없이 무모한 인물 형상이다. 이는 영웅소설의 주인공들과 다를 바 없다.

웅이 듯기을 다ᄒᆞᄆᆡ 분을 이긔지 못ᄒᆞ고 두로 거러 경화문의 다다라 ᄃᆡ궐을 ᄇᆞᄅᆡ보니 인젹은 고요ᄒᆞ고 월ᄉᆡᆨ은 만정ᄒᆞᆫᄃᆡ 슈쌍부안은 지당의 별별ᄒᆞ고 십이원즁의 무비젼죠지졍물이라 젼됴ᄉᆞ을 ᄉᆡᆼ각ᄒᆞ니 일편단심의 구뷔구뷔 싸힌 근심 즉지 졸발ᄒᆞ난지라 단장을 너머 들어가 이두병을 ᄃᆡᄒᆞ야 ᄉᆞᄉᆡᆼ을 결단코져 시부되 강약이 부동이라 문안의 군ᄉᆞ 슈다ᄒᆞ고 문을 구지 다덧는지라 ᄒᆞᆯ셰 업셔 그져 도라셔며 분을 춥지 못ᄒᆞ야 필낭의 붓슬 ᄂᆡ여 경화문의 ᄃᆡ셔특필ᄒᆞ여 이두병을 욕ᄒᆞ난 글 슈삼구을 지여 쓰고 자최을 감초아 도라오니라[23]

조웅은 의분(義憤)을 참지 못한다. 이에 궁궐 담장을 넘어 들어가 이두병을 죽이고자 한다. 그러나 지키는 병사가 많고 대궐의 문은 굳게 닫혀 어쩌지 못하자 그 분노를 벽서로 표출한다. "경화문의 ᄃᆡ셔특필ᄒᆞ여 이두병을 욕ᄒᆞ난 글 슈삼 구"를 쓴다. 조웅의 대책 없는 행동은 거국적 소란을 불러일으킨다. 이두병은 경화문 관원을 "절곤방츌"하고 "쟝안을 에워"쌌을 뿐만 아니라 "황셩 삼십이을 겹겹이 ᄊᆞ"고 "곳곳시 뒤여보"는 일대 수색 작전을 펼친다. 나아가 "각도 녈읍의 ᄒᆡᆼ관(行關)ᄒᆞ"여 조웅 모자를 잡아 바치면 "쳔금상의 만호후을 봉ᄒᆞ"겠다고 선언한다.[24] 조웅의 행동이 비록 의분에 찬 것이었다고는 하나, 무모하기 짝이 없는 행동이다. 의분에 차서 일을 먼저 저지르고 보는 것은 조웅이나 노영탄이 다르지 않다.

이런 면모는 〈소대성전〉의 소대성에서도 발견된다. 소대성의 부친과 모친이 연달아 세상을 떠나자 가세는 점점 기울게 된다. 이에 소대성은

23 완판본 〈조웅전〉, 김동욱 편, 『영인 고소설판각본전집』 삼, 인문과학연구소, 150면.
24 완판본 〈조웅전〉, 151면.

가산을 정리한다. 그러자 행탁(行橐)에 은자 50냥이 남았을 뿐이다. 그런데 그는 어머니의 장례를 치르지 못해 통곡하는 노인을 만나 전 재산인 은 50냥을 준다. 그리고 소대성 자신은 나무꾼이나 목동으로 살아간다. 그는 의로움을 행함에 있어 자신의 처지를 살피지 않았다.

〈정협지〉 1 2회, 77-79면	노영탄은 주머니에서 은전 몇 잎을 꺼냈다. 음식값을 치르자는 것이 아니었다. 겁을 집어먹고 창백한 얼굴로 한옆에 비켜 서 있는, 노래를 팔러 들어온 소녀와 늙은 아버지에게 주는 것이었다. "노인, 몇푼 안 되는 것이지만 노자에 보태 고향으로 돌아가십쇼. 그리고 되도록 따님을 이런 곳에는 끌고 들어오지 말도록……" 늙은 아버지가 은전을 받아들고 감사해서 어쩔 줄 모르며 딸을 데리고 나가버린 뒤, 노영탄도 보따리를 집어들고 말라깽이 사나이의 한패인 세 남녀를 따라서 층층다리를 내려가려고 할 때, "꽝!" 등 뒤에서 식탁을 주먹으로 내려치는 소리가 요란스럽게 들려왔다. 다른 사람이 아니라 바로 심부름꾼 어린 녀석이었다. 이 녀석은 방금 노영탄을 보며 생글생글 비위를 맞추던 때와는 전혀 딴판이 되어 가지고 악독한 눈초리로 소리를 지르는 것이었다. "뭐냐 말이요? 남의 음식을 거저 먹겠다는 거요? 그렇게 만만한 세상인 줄 아시오? 돈도 없이 음식집엘 뻔뻔스럽게 들어와서 이게 무슨 짓이냐 말이오!" …(중략)… 노영탄은 유심히 그 늙은 어부를 바라보았다. 백발은염(白髮銀髥) 다 낡은 무명옷 주머니 속을 쓸쓸하게 더듬고 있었으나 그 속에는 한푼의 돈도 들어 있지 않은 모양이었다. 어린 녀석에게 욕을 먹고 무안을 당해서인지 얼굴이 시뻘개져서는 초조하고 군색함을 감추지 못하는 난처한 표정을 지었다. '저렇게 나이가 많은 노인이 심부름꾼 어린 녀석에게 창피한 꼴을 당하고 있다니……' 노영탄은 측은한 마음을 참을 수 없었다. 그대로 지나쳐 버리기에는 그 늙은 어부의 모습이 너무나 쓸쓸하면서도 어딘지 모르게 점잖은 기품이 있어 보였다. 노영탄은 선뜻 몸을 그 식탁 앞으로 대들었다. 일변, 주머니에서 은전 몇 닢을 급히 꺼내면서 심부름꾼 녀석을 호되게 꾸짖었다.

〈劍海孤鴻〉 第二章, 39-40면	於是路永坦又拿出一錠銀子, 交給那嚇得面無人色, 縮在一旁的賣唱老頭父女, 叫他們好好回家不要再出來拋頭露面, 那父女二人千謝萬謝接了銀子去了. 同時, 路永坦, 也不再遲疑, 提起包袱, 便要和他們三人, 邁步下樓. 可是, 突然背後卓子, 怕!的一響 剛才那小二, 這是完全是另人副腔調, 惡狼狼的叫着‥ 怎麽? 想白吃呀? 那可沒這麽容易, 摸不出銀子, 還想上館子去人? 做生意儘遇, 你這樣主顧, 不用關了. …(중략)… 路永坦仔細看時, 才發現老漁夫 銀鬢白髮, 衣服敝舊, 兩수不정재대裏摸索, 却半天掏不出來, 被小二一陣諷罵, 更是急的滿面通紅, 一付窘困之相. 路永坦見他這大年約 被那小二逼的如此難堪, 心裏大是不忍, 頓生惻隱之情, 連忙走回到卓前. 一邊手裏摸出一把碎銀, 一面向小二喝道‥

노영탄은 악당에게 희롱당하던 소녀와 노인에게 은자를 쥐어주며 노자에 보태라고 한다. 그리고 다시는 주루에 오지 말라고 당부한다. 그런데 그의 의로운 행동은 여기서 그치지 않는다. 늙은 어부가 음식값이 없어 곤혹 치르는 것을 보자, 노영탄은 또다시 은전을 꺼내 들고는 늙은 어부를 욕하는 심부름꾼을 호되게 꾸짖는다. 노영탄의 행동은 결코 돈이 많았기 때문이 아니었다. 노영탄이 가진 돈이라고는 1회 끝부분에서 감욱형이 노자로 보태준 은자가 전부였다. 〈소대성전〉의 소대성과 다를 바 없는 행동을 한 것이다.

이와 같은 영웅소설의 문학적 기호의 인식은 〈정협지〉의 인물명에서도 드러난다. 〈정협지〉의 노영탄은 '평탄하고 너그럽게 삶의 행로를 길게 이어간다[路永坦]'는 의미를, 그의 연인인 연자심은 '제비처럼 늘씬하면서도 연인을 향한 붉은 마음[燕紫心]'이란 뜻이다. 노영탄의 헤어진 형인 악중악은 성격이 날카롭고 남에게 지는 것을 견디지 못하는 성격을 나타내는 '큰 산 가운데서도 험준한 산'이란 뜻이며, 감욱형은 타인에 대한 따뜻한 마음을 가졌다는 '달콤하고 향기로운[甘郁馨]'이란 의미를 담고 있다. 이들 외에도 노영탄의 사부는 남해어부 상관학(上官鶴)인데, 어부(漁夫)란 별호가 세상을 등진 뛰어난 인물임을 암시할뿐더러 이름에는 '속세의 관리를 등지고 학처럼 고고하게 살아간다[上官鶴]'는 뜻도 담겨 있다. 이런 작명은 영웅소설의 대성(大成), 충렬(忠烈), 웅(雄), 풍운(風雲) 등의 명명과 방불하다. 홍희복(洪羲福, 1794~1859)이 영웅소설에 대한 평술(評述)에서, "지은 뜻과 베푼 말을 볼진ᄃᆡ 대동쇼이ᄒᆞ야 사ᄅᆞᆷ의 셩명을 고쳐시나 ᄉᆞ실은 흡ᄉᆞ하"다고[25] 했던 것이 〈정협지〉에도 적용된다고 할 수 있다.

〈정협지〉를 쉽게 수용할 수 있었던 문학적 기호 기반은 무예(武藝)와 무장(武裝)의 획득과 같은 소재에도 존재한다. 사실 신이한 무기 및 획득이나[26] 스승을 만나 무예를 습득하는 것은 영웅소설의 유형과 특징을 결정짓는 중요 요소이다. 예컨대 조웅은 철관도사(鐵冠道士)를 만나 천문 지리와 무예를 공부함으로써 국가를 재건할 수 있었고, 소대성은 영보산 청룡사의 노승에게 학업과 무예를 수련하였고 후에 보검, 용마, 갑주를 얻어 호국(胡國)의 침입을 물리치고 위기에 처한 나라를 구할 수 있었다.

---

25 정규복·박재연, 「머리말」, 『제일기언』, 국학자료원, 2001, 22면.

26 김재용은 신이한 무기 획득 과정을 근거로 유형을 분류하고자 했으며, 곽보미는 신이한 무기, 주보(呪寶), 보물(寶物), 전장기계(戰場機械) 등을 무장(武裝)이라 정의하고, 그것을 획득 과정이 영웅소설에서 어떤 의미를 갖는지에 대해 분석했다. 특히 곽보미는 영웅소설 가운데 〈유충렬전〉, 〈조웅전〉 〈소대성전〉, 〈정비전〉 등이 무장화소가 현저하게 발현된다고 했다(김재용, 「영웅소설의 두 주류와 그 원천」, 『한국언어문학』 22, 한국언어문학회, 1983; 곽보미, 영웅소설의 무장화소 연구, 서울대학교 석사학위논문, 2018, 47~100면 참조).

이것은 〈정협지〉에서도 그대로 드러난다. 우연한 계기로 상관학을 만나 무예를 전수받고, 호수 밑의 비동(秘洞)에서 『숭양비급』을 보완할 네 초식의 절세 무공을 얻으며, 원영(蚖蠑)을 죽이고 기보(奇寶)인 야명주 한 쌍을 획득한다. 〈정협지〉에서 볼 수 있는 신이한 무기나 보물, 무공 초식은 그 명칭과 공능(功能), 얻는 방법 등의 측면에서 영웅소설과 구체적으로는 다르지만, 기연(奇緣)에 의해 획득하여 주인공의 능력을 고양한다는 점에서 방불하다. 영웅소설과 〈정협지〉의 문학적 기호는 많은 측면에서 공유된다.

4. 메타모포시스로서의 〈정협지〉

〈정협지〉를 번역한 김광주가, 당시 "대중들에게 낯선 장르인 '무협'을 소개함으로써 새로운 장르를 한국에 실어 나른 것"이란[27] 의미를 부여하기 어렵다. 오히려 무협소설이 영웅소설을 포함하는 고전소설의 문학적 기호의 자장 안에 수용된 것으로 보아야 한다. 요컨대 영웅소설과 서사구조를 비롯하여 인물·사건·배경·소재 등의 제 측면에서 기식(氣息)하는 새로운 작품이 무협소설이란 이름으로 등장한 것이다. 이때 문학적 기호 기반은 특정 유형의 소설에 제한되지 않으며, 새로운 가치를 지향하는 유형의 형성에 옮겨갈 수 있다.

이것은 영웅소설을 포함하는 고전소설이 1960년대 독자의 기대 지평을 충족하지 못하였다는 의미이기도 하다. 사실 〈정협지〉와 영웅소설

27 고훈, 「김광주 〈정협지〉의 대중성 확보 전략 연구」, 『대중서사연구』 24(4), 105면.

의 문학적 기호 기반은 동일하지만 둘을 동일 유형의 연속으로 파악할 수는 없다. 비근한 예로 양자의 서사 지향은 확연하게 다르다. 영웅소설은 '세계 질서의 재건을 통한 안정적 삶의 토대 구축'을 지향한다. 영웅은 외적과 간신으로부터 무너져가는 국가를 재건해야 할 책무를 부여받았을 뿐만 아니라,[28] 이산(離散)한 가족 구성원의 재결합과 결연을 통한 새롭고 안정적인 가족 구성원을 확보, 가족 질서를 재건해야 한다.[29]

여기서 국가의 재건과 가족의 재결합은 서로 배척되거나 모순된 가치가 아니다. 이들은 모두 하늘의 뜻이며, 하늘이 영웅에게 부여한 책무이자 권한이다. 그렇기 때문에 영웅의 능력은 천부(天賦)의 것이며, 영웅이 세계/국가 질서의 재건을 위해 획득하는 무장과 무예는 천연(天緣)에 따른 것이다. 마찬가지로 영웅의 결연(結緣) 역시 우연한 것이라거나 인간의 감정에만 전적으로 의존하지 않는다. 정해진 하늘의 수에 응한 것일 뿐이다. 물론 모든 것이 천수(天數)에 의한다고[30] 해서 영웅이 아무것도 안 한 채 기다리기만 해도 모든 것이 저절로 이루어진다는 뜻은 아니다. 영웅은 하늘의 명(命)을 지각하고 그것을 실현하기 위해 최선을 다해야 한다.

그런데 〈정협지〉는 이와 다르다. 〈정협지〉는 국가를 근간으로 한 세

28 영웅소설이 군담소설일 수 있는 까닭이 여기에 있다. 국가, 세계 질서의 궤란(潰亂)과 붕괴를 일으키는 존재를 소멸하기 위해서는 강력한 무력과 전쟁이 필요하게 된다. 세계 질서의 재건과 안정을 위한 영웅의 존재성에 군담은 필수적인 요소이다.

29 영웅소설에서 영웅의 결연이 비례적 행위 혹은 불고이취(不告而娶)에 의한 것임에도 불구하고 정당한 것으로 인정받을 수 있는 것은 그들의 결연이 천정(天定)에 따른 것이기 때문이다. 영웅의 결연은 신이한 존재의 등장이나 꿈 등으로 분식되곤 한다.

30 영웅소설에서 영웅의 존재성이 하늘에 의해 보장되고 있음은, 영웅을 둘러싼 각종 서상(瑞祥)과 변괴(變怪) 등의 현상을 통해서 확인된다. 하늘은 서상과 변괴를 통해 자신의 의지와 지향을 세상에 알린 것이다. 전성운, 「조웅전에 나타난 예지담의 양상과 의미」, 『우리어문연구』 48, 우리어문학회, 2014, 71~100면.

계 질서의 구축을 도외시한다. 노성은 유언에서, 노영탄의 부친이 "태상사의 소경으로 계시면서 방효유(方孝孺) 선생을 따라 (연왕에) 맹렬한 반항 운동"을 했으며, 이로 인하여 온 가족이 몰살당했다고 말하면서도 "부모의 복수는 못하"는 것을 전제한다. 무예를 공부한다고 해도 그 목적이 간신을 제거하는 데 있지 않다는 말이다. 그렇다고 〈정협지〉가 무림계의 안정을 회복함으로써 세계 질서의 재건을 지향하는 것도 아니다. 〈정협지〉의 결말에서 보이는 무림계의 안정은, 정사(正邪)의 인물들이 모두 흩어짐으로써 이루어진 표면적이고 일시적인 것에 불과하다. 정(正)의 완전한 승리나 사(邪)의 소멸이 이루어지지 않은 채 모두가 해산할 뿐이다.

무림계는 요동이 잠시 멈춘 불안한 상태에 있게 된다. 〈정협지〉에서 회양방을 이끌었던 흑지상인 고비는 남해어부의 충고에 따라 마음을 접고 금사보를 떠난다. 그러나 그가 모든 것을 온전히 포기한 것은 아니다. 그는 다음 기회를 노리겠다는 뜻을 분명히 하며 물러섰다. 그렇기에 남해어부는 고비가 후에 우환을 일으킬지도 모르겠다고 걱정한다. 금사방에 모였던 회양방 방도들 역시 고비의 물러섬을 계기로 뿔뿔이 흩어질[31] 따름이다. 악인들은 제거되지 않은 채 각자 제 고장으로 무탈하게

31 후배 고비, 무예에 정통하지도 못한 몸으로서 남을 따를 수 없는 미흡한 재간을 가지고 이번에 다시 강호에 얼굴을 나타냈다가, 과연 배우고 경험한 바 많았소……. <u>고비는 이대로 여기서 고별하겠소! 일후에 다시 뵐 기회가 있을 것이오!</u>" 말을 마치자 그 자리에 오래 머뭇거리기도 부끄럽다는 듯 두 발로 땅을 쿵 하고 구르더니 그대로 몸을 날려서 바깥 보루 쪽으로 쏜살같이 종적을 감추고 말았다. 남해어부는 흑지상인 고비가 이미 사라진 것을 보자 머리를 옆으로 흔들며 탄식하는 말이, "저 자는 죽어도 제 고집을 못 버리는 자로군! 이렇게 혼이 나고도 추호도 뉘우침을 모르니 일후에 또다시 무림에 우환을 일으킬는지도……" 남해어부는 회양방 쪽을 휘둘러보면서 말을 계속했다. "고비란 자도 이미 사라지고 없는 이 마당에서, 나의 생각 같아서는 그대들도 이 이상 이곳에서 머뭇거릴 것 없이 각각 본고장으로 되돌아가서 정신이나 수양하

떠나간다.

〈검해고홍〉 제38회 장명이 "연기처럼 사라지고 구름처럼 흩어진다[烟消雲散]"인 것도 이와 같은 내용을 반영한 것이다. 물론 〈정협지〉는 연소운산(烟消雲散)이란 장명을 그대로 받아들이지 않았다. 번역자는 "雲煙"(신태양사)를 취하거나 "再會兄弟"(생각의나무)란 회명을 취함으로써 정사의 이산(離散)을 모호하게 표현했다. 그리고 형제의 만남을 강조하려 했다. 그렇다고 〈정협지〉의 서사 지향이 무림계 질서의 완정한 수립에 있지 않음이 분명하다. 그렇다고 〈정협지〉의 서사 지향이 가족의 재결합에 있었던 것도 아니다. 노성의 간곡한 유언이 있었고, 형과 아우의 만남이 지상 과제인 것처럼 서술되었지만, 실제로는 이들의 만남이 극적 해프닝에 가깝게 그려지고 있을 따름이다.

〈정협지〉 6, 40회, 276-278면.	똑! 하는 가벼운 소리가 들렸다. 노영탄이 낮이나 밤이나 목에 걸고 있던 옥패의 줄이 칼끝에 스쳐서 끊어진 것이다. 옥룡검 칼끝에 줄이 끊어져서 땅에 떨어진 한 개의 옥패, 그것을 내려다본 순간, "으아앗! 이건?" 악중악은 목청이 터질 듯이 놀라운 소리를 질렀다. 그리고 그와 동시에 여태까지 단단히 옥룡검을 잡고 있던 손라락이 스르르 풀리며 칼도 땅에 떨어뜨리고 말았다. 악중악은 두 눈을 크게 뜨고 노영탄의 얼굴을 뚫어지도록 노려봤다. 딱 벌어진 입을 다물지 못하고 한참 동안 실신한 사람같이 서 있기만 했다. 짧은 침묵이 흐른 다음, 악중악은 바른 정신을 회복한 모양이었다. 뱃속에서 우러나는 침통한 음성으로 숨 가쁘게 외쳤다. "너…… 너…… 너는? 바로 네가?"

고 여생을 마음 편히 지내는 것이 좋을 것이다! 그대들은 이 늙은 어부의 말을 어떻게 생각하는가?" 운몽노인, 열화천왕, 일속자 그리고 그밖에 여러 회양방의 방도들은 꿀 먹은 벙어리 모양 말이 없었다. 넋이 빠진 위인들처럼 한참 동안이나 남해어부의 얼굴만 멀거니 바라보고 있더니, 이윽고 뿔뿔이 흩어져서 금사보 밖으로 자취를 감추고 말았다. (〈정협지〉 6, 제40회, 283~284면.)

노영탄은 그 광경을 보자 어리둥절할 뿐, 무어라 대답해야 좋을지를 몰랐다. 악중악의 말이 무엇을 의미하는지 알 수 없어서 얼빠진 사람처럼 멍청히 바라보기만 할 뿐이었다.
악중악은 홀연, 어떤 놀라운 사실을 깨닫는 모양이었다. 황급히 한쪽 팔을 뻗더니 앞가슴의 옷자락을 풀어 헤쳤다. 목에 걸려 있는 기다란 목걸이 줄을 끄집어내더니 그 끝에서 또 다른 옥패를 꺼내서 손에 들었다. 그 옥패의 형상과 빛깔은 노영탄의 목에서 칼끝에 스쳐서 땅에 떨어진 옥패와 똑같았다. 단지 거기 새겨진 무늬가 다를 뿐이었다.
먼 옛날, 노복, 노성이 임종이 눈앞에 다가드는 처참한 순간에, 소년 노영탄에게 유언을 남기고 길이 잘 간직하라고 손에 쥐어준 옥패 반쪽. 거기에는 봉이 새겨져 있고 다른 반쪽에는 용이 새겨져 있다고 한 그 옥패.
노영탄은 악중악이 손에 들고 있는 옥패 반쪽을 유심히 들여다보자, 또한 놀라움을 금치 못하고 떨려 나오는 외마디 소리를 질렀다.
"다…… 다…… 당신은? 당신이 바라?"
노영탄은 땅 위에 떨어진 자기의 옥패짝을 선뜻 집어들고 악중악의 턱밑으로 달려갔다. 둘은 두 짝의 옥패를 맞붙여보았다. 봉의 무늬와 용의 무늬, 과연 그것은 두짝이 합쳐서 털끝만한 금도 벌어지지 않는 한 개의 옥패가 되는 것이었다.
덥석! 악중악과 노영탄은 일시에 얼싸안았다. 둘의 눈에는 똑같이 눈물이 글썽해졌다. 슬프다 해야 할지, 기쁘다 해야 할지. 놀랍다 해야 할지 신기롭다 해야 할지…… 둘의 심정은 그 어떤 것이라고 꼬집어서 표현하기에는 너무나 가슴이 벅찼다. 그들은 똑같이 목구멍에 무엇이 찔린 것처럼 무슨 말을 해야 좋을지 몰랐다. 간신히 입을 열어서 하는 소리가,
"형…… 형님!"
"내…… 내 아우…… 아우……!"
여태까지 목숨을 내걸고 싸우던 두 청년이 으스러지듯이 꼭 부둥켜 안고 똑같이 눈물을 주르르 흘리며 두 볼을 셨다. 그러다가는 껑충껑충 뛰고, 미친사람 같이 웃고 또 울고……
경기대 아래 사람이 있다는 사실조차 까맣게 잊어버린 모양이었다. 극도로 폭발된 기쁨과 흥분의 감정은 옆에서 사람들이 본다는 사실도 안중에 있을 리 없었다. 두 사람은 어린아이들같이 펄펄 날뛸 뿐이었다.

吧哈!, 一下清脆響聲, 路永坦頸間日夜不離所掛的一塊玉佩, 恰被岳中嶽'玉龍劍'劃斷項鍊, 掉落地上.

〈劍海孤鴻〉 第三十八章, 863-864면.	只聽啊呀一聲驚呼, 岳中嶽手中寶劍奪手掉落地上, 他瞪大眼睛向路永坦面上注視着, 怔怔的張大了嘴. 半響, 他才回復神智似地 急喚道‥ "你, 你, 你……" 路永坦被他這狀態也弄呆了, 竟不知如何回答, 也不知他是什麽意思, 也只怔怔的望着他. 岳中嶽似乎忽然憬悟, 連忙伸手把胸前衣衫解開, 從頸間拉出一條項鍊, 那上面赫然也掛着一塊玉佩. 那玉佩的形狀顏色, 和路永坦掉在地上的竟是一模一樣, 不過花紋却不相同. 路永坦一見此狀, 也人不住驚呼道‥ "你, 你, 你……" 一面伏身檢起地上的玉佩, 湊到岳中嶽面前, 兩人把兩塊玉佩合在一起, 果然天衣無縫, 絲毫不差, 就如一塊似的, 一面是鳳, 一面是龍. 這當兒, 二人倏地緊緊擁抱在一起, 兩人的眼中充滿了淚水, 又悲又喜, 又驚又愛, 二人只覺喉嚨裏塞着什麽東西似地, 不知如何說話, 僅僅齊聲喚道‥ 哥哥! 弟弟! 二人緊緊的抱着, 流着眼淚, 跳着笑着, 又哭又笑, 像瘋狂似地, 忘了台下的一切. 骨肉的重逢, 至性的流露, 使二人快樂的忘了置身何處.

인용한 부분이 형제의 재회와 관련된 내용의 전부다. 사실 서술 내용만을 보면 매우 극적이다. 그런데 실상을 따져 보면 그렇지도 않다. 노영탄이나 악중악은 서사가 진행되는 내내 서로를 찾기 위한 그 어떤 노력도 하지 않았다. 노영탄과 악중악은 1회부터 서로 만났고, 그들이 매우 닮았다는 사실도 거듭 확인한다.[32] 이후에도 노영탄과 악중악은

32 무슨 힘에도 굴하지 않을 것 같은 꼿꼿한 정신이 감돌고 있는 소녀의 얼굴은 처음 대하는 사람의 시선을 오랫동안 붙잡아 두기에 충분했다. 더군다나 **이상한 점은 노영탄의 얼굴 모습이 소녀의 오빠 얼굴과 몹시 비슷하게 생겼다는 점이었다.** 대뜸, 이것을 발견한 소녀는 또다시 몇 번이나 노영탄의 얼굴을 힐끔힐끔 바라보았다. (〈정협지〉 1, 1회, 22면.)

여러 차례 만났을 뿐만 아니라, 그들이 닮았다는 주변인들의 증언을 반복해 듣는다.[33] 그런데도 그들은 서로의 정체를 알아보려는 어떤 노력도 하지 않는다. 악중악의 소심하고 지기 싫어하는 성격과 노영탄의 수치심으로 인한 원한 때문에 서로에 대해 경계심만 드러낼 뿐이었다.[34] 조금만 주의를 기울여도 서로의 신분을 확인할 수 있었는 데도 말이다.

급기야 매사 맞서던 이들은 목숨을 걸고 무예 대결을 벌인다. 무예 대결 중에 노영탄은 무대 아래의 비명소리에 검을 멈추며 멈칫한다. 이에 악중악은 신룡검을 휘두르고 그 검은 노영탄의 가슴께를 스친다. 검의 칼날은 노영탄의 목에 걸린 옥패의 끈을 끊어 버렸고, 이로 인해 옥패가 땅에 떨어진다. 이것을 본 악중악이 놀라서 자신의 옥패와 노영탄의 옥패를 맞춰본다. 그리고 서로가 형제라는 사실을 비로소 알게 된다. 목숨을 건 결투라는 극적인 장치를 동원했지만 형제 상봉은 어설픈 해프닝처럼 이루어진다.

그리고 형제의 상봉은 이것으로 끝이 난다. 이후 노영탄은 오매천녀의 권유로 연인 연자심을 향해 떠난다. 형과 함께 살자고 제안하거나 재회의 굳은 언약도 하지도 않는다.[35] 그렇게 떠나는 것은 악중악 역시

---

33 연자심은 그제야 청년이 노영탄이 아니라는 것을 깨달을 수 있었다. **거의 한판에 찍어낸 듯이 생김생김이 똑같은 얼굴이기는 했으나** 그는 역시 노영탄이 아니었다. (〈정협지〉 1, 5회, 220면.)

34 감욱형은 초조해지는 심정을 참을 길 없어 또 한번 이렇게 물어보지 않을 수 없었다. "더군다나, 그…… 감소저와 소싯적부터 오라버니처럼 같이 자라났다는 **그 사람을 나는 다시 대하고 싶지 않소!**" 여태까지와 딴판으로 노영탄의 말은 무뚝뚝하기 이를 데 없었다. 아, 악중악 말씀이시군요!" "맞았소!" 그제야 감욱형도 5년 전의 과거지사가 새삼스럽게 눈앞에 훤히 떠오르는 것같았다. 낙양에 있을 때, **숭양표국 뒤뜰에서 노영탄이 악중악에게 창피와 망신을 당하던 장면……. 옛날의 사무친 원한을 풀기 어려워, 두 번 다시 악중악과 대면하기 싫다는 노영탄의 심정**은 어쩌면 당연하지 않은가. (〈정협지〉 2, 7회, 26면.)

마찬가지다. 악중악 역시 오매천녀가 감육형이 기다린다는 말을 하자 미련없이 그곳을 떠난다.[36] 형제의 재회는 마지막 순간에 서로의 존재를 확인하고 잠시 기뻐 날뛴 것으로 끝난다. 그들은 가족이 아닌 각자의 삶을 위해 곧바로 헤어진다.

이는 영웅소설에서 보이는 가족의 재결합과는 확연히 다른 모습이다. 영웅소설에서 가족의 재결합은 위계적 가족 질서의 확립과 그에 근거한 안정된 가족 구성을 의미한다. 반면 〈정협지〉에서는 각자의 삶을 지향할 따름이며, 위계적 가족 질서의 확립을 추구하지 않는다. 〈정협지〉에는 가족 질서의 지향이 잔영처럼 남아 있을 뿐이다.

영웅소설과 〈정협지〉의 이런 차이는, 천정(天定)으로서 영웅소설에서의 결연이 예민한 감성에 기반한 남녀의 연애 감정으로 다르게 형상화되는 것에서도 드러난다.

> 가) 젊은이들의 웃음 소리는 경쾌하게 울려 퍼졌다. 그러나 젊은이들의 대화는 곧잘 꽤 오랫동안이나 중단되었다. 중단되는 대화…… 그것이 곧

---

35 오매천녀가 입가에 의미심장한 미소를 띠며 하는 말이, "연자심이 회양방의 새 방주가 돼야 한다는 사실을 너는 생각지 못했느냐?" <u>노영탄은 악중악을 흘끗 쳐다보면서도 발이 떨어지질 않았다. 악중악이 선뜻 웃으면서 말하기를, "영탄아 어서 가보지 않고 뭘 또 망설이냐?" 그제서야 노영탄은 스승 남해어부에게 고별의 인사를 하고 금사보 안면으로 날 듯이 사라졌다.</u> (〈정협지〉 6, 40회, 285면.)

36 오매천녀는 노영탄의 사라져가는 뒷모습을 멀리서 바라보더니 다시 머리를 돌리고 악중악에게 말했다. <u>"중악아! 너도 빨리 가서 감씨댁 아가씨를 만나보아라. 욱형이는 벌써부터 서편 보문에서 너를 기다리며 빨리 보내달라고 나에게 부탁했다."</u> 악중악은 그제서야 남해어부와 오매천녀에게 정중하게 절을 하고 몸을 돌려서 옆에 우두커니 서 있는 철장단심 탁창가의 앞으로 뚜벅뚜벅 걸어가더니 허리에 차고 있던 옥룡검을 풀고 동시에 품안으로부터 누런 비단 보자기에 싼 승양비급을 꺼내서 쌍수로 받들어 중중하게 탁창가에게 돌려주었다. <u>탁창가가 무슨 말을 하기도 전에, 악중악은 훌쩍 몸을 돌리고 그 자리를 떠서 저편으로 달음질쳐 버렸다.</u> (〈정협지〉 6, 40회, 285~286면.)

서로 그리워하다가 만난 젊은이들의 진정한 대화인지도 몰랐다. 이야기가 중단될 때마다 감욱형은 고개를 갸우뚱해서 믿음직하고 흐뭇한 노영탄의 어깨에 뺨을 대고 강물 위 먼 하늘만 바라다보았다. 앞이 훤하게 트이는 것만 같았다.[37]

나) 비록 얼마 되지는 않는 동안이나마 연자심이라는 아가씨를 가까이 대해보니 그 드물게 보는 아름다움에 마음이 끌렸다. 감욱형과 똑 닮은 얼굴과 부드럽고 간드러진 애교를 발견했을 때 비록 원수의 딸이라고는 하지만, 무엇인지 까닭을 알 수 없는 얄궂은 심정의 충동이 머리를 들기도 했다. 두 젊은이들 사이에는 오랜 동안 무겁고 긴 침묵만 감돌았다. 제각기 이상야릇한 심정을 어떻게 해야 좋을지 알 수 없었기 때문이다.[38]

인용한 가)는 감욱형과 노영탄 사이의 피어오르는 미묘한 감정을 그린 것이다. 그리고 나)는 악중악과 연자심 사이의 막 시작된 연애 감정을 표현한 것이다. 그런데 이들은 서로의 결연 상대가 아니다. 작품의 결말에서 노영탄은 연자심을 향해 가고, 악중악은 감욱형과 함께 떠난다. 그런데도 이들은 오랫동안 자신들의 마음을 확실히 결정하지 못하는 것으로 그려진다. 노영탄은 감욱형을 만나면 그녀에게 마음이 기울고, 연자심을 만나면 또다시 그녀에게 마음이 향한다. 그것은 악중악 역시 마찬가지였다. 그의 마음은 감욱형과 연자심 사이에서 오갔다. 이들은 서로의 관계를 통해, 천정(天定)에 의한 결연의 실현을 보여주려

37 〈정협지〉 2, 7회, 16면.
38 〈정협지〉 2, 8회, 76면.

하지 않는다. 오히려 초점은 애틋한 연애의 감정 묘사에 있으며, 독자로 하여금 그런 감정을 즐길 수 있도록 할 따름이다. 〈정협지〉는 애정 자체에 대한 탐익을 그려낼 뿐이다.

이와 같은 섬세한 애정 감정의 서술은, 장차 짙은 성적 표현으로 발전할 가능성을 보이기도 한다. 현대 독자 대중의 감각적 기호 지향과 궤를 같이 하는 양상이다.

〈정협지〉 5, 31회, 291-292면	팍! 부싯돌에 또 불을 일으켜보았다. 지극히 짧은 순간이기는 했으나 연자심의 모습이 확실히 드러났다. 연자심은 홍도와 같이 발그스레한 두 볼에 가느다란 미소를 띤 채로 두 눈을 꼭 감고 혼수상태에 빠져 깨어나지 못하고 있는 것이었다. 사가란 놈은 허리를 구부리고 또 한번 자세히 내려다보았다. i) 풍만한 젊은 여자의 육체가 송두리째 눈 아래 나동그라져 있지 않은가! 범선 위에서부터…… 눈독을 들여온 탐스럽고 아리따운 젊은 아가씨의 미끈한 육체……. 짧은 속저고리, 역시 짧은 속바지만 입고 있는 연자심의 무릎 아래 두 다리의 피부는 허여멀쑥한 것이 흡사 백설과도 같았고, 한 번 손을 스치면 그 보드라운 품이 미끄러질 것만 같아 보였다. 한 떨기 해당화가 졸고 있는 것만 같은 이 젊은 아가씨의 매혹적인 교태……. ii)가슴속에서 별안간 불끈하고 치밀어 오르는 불덩이가 있었다. 두 눈이 뒤집힐 것만 같았다. 사가란 놈은 두근두근 방망이질 치는 가슴을 간신히 억제하면서, 팔을 뻗어 연자심의 속저고리 자락에 손을 대고 지분거려 보려고 했다. 그런데 바로 이 아슬아슬한 찰나에, 난데없이 등덜미로부터 한바탕 웃어젖히는 냉소 소리가 껄껄거리고 들려오지 않는가! "아하하하핫!" 그 냉소 소리는 날카롭고 또랑또랑했다. 마치 한줄기 매섭고 싸늘한 바람이 바늘처럼 가슴 한복판을 꼭 찌르는 것 같아서 사가란 놈은 오싹하고 전신을 바르르 떨었다.
〈劍海孤鴻〉 第三十一章, 672-673면.	他撥開外面包裹的棉被, 抖亮火熠子, 只見燕紫心面如桃紅 微含笑意, 閉着眼睛 兀自昏睡未醒. 再往下看, ㉠她身上只穿着一套短衫袴 臂腿都裸露在外, 肌膚雪白似玉, 晶瑩柔嫩 彷佛觸手可滑. 這副海棠春睡的嬌態, ㉡ 惹得査二心頭一陣狂跳, 忍不住便要動手去

	扯她衣裳, 他剛一伸出手, 猛聽背後一聲冷笑, 聲音又尖又脆, 彷彿帶着一股冷氣似地, 查二驀地一驚, 機伶伶打闘冷戰.

노영탄은 연자심과 함께 응유산에 은거하여 무술을 수련한다. 1년을 응유산에서 함께 보낸 이들은 세상 소식이 궁금해 하산한다. 그런데 배를 타고 연운항에 내리는 노영탄과 연자심을 눈여겨 본 사가[査二]가 훈향(薰香)을 써서 연자심을 중독, 납치하고 그녀가 가졌던 보물을 가로챈다. 잠자리에 든 연자심을 납치한 사가는 반라 상태에 있는 연자심의 육체를 보고 흑심을 품는다.

그런데 〈검해고홍〉 ㉠)을 번역한 〈정협지〉 i)은 서술 내용이 자못 다르다. 여기에는 적잖은 의역과 첨가가 이루어져 직접적 대비가 어려울 정도다. 〈정협지〉의 해당 부분은 성적 감성을 자극하는 표현의 확장하는 의도가 뚜렷하게 보인다. 성적 장면에 대해 구체적인 묘사를 통해 독자를 유인하려는 것이라 하겠다. 연애 감정의 묘사가 성적 표현의 확대로 변화할 수 있음을 보인다. 이런 점에서 천연(天緣)을 언급하며 독자의 호기심을 자극하던 영웅소설과는 판이한 지향을 보인다.

이와 같은 차이는 무예와 무장의 획득에서도 보인다. 주인공의 무장 획득은 천연이 아닌 기연에 의해 이루어지거나, 그러한 인연이 맺어질 수밖에 없는 필연적 이유를 기반으로 한다. 예컨대 노영탄이 남해어부 상관학을 스승으로 모실 수 있었던 것은, 그의 의로운 행동에 기인한다. 노영탄은 성희롱당하던 소녀를 위해 나서고 그들에게 은자를 적선했으며 회양방 무리의 사악한 유혹을 물리친다. 이런 노영탄의 정의로운 행동이 상관학으로 하여금 그를 제자로 들이게 했다. 이것은 서사 구성의 치밀함, 즉 서사가 합리성에 보다 가까워지고 있음을 뜻한다.

또한 무협소설의 주인공이 배우는 무예는 단순한 것에서 점차 복잡해지고 논리적이고 체계적일 뿐만 아니라 더욱 가공할 만한 것으로 바뀐다. 영웅소설에 등장하는 도사나 갑주, 용마, 보검의 환상적 면모와는 다르다. 노영탄은 스승의 절학을 끊임없이 단련하며, 비동의 초식을 쉼 없이 공부함으로써 절대 고수의 반열에 오른다. 소대성이나 조웅처럼 특별한 수련 과정 없이 뛰어난 능력자로 전면화되지 않는다.

이상의 사실은 〈정협지〉가 고전소설 혹은 영웅소설의 문학적 기호 인식을 기반으로 한국의 독자에게 수용되었지만, 동시에 영웅소설과는 다른 서사적 지향을 갖추고 있음을 의미한다. 즉 고전소설을 근간으로 무협소설이 형성되었다거나 영웅소설을 모태로 역동적 전위가 이루어져 무협소설이 자리하게 된 것이 아니다. 오히려 영웅소설을 유행케 했던 향유층의 문학적 기호의 전통이 새로운 유형인 무협소설의 유행을 이끈 것이다. 수용자의 문학적 기호(嗜好)와 그 분자화된 흐름이 역사적 계기로 맺어져 발생한 변이(變異)이라 하겠다. 이른바 문학적 기호의 연속적 흐름과 그것이 사회문화적 계기를 통해 만들어낸 갈래나 유형의 출현이며, 메타모포시스(metamorphosis) 현상인 것이다.

5. 맺음말

홍희복이 평가한 것처럼 영웅소설은 하층의 비루한 언문소설이다. 그리고 그것은 무협소설 역시 마찬가지다. 이른바 B급 문화들이다. 이런 B급 문화에는 양면성이 존재한다. 폄시의 대상이면서도 실제로는 문화의 중심적 흐름을 장악한다. K-Culture에서도 마찬가지다. 싸이의

〈강남스타일〉은 유튜브 뮤직비디오가 50억 건의 조회 수를 넘겼다. 그러나 그것은 여전히 B급 문화 취급받기 일쑤다.

고전소설로서 영웅소설 역시 그러했다. 하층의 저급한 소설로 저급함은 비난의 대상이 되곤 했다. 하지만 영웅소설은 조선후기 상업문화의 기층으로 행복한 결말을 통해 향유층의 꿈을 지키며 굳건히 자기 자리를 지켰던 것도 분명하다. 그리고 현재는 그것들이 어디론가 사라졌다. 영웅소설은 사라졌지만 그것을 존재케 했던 문화적 기호는 그 흐름을 이어져 왔다. 사회 문화적 계기를 통해 꼴과 색을 달리하여 우리 곁에 있었다. 〈정협지〉를 통해 그것을 확인할 수 있다.

〈정협지〉는 기존 영웅소설과 많은 면에서 닮았으며, 동시에 서사 지향을 비롯하여 애정과 결연의 양상, 무예와 무장의 습득 등에서 새롭다. 영웅소설의 서사 전통이 무협소설의 독서에 익숙함으로 작용한 면도 있지만, 그 익숙함에서 벗어난 낯섦으로 비춰지는 것들이 존재한다. 이른바 익숙함과 낯섦이 뒤섞인 상태이다. 〈정협지〉에 존재하는 이런 익숙함과 낯섦의 혼종, 그리고 그 저변이 존재하는 문학적 기호가 무협소설의 정착과 유행을 이끌었다.

이것은 〈정협지〉가 영웅소설의 서사 전통을 수용하여 등장했다는 의미가 아니다. 영웅소설의 서사 전통에 익숙한 이들, 영웅소설을 존재케 했던 문학적 기호를 보편지로 지녔던 이들 앞에 새로운 유형의 소설이 등장했으며, 그들이 그것을 적극 수용했음을 뜻한다. 그리고 거기에는 새로운 서사 지향과 그것을 실현하는 제 요소들로 구성된 새로운 유형의 정착이 동반되었다. 즉 영웅소설의 향유층은 자신이 지닌 문학적 경험[익숙함]을 바탕으로 새로운 갈래의 자리잡음을 이끌어낸 것이다.

이것은 내적 가치 체계와 역사적 경험을 바탕으로 한 (갈래)주체의 역동적 전위(轉位)의 과정은 아니다. 오히려 유입된 유형의 소설과 그것을 수용하는 향유층에 사이에서 발생하는 양방향적이고 동시적인 변화이다. 새로운 유형의 소설이 유입됨에 따른 창조적 접촉, 즉 익숙함과 낯섦의 상호작용의 경계에서 발생하는 갈래 규칙 형성의 동력에 이끌린 결과다. 이는 기존의 유형과 새로 들어온 유형이 만나는 통로, 유형 규칙 생성의 시공간이 부단히 형성될 수 있음을 의미한다. 부정형의 유형 규칙 생성의 시공간은 부단한 상호작용으로 새로운 특성의 유형이 자리 잡도록 촉진한 것이다.

그렇다고 촉진과 혼종이 단순한 뒤섞임은 아니다. 새로운 유형의 서사 지향에 일정한 변화를 일으켜 새로운 서사 지향을 형성함을 의미한다. 이것은 유형의 변이이며, 이른바 메타모포시스 현상이다. 이때 변이의 근본이 되는 모태(母胎)를 상정할 수는 있다. 고전소설 혹은 영웅소설처럼 말이다. 그러나 그것은 그 현상을 가능케 한 본질적인 무엇이 아니다. 모태는 과거 메타모포시스를 경험한 유연한 개체일 따름이다. 본질, 고유한 가치는 확정적이지 않으며 사실상 어디에도 없다. 그것은 그 본래적 속성으로 일컬어지는 것들을 메타모포시스의 동력을 제공했을 따름이다.

요컨대 영웅소설의 익숙함, 문학적 기호는 〈정협지〉에서 실험된 한국 무협소설이 안착할 수 있도록 하는 메타모포시스 촉진의 동력이었다. 그 힘으로 무협소설은 메타모포시스를 경험하게 되고 유형 특성을 발현하게 했다. 이렇게 〈정협지〉는 이런 메타모포시스의 현장을 보여준다. 내재적 주체의 익숙함은 자극이고 유입된 갈래는 모태로서 변화였던 것이다.

의적에 대한 구술 기억과 구술 담론

-의적 설화를 중심으로-

신호림

1. 서론

본고에서는 협(俠)에 대한 구술 담론을 파악하기 위해 의적(義賊) 설화에 주목한다. 협에 접근하기 위한 하나의 방편으로 의적 설화를 경유하는 이유는 간단하다. 협은 기본적으로 문자 문화의 소산이기 때문이다. 이옥(李鈺)의 정의를 따르자면, 협은 재물을 가볍게 여기고 시여(施與)를 무겁게 여기며, 보답을 바라지 않는 것이다.[1] 곤경에 빠진 타자에게 도움을 주되 보답을 바라지 않는 것을 협행(俠行)이라고 할 수 있다. 그런데 협이 가지고 있는 역설은 협행의 방식이 폭력을 포함한다는 것이다. 폭력으로 이타적 행위를 수행하는 협은 무력(武力)으로써 사회적 금

---

1 李鈺, 〈張福先傳〉, 『桃花流水館小稿』(『潭庭叢書』 24). "所貴乎俠者, 能輕財重施, 而不望報, 斯其爲俠人乎."

지를 넘어선다.[2] 정의감에 기초하지만, 폭력을 사용한다는 점에서 수단적 정의(正義)를 확보하지 못한다는 복잡한 양태가 '협'이라는 문자 속에 들어있다.

하지만 구술 담론에서는 이런 복잡한 양태를 협으로 정의하지 않는다. "의협심(義俠心)이 넘친다"와 같은 표현을 사용하지만, 협에 대한 의미를 신중히 고려해서 특정 맥락과 의도에 따라 활용하기보다 무의식적으로 어떤 인물이나 행위에 의협(義俠)이라는 기표를 붙인다. 이는 기본적으로 구술문화에서 이루어지는 지식전승의 특징 때문이라고 할 수 있다. 구술문화의 전통에서는 월터 옹(Walter J. Ong)이 지적했듯이 기술적인 지식을 추상적이고도 자존적인 동체(corpus)로서 보유하는 것에 거의 관심이 없다.[3] 구술문화에서는 기하학적인 도형, 추상적인 카테고리에 의한 분류, 형식논리적인 추론, 절차, 정의 등의 항목을 따로 설정하지 않는다는 것이다.[4] 그래서 구술 담론에서는 협과 같은 역설적 개념보다 조금 더 느슨한 '의(義)'라는 개념을 끌어들이며, 그마저도 비판적 논쟁에 기댄 엄격한 정의를 전면에 제시하기보다 하나의 이야기 속에서 '의'를 녹여내듯 풀어낸다.

특히 본고에서 다루는 의적은 독특한 존재다. 의적은 기본적으로 '도적'이다. 도적은 사회악의 표상이지만 자연재해로 인한 기근이나 사회적 병폐 때문에 발생한 것으로 왕도 정치의 구현에 의해 계도되어야 할 대상으로도 인식된다. 그러나 권력의 통치 이념에 포획되는 도적일

---

2 강명관, 『이타와 시여: 조선 후기 문학이 꿈꾼 공생의 삶』, 푸른역사, 2024, 74~75면.

3 월터 J. 옹 지음, 이기우·이명진 옮김, 『구술문화와 문자문화』, 문예출판사, 1995, 73면. 옹은 구술문화 속에서는 카테고리에 입각한 사고를 중요하게 생각하지 않고 재미있어 하지도 않았다고 언급한다. 같은 책, 86면.

4 월터 J. 옹 지음, 이기우·이명진 옮김, 위의 책, 92면.

지라도 그 도적을 재현하는 주체들은 포획 과정에서 드러나는 폭력성과 억압성을 문제 삼으며 자유와 해방을 향한 감성적 언표로 그들을 재구성할 수도 있다.[5] 그래서 조선 후기 사회의 구조적인 모순에서 도적 설화가 등장하는 가운데,[6] 그 도적을 의적으로 호명할 수 있는 근거가 마련되는 것이다. 사회적 금지를 넘어서는 폭력을 통해 재물을 갈취하고 이를 다시 백성들에게 나누어주는 의적의 형상은 협이 지시하는 의미와 무관해보이지 않는다. 협을 논함에 있어서 의적 설화라는 우회로를 통해 '의(義)'에 접근하고자 하는 이유가 여기에 있다.

물론 의적 설화는 구술언어로 전승되기 때문에 인과적 논리와 유기적 장면의 연쇄를 통한 잘 짜인 서사구조를 취하지 못한다.[7] 그러다보니 의적 설화는 누군가의 입장을 '대변(speaking for)'하는 것도, 누군가를 '다시-제시(re-presentation)'하지도 못하는 어정쩡한 서사 양상을 보인다.[8] 오히려 의적 설화는 흥미와 행운의 요소로 기울어지며 의적으로 재현되는 과정에서 도출될 수 있는 다양한 의미들을 무화(無化)시키는 것처럼 보이기도 한다. 의적이 필요하다는 사회적 욕망이 도적을 의적으로 호명하며 의적 설화를 만들었지만, 실제로 의적 설화에 등장하는 도적들은 의적이라 부를 만한 자격 내지 정체성을 갖추지 못하고 있다.[9]

---

5 이영배, 「도둑 표상의 문화적 의미와 민중의 감성적 인식」, 『실천민속학 연구』 16, 실천민속학회, 2010.

6 김종군, 『조선후기 대도설화 연구』, 박이정, 2007, 111면.

7 구술문화에서는 인과의 연쇄에 대한 경험의 통합이 이루어지지 않는다는 해블록의 언급을 참고해 볼 수 있다. 에릭 A. 해블록 지음, 이명훈 옮김, 『플라톤 서설: 구송에서 기록으로, 고대 그리스의 미디어 혁명』, 글항아리, 2011, 223면.

8 서유석, 「설화에서의 도적 혹은 의적 재현에 관하여: 도적을 의적으로 호명하는 욕망과 그 의미」, 『한국문학연구』 63, 동국대학교 한국문학연구소, 2020, 55면.

9 서유석, 위의 논문, 58~70면.

그렇다면 의적 설화는 단순히 흥미담(興味譚) 이상의 의미를 갖추지 못하고 있을까? 서유석은 설화 향유층의 욕망까지 거슬러 올라가면, 비록 의적 설화가 '대변'과 '다시-제시'로 대표되는 재현의 두 방식을 모두 확보하지는 못하지만, 이는 당대 사회의 모순을 재현해낼 수 있는 통로 혹은 방법을 알 수 없었던 설화 향유층의 욕망이 '호명'에 의해서 나타난 것이라고 정리했다.[10] 의적을 재현한 '서사'는 불완전해 보여도, 그런 서사를 전승하는 과정에서 설화 향유층은 당대 사회의 모순을 인지하고 이에 대한 문제제기를 시도하고 있다는 것이다.

그런데 의적 설화에서 나타난 서사적 '불완전성'은 삽화 위주의 구성과 파편화된 서사에서부터 기인한다. 구술문화에서는 비교적 긴 줄거리를 논하는 방법으로 삽화적 구조를 차용하며,[11] 설화를 구연하는 이야기판의 상황에 따라 과감하게 삽화를 축소·삭제하기도 한다. 이런 특징으로 인해 의적 설화는 '의'를 논리적·정합적으로 설명하지 못하지만, 이는 한계이기보다 구술 담론의 특징 중 하나로 바라봐야 한다. 구술문화의 전통에서는 특정한 사건을 원인과 결과, 요인(要因)과 힘, 목적과 영향력 등으로 분석하는 세련된 언어로 표현하고 기억하는 것에 익숙하지 않다.[12] 그래서 '의'라는 개념을 설화로 풀어내는 과정에서 일반적으로 '의'라는 문자가 함축하고 있는 의미망에서 벗어날 수도 있는 것이다.

이런 관점에서 봤을 때 의적 설화에 내재된 '의'에 접근하기 위해서는 '의'의 축자(逐字)적 의미를 상정하지 않고 설화 향유층이 어떻게 등장인물의 어떤 행위와 그로 인해 발생하는 사건을 '의'라고 명명하는지 살펴

10 서유석, 앞의 논문, 2020, 71면.
11 월터 J. 옹 지음, 이기우·이명진 옮김, 앞의 책, 1995, 232면.
12 에릭 A. 해블록 지음, 이명훈 옮김, 앞의 책, 2011, 200면.

봐야 할 것이다. 구술문화는 그 안에 있는 많은 지식을 보관, 조직, 전달하는 데 인간행동에 관한 이야기를 이용하는 경향이 있다.[13] 과연 의적 설화는 '의'에 대한 지식을 어떻게 이야기를 활용해서 전승하는가? 이에 대한 답을 구하는 가운데 구술 담론에서 거의 다루지 않는 협(俠)에 대해서도 접근이 가능할 것으로 기대한다.

연구대상은 한국학통합플랫폼(https://kdp.aks.ac.kr/)에 구축된 한국구비문학 대계(https://kdp.aks.ac.kr/gubi)에서 '의적'으로 검색했을 때 나오는 21편의 각편을 삼았으며, 그 목록을 표로 정리하면 다음과 같다.

〈표 1〉 연구 대상 목록

연번	제목	지역	출처
1	의적(義賊) 강목발이	경남 진양군 대곡면	https://kdp.aks.ac.kr/inde/indeData?itemId=14&q=query%E2%80%A0%EC%9D%98%EC%A0%81&id=POKS.GUBI.GUBI.1_16110&pageUnit=10&pageIndex=1
2	의적(義賊) 갈봉이	경남 진양군 일반성면	https://kdp.aks.ac.kr/inde/indeData?itemId=14&q=query%E2%80%A0%EC%9D%98%EC%A0%81&id=POKS.GUBI.GUBI.1_16108&pageUnit=10&pageIndex=1
3	의적(義賊) 갈봉이	경남 진양군 대곡면	https://kdp.aks.ac.kr/inde/indeData?itemId=14&q=query%E2%80%A0%EC%9D%98%EC%A0%81&id=POKS.GUBI.GUBI.1_16109&pageUnit=10&pageIndex=1
4	의적 갈봉이	경남 진양군 금곡면	https://kdp.aks.ac.kr/inde/indeData?itemId=14&q=query%E2%80%A0%EC%9D%98%EC%A0%81&id=POKS.GUBI.GUBI.1_16098&pageUnit=10&pageIndex=1
5	의적 맹개목	경남 의령군 의령읍	https://kdp.aks.ac.kr/inde/indeData?itemId=14&q=query%E2%80%A0%EC%9D%98%EC%A0%81&id=POKS.GUBI.GUBI.1_16104&pageUnit=10&pageIndex=1

13 월터 J. 옹 지음, 이기우·이명진 옮김, 앞의 책, 1995, 221면.

6	의적 유국한	경남 함안군 산인면	https://kdp.aks.ac.kr/inde/indeData?itemId=14&q=query%E2%80%A0%EC%9D%98%EC%A0%81&id=POKS.GUBI.GUBI.2_22200&pageUnit=10&pageIndex=1
7	의적 갈봉이	경남 진주시 중안동	https://kdp.aks.ac.kr/inde/indeData?itemId=14&q=query%E2%80%A0%EC%9D%98%EC%A0%81%20%EA%B0%88%EB%B4%89%EC%9D%B4&id=POKS.GUBI.GUBI.1_16098&pageUnit=10&pageIndex=1
8	의적 강목발이	경남 의령군 의령읍	https://kdp.aks.ac.kr/inde/indeData?itemId=14&q=query%E2%80%A0%EC%9D%98%EC%A0%81&id=POKS.GUBI.GUBI.1_16101&pageUnit=10&pageIndex=1
9	의적 강목발이 (1)	경남 진주시 중안동	https://kdp.aks.ac.kr/inde/indeData?itemId=14&q=query%E2%80%A0%EC%9D%98%EC%A0%81&id=POKS.GUBI.GUBI.1_16102&pageUnit=10&pageIndex=2
10	의적 맹개목과 강목발이	경남 의령군 의령읍	https://kdp.aks.ac.kr/inde/indeData?itemId=14&q=query%E2%80%A0%EC%9D%98%EC%A0%81&id=POKS.GUBI.GUBI.1_16105&pageUnit=10&pageIndex=2
11	의적 임꺽정과 장사꾼	강원도 영월군 영월읍	https://kdp.aks.ac.kr/inde/indeData?itemId=14&q=query%E2%80%A0%EC%9D%98%EC%A0%81&id=POKS.GUBI.GUBI.1_16107&pageUnit=10&pageIndex=2
12	의적 강목발이 (2)	경남 진주시 상봉동동	https://kdp.aks.ac.kr/inde/indeData?itemId=14&q=query%E2%80%A0%EC%9D%98%EC%A0%81&id=POKS.GUBI.GUBI.1_16103&pageUnit=10&pageIndex=2
13	상초마을 의적 갈봉이	경상남도	https://kdp.aks.ac.kr/inde/indeData?itemId=14&q=query%E2%80%A0%EC%9D%98%EC%A0%81&id=POKS.GUBI.GUBI.2_20453&pageUnit=10&pageIndex=2
14	의적 이칠성과 이팔구월이	전북 정읍군 태인면	https://kdp.aks.ac.kr/inde/indeData?itemId=14&q=query%E2%80%A0%EC%9D%98%EC%A0%81&id=POKS.GUBI.GUBI.1_16106&pageUnit=10&pageIndex=2
15	남향수 (南鄕首)와 의적 맹개목	경남 의령군 의령읍	https://kdp.aks.ac.kr/inde/indeData?itemId=14&q=query%E2%80%A0%EC%9D%98%EC%A0%81&id=POKS.GUBI.GUBI.1_3116&pageUnit=10&pageIndex=2

16	의로운 도둑	강원도 영월군 영월읍	https://kdp.aks.ac.kr/inde/indeData?itemId=14&q=query%E2%80%A0%EC%9D%98%EC%A0%81&id=POKS.GUBI.GUBI.1_16078&pageUnit=10&pageIndex=2
17	영남대적 이칠손이	경남 밀양군 무안면	https://kdp.aks.ac.kr/inde/indeData?itemId=14&q=query%E2%80%A0%EC%9D%98%EC%A0%81&id=POKS.GUBI.GUBI.1_14809&pageUnit=10&pageIndex=3
18	도둑 임걸영	경남 진주시 상봉동동	https://kdp.aks.ac.kr/inde/indeData?itemId=14&q=query%E2%80%A0%EB%8F%84%EB%91%91%20%EC%9E%84%EA%B1%B8%EC%98%81&id=POKS.GUBI.GUBI.1_4587&pageUnit=10&pageIndex=1
19	도적골 전설	경북 고령군 쌍림면	https://kdp.aks.ac.kr/inde/indeData?itemId=14&q=query%E2%80%A0%EB%8F%84%EC%A0%81%EA%B3%A8%20%EC%A0%84%EC%84%A4&id=POKS.GUBI.GUBI.2_18356&pageUnit=10&pageIndex=1
20	죽어서 원수 갚은 의사(義士) 김용제	강원도 영월군 영월읍	https://kdp.aks.ac.kr/inde/indeData?itemId=14&q=query%E2%80%A0%EC%A3%BD%EC%96%B4%EC%84%9C%20%EC%9B%90%EC%88%98%20%EA%B0%9A%EC%9D%80%20%EC%9D%98%EC%82%AC(%E7%BE%A9%E5%A3%AB)%20%EA%B9%80%EC%9A%A9%EC%A0%9C&id=POKS.GUBI.GUBI.1_18841&pageUnit=10&pageIndex=1
21	부잣집만 찾던 도적봉의 도적들	충북 옥천군 동이면	https://kdp.aks.ac.kr/inde/indeData?itemId=14&q=query%E2%80%A0%EB%B6%80%EC%9E%A3%EC%A7%91%EB%A7%8C%20%EC%B0%BE%EB%8D%98%20%EB%8F%84%EC%A0%81%EB%B4%89%EC%9D%98%20%EB%8F%84%EC%A0%81%EB%93%A4&id=POKS.GUBI.GUBI.2_29323&pageUnit=10&pageIndex=1

2. 구술 기억 속 의적의 존재 양상

의적에 대한 구술 기억은 주로 설화의 형태로 전승된다. '설화'라는 서사의 형태를 가지는 이유는 기억이 담고 있는 지식을 하나의 이야기로

꿰는 것이 특정 항목들에 대한 정보를 거기에 담고 그것을 회상하려 할 때 기억하기 유리하기 때문이다.[14] 의적 설화는 이야기 속에 도적을 등장시키고 그의 활동적 서사를 통해 도적을 의적으로 거듭나게 만든다.

그러나 모든 도적이 의적이 되는 것만은 아니다. 의적 설화에는 특정한 인물들이 반복적으로 등장한다. 강목발이, 갈봉이, 맹개목, 이칠성, 임꺽정 등이 바로 그들이다. 이들 인물은 어떤 경향성을 공유한다. 우선, 과거부터 지금까지 역사와 문학의 영역에서 자주 호명되는 존재라는 것이다. 임꺽정이야 굳이 설명할 필요가 없어 보이고, 맹개목과 이칠성은 '홍길동과 이칠성을 잇는 맹감역의 무리'(활빈당 발령장)라는 표현에서도 알 수 있듯이 활빈당에서 활동했던 역사적 인물로 알려져 있다. 20세기 이후 전국에서 봉기하는 도적단은 자신들을 활빈당이라고 칭했고, 각 도적단은 스스로를 홍길동, 맹감역, 마중군, 이칠성 등이라고 천명했던 것이다. 특히, 맹감역은 여러 도적단이 공동으로 돌려 사용한 우두머리의 이름으로 잘 알려져 있으며, 이는 활빈(活貧)을 하지 않더라도 '의적'이라는 정체성을 확보하기 위한 하나의 관습적 방편이었다.[15] 설화에서도 마찬가지로 맹개목, 이칠성, 임꺽정이라는 이름을 가진 등장인물이 등장하면, 역사성을 확보함과 동시에 도적이 의적으로서 인지될 수 있는 발판을 마련한다고 할 수 있다.

그리고 역사적 인물이 아닌 등장인물이라고 하더라도 특정한 관용적 묘사 내지 표현과 연결되어서 지속적으로 사람들의 기억 속에 위치해

---

14 에릭 A. 해블록 지음, 권루시안 옮김, 『뮤즈, 글쓰기를 배우다: 고대부터 현재까지 구술과 문자에 관한 생각』, 문학동네, 2021, 58면.

15 서유석은 '맹개목'을 '맹감역'으로 간주할 수 있는 근거를 제시하고, 이를 활빈당 활동과 연결 지어 해석했다. 서유석, 앞의 논문, 2020, 60~66면.

있다는 점도 주목해야 한다. 목발을 짚고 다리를 절지만 힘이 센 것으로 일관되게 묘사되는 강목발이(설화 1, 8, 9, 12), "갈봉이 보따리 털어먹을 놈"과 같은 관용구가 반복적으로 나오는 갈봉이와 관련된 설화(설화 2, 3)가 대표적이다. 역사적 행적의 유무와 관계없이 이들은 마치 실존했던 것처럼 여겨지며, 특히 두 인물은 설화를 구연하는 과정에서 서로 혼돈되는 경우도 발견된다(설화 7, 9). 강목발이든 갈봉이든 관계가 없는 셈이다. 강목발이는 "신출귀목한 사람인데, 그 창원 땅에 난 갈봉이 하고 맞먹는 의적(義賊)이라"(설화 9)라는 언급처럼 의적으로 상징되는 대표적인 인물로 강목발이와 갈봉이가 인식되고 있었다는 점이 중요하다. 그래서 이 두 인물은 특정 서사나 화소를 공유하는데, 그중에 가장 두드러지는 화소가 바로 탄생담이다.

탄생담은 강목발이(설화 1, 12)와 갈봉이(설화 2, 13)에게서 공통적으로 발견되는 것이다. 왜 그렇게 뛰어난 재주를 타고난 사람들이 도적이 되었는가라는 의문을 해소하기 위해 수용된 비현실적인 화소이다. 강목발이나 갈봉이가 태어날 때 중이나 선녀, 도사가 등장해서 특정 시간에 아이가 태어났는지 반복적으로 묻는다. 대인(大人)이나 장군이 태어날 시(時)에 태어났으면 좋았을 텐데, 강목발이와 갈봉이는 그 시를 지나 역적(逆賊)이나 대적(大賊)이 태어날 시에 태어나는 바람에 도적이 되었다는 다분히 신이하고 운명론적인 내용을 담고 있다.

이 화소는 대인/대적, 장군/도적이라는 대립적 자질을 가진 존재가 사실 종이 한 장 차이라는 사실을, 그래서 대인 내지 장군이 될 사람과 대적 또는 도적이 될 사람 간에는 큰 차이가 없다는 사실을 지시한다. 그리고 이 화소를 가진 도적이 결국 의적이라고 불리기 때문에, 강목발이와 갈봉이의 탄생담은 의적을 이야기로 풀어내기 위한 하나의 관용적

·전형적 표현으로 활용되고 있음을 알 수 있다. 일례로, 유국한이라는 인물도 설화에서 의적으로 등장하는데, 강목발이와 갈봉이의 탄생담과 동일한 화소를 가지고 있다. 유국한이 태어날 때는 조금 더 직접적으로 "역적이 아니면은 대인을 안 나면 역적을 낳것다"(설화 6)고 설명한다. 그리고 "몇월 몇일 날 무슨 시에 나며는 대인을 낳것는데 시가 쪼끔 어기도 역적을 낳것다"고 부연한다. 대인과 역적의 거리가 사실 그리 크지 않다는 점이 조금 더 강조됨을 확인할 수 있다.

의적 설화의 등장인물은 역사적 인물이거나 어떤 관습적 표현이 덧붙으며 구술 기억 속에 지속적으로 잔존하는 양상을 가지고 있다. 의적에 대한 기억은 "기억하기 쉬운 형태(pattern)에 입각"[16]하거나 "고정되고 형식화한 사고 패턴"[17]에 의지하는 구술문화의 전통을 직접적으로 보여준다. 특히, 구술문화에서는 어떤 기억의 소재가 불변의 형식으로 오래도록 살아남기를 요구받으면 받을수록 그것은 더욱 '유형'으로 굳어진다.[18] 역사적 인물의 이름을 빌려오는 관습, 더 나아가 역사적 인물이 아니더라도 관용적·전형적인 표현을 일종의 문학적 관습으로 삼아 의적에 대한 기억은 이야기를 통해 하나의 설화 유형으로 굳어지게 된다.

설화를 통해 포착할 수 있는 이러한 구술 기억은 정사(正史)나 공인된 역사와 거리를 가질 수밖에 없다. 설화는 다분히 허구적이기 때문에 참/거짓의 이분법에서 '거짓'으로 치부될 수 있다. 그래서 의적 설화에서 그려내는 의적, 더 나아가 '의'라는 개념 또한 '거짓'으로 판정할 수 있으며, 의적에 대한 구술적 기억을 이야기로 전승하는 행위는 그릇되거나

16 월터 J. 옹 지음, 이기우·이명진 옮김, 앞의 책, 1995, 58면.
17 월터 J. 옹 지음, 이기우·이명진 옮김, 위의 책, 42면.
18 에릭 A. 해블록 지음, 이명훈 옮김, 앞의 책, 2011, 132면.

유희적인 것으로만 치부할 수도 있다.

그러나 설화가 그려내는 허구적인 세계는 역사에 근거하여 폄하되거나 역사에 대한 왜곡 내지 굴절의 결과라고 볼 수 없다. 허구적 세계는 실제 세계에서 독립되어 있으며, 존재론적으로 자주적인 세계라고 할 수 있다.[19] 다만, 그런 자주적·독립적인 세계가 사람들에게 또 하나의 '현실'로 다가가기 위해서는 입증(authentication)의 과정이 필요하다. 허구적 세계에서 아직 실제화되지 않고 일어날 법한 상태로 남아있는 특정 사건은 적절한 문학적 담화(speech) 행위를 통해 사람들에게 입증이 된 후에야 허구적인 존재성을 획득하는 것이다.[20]

입증을 가능케 하는 문학적 담화 행위 중 하나는 청자(聽者)에게 익숙한 문학적 관습을 활용하는 것이다.[21] 문학적 관습은 논리적 허점이 존재하더라도 설화의 청자들을 이야기에 자연스럽게 몰입시킨다. 현실에서는 실제 일어난 일이 아니라고 생각할지라도 문학적 관습은 상상가능하며 논리적으로 일관된 모형을 제공함으로써, 청자들이 논리적 허점이 발견되어도 일반적인 추론 과정을 통해서 서사를 이해할 수 있게끔 유도하게 된다.[22] 그래서 청자는 설화를 허구적이라고 생각하지만 동시에

---

19 Lubomír Doležel, "Mimesis and Possible Worlds," *Poetics Today*, Vol.9, No.3, Duke University Press, 1988, p.484. 돌레첼은 가능세계(possible world)를 설명하는 가운데, 허구적인 세계가 '자주적인 세계'로 존재한다고 강조하기도 했다. 이에 대해서는 Lubomír Doležel, "Possible Worlds of Fiction and History," *New Literary History*, Vol.29, No.4, The Johns Hopkins University Press, 1998, p.788.

20 Lubomír Doležel, *op.cit.*, 1988, p.490.

21 이에 대해서는 홍우진·신호림, 「고전문학 기반 웹소설의 서사 확장 방식에 대한 試論-웹소설 〈용왕님의 셰프가 되었습니다〉를 대상으로」, 『기호학연구』 68, 한국기호학회, 2021; 신호림, 「退溪 설화에 나타난 지식의 성격과 의미-가능세계의 관점에서」, 『고전과해석』 36, 고전문학한문학연구학회, 2022에서 다룬 바 있다.

22 이와 관련해서 환상적인 이야기가 실제세계에서 '가능한 것'으로 현실화되는 과정을

그 이야기를 진실되게 받아들이는 '허구적 진술의 진실성'을 수용하게 된다.

설화는 분명 역사와 거리가 있으며, 현실에서 쉽게 찾아보기 힘든 환상적인 장치들을 활용하지만, 청자는 이를 진실로 받아들인다. 의적 또한 설화 속에서 실제로 있었거나 있을 법한 인물처럼 이야기를 꾸민다. 각편에 따라서는 도적을 맥락 없이 의적으로 호명하는 것처럼 보이지만, 파편화된 의적 설화의 각편을 종합해서 보면 충분히 상상가능하고 논리적으로 일관된 행위를 수행한다는 점을 알 수 있다.

3. 폭력의 양상과 그 정당화 방식

의적은 그 본질이 도적이기 때문에 상대의 물건을 강탈하는 폭력을 행사할 수밖에 없다. 물리적인 폭력에 대한 열광적인 서술은 설화의 특징 중 하나이긴 하지만,[23] 의적 설화에서의 폭력은 흔히 물리적 힘으로 가시화되는 것과는 그 양상이 다르다. 즉, '도적'이라고 했을 때 떠올릴 만한 폭력과 다르게 의적은 두 가지 방식의 폭력을 가하게 되는데, 그중 첫 번째는 흔적 없는 폭력이라 부를 만한 것이다. 즉, '몰래 훔치는 것'으로 상대방은 언제 돈이나 물건이 사라졌는지 모르다가 나중에서야 알아

고찰한 다음의 논의를 참고해볼 수 있다. Marie-Laure Ryan, "From Possible Worlds to Storyworlds: One the Worldness of Narrative Representation," *Possible Worlds Theory and Contemporary Narratology*, (ed. Alice Bell & Marie-Laure Ryan), University of Nebraska Press, 2019, p.66.

23 월터 J. 옹 지음, 이기우·이명진 옮김, 앞의 책, 1995, 74면. 옹은 설화에서 발견되는 폭력이 구술문화의 전통에서 나타나는 논쟁적 매도나 독설에서부터 비롯된다고 하며, 누군가를 향한 '찬사' 또한 폭력적인 양태를 취한다고 보았다. 같은 책, 75~76면.

채게 된다.

몰래 훔치는 기술은 도적으로서 반드시 갖추어야 할 자질 중 하나이다. 어린 시절부터 물건을 훔치는 데 능력이 뛰어났던 강목발이는 그의 삼촌이 엽전을 몰래 가져가보라는 일종의 시험을 제시하자 아무도 모르게 엽전을 발로 밟아 발바닥에 붙여서 엽전을 가져간다(설화 1). 동일한 방법을 갈봉이도 사용하며(설화 4), 그는 더 나아가 명주로 짠 베나 머리에 쓴 冠을 꾀를 내어 몰래 훔치는 데에도 성공한다(설화 2, 3). 이칠성은 부부가 깔고 자는 이불 요를 몰래 훔치는 데 성공하며 아무도 침입하지 못한 서울 영의정의 집이나 나라의 창고를 털기도 한다(설화 14). 나라의 창고를 털 때는 나라에서 이칠성을 잡기 위해 미끼로 던진 금 두루마기를 쥐도 새도 모르게 가짜 두루마기와 바꿔치기를 해서 '몰래 훔치는 기술'의 절정을 보여주기도 한다(설화 17). 훔치는 기술은 도적으로서 훌륭한 자질을 보여줌과 동시에 번뜩이는 기지와 놀라운 기술을 통해 이야기에 흥미를 부여하기도 한다.

의적이 행사하는 두 번째 폭력은 상대의 동의를 얻은 폭력이라고 할 수 있다. 즉, 당당할 정도로 재산의 일부를 요구하는 것이다. 〈부잣집만 찾던 도적봉의 도적들〉(설화 21)을 보면, "옛날 도둑덜은 그렇게 한 거래요"라고 하며 '신사적인 도둑'에 대해 이야기한다. 이들은 몰래 돈을 훔쳐오는 도둑과 다르게 대낮에 부잣집에 찾아가서 "돈을 얼마 정도를 언제 몇 월 몇 일 날꺼지 장만해 놔라"라고 통보한다. 그 말을 듣지 않으면 도둑이 무력행사를 통해 자신의 재산을 다 빼앗아갈 수 있다는 공포심 때문에 부잣집에서는 도둑의 요구사항을 들어준다. 도둑은 그저 마련해 둔 돈을 가져가기만 하면 된다. 때로는 '도적봉'에서 큰 소리로 "몇 월 몇 일 날 우리가 갈테니까 아무개 부자는 돈을 얼마를 장만해 놔라"라고 소리치는 것만으로도 충분하다.

상당히 예외적인 방법처럼 보이지만, 의적 설화에서는 위와 같은 폭력의 두 번째 양태도 취하는 모습을 보여준다. 강목발이도 부잣집에서 접대를 받으며 돈을 가져가고(설화 8, 10), 유국한은 갈치 비늘을 햇빛에 비추어서 자신이 많은 동료를 데리고 온 듯 행동하며 부잣집에서 대접을 받고 돈을 가져간다(설화 6). 갈봉이는 물건을 미리 몰래 훔친 뒤 그 물건을 찾아주겠다고 하며 돈을 당당하게 요구하기도 하고(설화 7) 때로는 자신의 위세를 드러내며 돈을 받아가기도 한다(설화 5). 도적의 심기를 건들면 더 큰 화가 닥칠 것을 알기에 부잣집에서는 오히려 도적이 찾아오면 그를 접대하고 섭섭지 않게 돈도 챙겨준다. '도둑'이라고 부르기에는 무리가 있어 보이기도 하지만 보이지 않은 무력을 통해 자발적으로 돈을 내놓게 한다는 점에서 첫 번째 폭력의 방식보다 더 '폭력적'이라고도 할 수 있다.[24]

의적이 보여주는 폭력의 두 양상은 물리적인 힘을 직접적으로 행사하지 않는 것으로 나타나지만 그렇다고 해서 의적의 폭력이 저절로 정당화되는 것은 아니다. 흔적 없이 은밀히 일어나든, 상대에게 미리 통보를 하든 재산을 강탈하는 행위는 죄악시될 수밖에 없다. 의적 설화에서도 의적의 폭력이 잘못된 것이라는 인식을 보여준다. 예컨대, 강목발이가 한쪽 다리를 다치게 된 이유를 설명하는 〈의적(義賊) 강목발이〉(설화 1)에서는 삼촌이 강목발이가 도둑질을 하자 "저놈이 나쁜 짓을 한다"라고 하며 몽둥이로 발목을 때려서 망가뜨린다. 강목발이에 대한 또 다른 설

24 이 외에 〈의로운 도둑〉(설화 16)에서는 도적떼에 잡혀간 꾀 많은 아이가 도둑질을 도와주는 과정에서 마을 사람들을 속여 집을 비우게 만들고 물건을 훔쳐오는 지혜를 보여준다.

화인 〈의적 강목발이(1)〉에서는 강목발이가 도둑질을 하자 그의 아버지가 강목발이를 돈궤에 가두고 버리기도 한다. “갈봉이 보따리 털어먹을 놈”이라는 관용 표현도 ‘아주 나쁜 짓을 한 사람’을 대상으로 사용하는 것이다(설화 2).

아무리 최대한 폭력적 모습을 지운다고 해도 의적은 도적일 뿐이다. 그래서 의적 설화에서는 모종의 장치를 서사 곳곳에 배치하면서 폭력을 정당화하는 기제를 만들어낸다. 부정적 폭력인 ‘도둑질’을 긍정적인 것으로 전환 시키는 이런 기제는 어느 하나의 방식으로 수렴되지 않고 다양하게 구축된다.

이 중 가장 극단적인 것이 도적의 ‘죽음’이다. 도적이 되어 남의 재산을 훔쳤기 때문에 그에 대한 반대급부로 죽음을 맞이함으로써 죗값을 치르는 것이다. 강목발이는 진주 읍장(설화 1), 진주 영장(설화 7), 진주 사또(설화 8), 진주 판관(설화 9)에게, 갈봉이는 대구 영장(설화 7), 조정 관청의 관리(설화 13)에게 잡혀서 사형을 당한다. 〈의적 갈봉이〉(설화 7)와 〈상초마을 의적 갈봉이〉(설화 13)에서는 갈봉이가 죽는 것으로 결말을 맞이하기 때문에 비극적인 전설로 끝나지만, 그 외의 각편에서는 강목발이가 자신을 죽인 진주 읍장, 진주 사또, 진주 판관 등에게 원혼이 되어 죽음의 복수를 하기도 한다. 죽음의 연쇄라는 형태를 띤 폭력이 나타나더라도 강목발이가 이미 죽은 상태이고 복수 또한 그의 원한을 풀어내는 방식으로 진행되기 때문에 죄를 물을 수 없다. 물론, 복수의 서사가 이어지더라도, 의적들은 그들의 능력상 절대 잡히지 않을 수 있었음에도 불구하고 스스로 관군에게 잡히는 모습을 보여줌으로써 폭력에 대한 죗값을 자발적으로 받는 서사적 양상을 가진다.

죽음이라는 정당화의 기제와는 다르게 독특하게 제3의 다른 도적을 등장시켜서 그와의 비교우위를 통해 정당성을 얻는 경우도 있다. 〈의로운 도둑〉(설화 16)에서는 꾀 많은 아이가 도적떼에게 잡혀서 강제로 도둑질에 참여하게 된다. 몇 차례 꾀 많은 아이가 지혜를 빌려줘서 도적떼는 불가능에 가까운 도적질을 원활하게 성공하게 되는데, 마지막에는 오히려 아이의 꾀에 휘말려서 결국 도적떼가 소탕된다. 이때 이야기꾼은 그 아이를 '의로운 도둑'이라고 표현한다. 도적질은 문제적인 행위지만, 마지막에 다른 도적을 모두 잡아들임으로써 자신은 정당성을 얻는 경우라고 할 수 있다.

두 명의 의적이 등장하는 경우도 이와 유사하다. 맹개목과 강목발이가 같이 등장하는 각편(설화 10)에서는 힘내기, 다식(多食), 짐 나르기 등의 대결을 통해 맹개목이 승리함으로써 강목발이에게 존장(尊長)으로 인정받고, 마을에서도 맹개목은 '어른'으로 대접 받게 된다. 〈의적 이칠성과 이팔구월이〉(설화 14)와 〈영남대적 이칠손이〉(설화 17)에서는 이칠성이 이팔구월이와 같은 도적과 함께 도둑질을 하지만 도중에 배신을 당함으로써 위기에 빠진다. 그러나 종국에는 이칠성이 배신자를 징치함으로써 윤리적으로 우위를 차지하며 국가에서도 자신의 기술과 지위를 인정받게 된다. 특히, 〈의적 이칠성과 이팔구월이〉(설화 14)에서는 이칠성이 병조판서가 되는 등 이팔구월이라는 일종의 희생양을 통해 자신의 도적 행위는 정당성을 확보하게 된다.

마지막으로 볼 수 있는 정당화의 장치는 '시혜(施惠)-보은(報恩)'의 구도를 만들어내는 것이다. 장사꾼에게 은혜를 입은 임꺽정이 이후 다시 장사꾼을 만났을 때 도적질을 하지 않고 잘 모셨기 때문에 "나쁜 도적은 아니지요"라는 평을 받은 경우(설화 11)도 있고, 남향수(南鄕首)의 도움으로 탈옥에 성공한 맹개목이 이후 남향수가 의령 지역의 세금을 서울로

운송할 때 적극 도움을 주어서 의적으로 호명되기도 한다(설화 15). 또 죽은 도적의 혼(魂)이 무오사화(戊午士禍)에서 화를 당한 가문에 생전에 모아놓은 재물을 증여함으로써 "참 그거는 의적이지"와 같은 칭송을 받기도 한다(설화 19).

이처럼 폭력의 정당화를 위한 여러 가지 기제는 도적이 의적이 될 수 있는 기반을 마련하고 그들의 폭력을 이로운 것으로 인식하게 만든다. 의적 설화를 '허구적 진술의 진실성'을 가진 것으로 수용한 설화 향유층은 의적의 폭력마저 정당성을 얻게 되면서 그들의 행위에 적극 몰입하며 거리낌 없이 그들의 편에 설 수 있게 된다. '선(善)과 악(惡), 덕(德)과 악덕(惡德), 악인과 영웅이라는 형식으로 강하게 분극화하는 논쟁적인 구술의 세계'[25]에서 설화 향유층은 의적을 '선-덕-영웅'의 선상에서 받아들임으로써 마침내 '의(義)'에 대해서 말할 수 있게 되는 것이다.

4. 부의 재분배에 대한 인식과 의(義)

의적 설화에서 의적은 크게 두 가지 방법으로 물건을 훔치고, 이를 정당화하는 장치를 서사적으로 갖추고 있다. 그러나 폭력이 정당화된다고 해도 그런 폭력 자체를 '의'라고 지칭하는 것은 아니다. 물론, 임걸영처럼 별다른 이유 없이 "거룩한 도둑놈"(설화 18)이라고 호명되는 인물도 있지만, 폭력을 정당화하려는 움직임의 이면에는 그 폭력의 '결과'를 강조하기 위한 의도가 위치해 있다.

---

25 월터 J. 옹 지음, 이기우·이명진 옮김, 앞의 책, 1995, 75~76면.

한 가지 짚고 넘어갈 점은 의적의 폭력이 국가체제에 대한 저항 내지 전복적 행위를 지향하지 않는다는 것이다. 진주 읍장이나 사또, 판관을 죽인 강목발이(설화 1, 7, 8, 9)나 대구 영장을 죽인 갈봉이(설화 7)의 경우에도 자신을 사형시킨 공권력에 대한 복수담에 가까워서 집단적이기보다는 개인적인 차원의 폭력에 가깝다. 〈상초마을 의적 갈봉이〉(설화 13)에서는 갈봉이가 탐관오리의 횡포에 분노를 느껴서 도적이 되었다고 하지만 폭력이 향하는 곳은 탐관오리가 아닌 부잣집에만 국한된다. 〈남향수(南鄕首)와 의적 맹개목〉(설화 15)에서는 "백성이 이렇게 곤란할 줄은 모르고 그래도 궁실 안에서는 매일같이 둥가둥가"하는 시대라고 하는 등 풍자적·냉소적인 시각이 발견되기도 하지만, 오히려 맹개목은 남향수와 상호호혜의 관계를 맺으며 의령군의 세금을 서울로 무사히 운반하는 데 도움을 준다. 이칠성은 심지어 병조판서가 되어 윤 진사의 딸과 결혼하고 도적떼를 소탕하는 모습까지 보여주고(설화 14) 왜적이 우리나라를 침범하기 위해 만든 지도를 훔침으로써 국가를 위기에서 구하기도 한다(설화 17).

따라서 설화에서 그려진 의적의 폭력이 향하는 곳은 국가가 아니라 부잣집인 경우가 대부분이라고 할 수 있다. 왜 부잣집인가? 그 실마리는 〈도적골 전설〉(설화 19)에서 찾아볼 수 있다. 〈도적골 전설〉에서는 "옛날 도둑은 참말로 도둑질하지"라고 하며, 사리사욕만 채우는 도둑이 있는가 하면 훔친 돈과 물건을 삶이 곤궁한 사람들에게 나누어주는 도둑도 있다고 한다. 그리고 전자와 다르게 후자를 "선, 착한 일도 했는 도둑"이라고 부른다. 도둑이 선(善)이라는 윤리적 자질을 획득하기 위해서는 도둑질한 돈을 가난한 사람들에게 나누어주어야 한다.

〈의적 강목발이〉(설화 8)에서는 강목발이의 첫 도둑질에 대해 설명한다. 왜 강목발이가 도적이 되었는가를 설명하기 위해 마련된 장면이다. 어느 날 강목발이는 제삿밥을 얻어먹으러 한밤중에도 불을 밝히고 있던 집에 갔다. 그러나 알고 보니 그 집에 살던 부인이 출산을 하고도 속을 풀어줄 죽을 해먹을 쌀이 없어서 집주인이 불을 켜놓고 울고 있던 것이었다. 강목발이는 그 길로 부잣집에 가서 쌀을 훔친 후 그 집에 가져다 주었다. 그때부터 강목발이는 도적이 되었다는 사연이다.

강목발이처럼 의적 설화의 등장인물들은 어떤 이름으로 불리든 간에 도둑질을 하면서도 개인적 축재에 대한 의지나 욕망이 없으며, 부잣집에서 재산을 훔쳐서 가난한 사람들에게 나누어주는 공통적인 행동을 한다. 이런 양상은 21편의 각편 중 13편에서 찾아볼 수 있는데, 이를 표로 정리해서 제시하면 다음과 같다.

〈표 2〉 각편별 부의 재분배와 관련된 표현

연번	제목	부의 재분배와 관련된 표현
1	의적(義賊) 강목발이	의분심(義憤心)에 도둑질을 한 것이지. 재물(財物)을 숨겨서 자기가 잘 살기 위해서 범행(犯行)을 한 것이 아니다. 활빈당(活貧黨) 비슷하이 행동을 한 가지
3	의적(義賊) 갈봉이	내가 의적(義賊)이요. 없는 사람, 배곯은 사람 구제했고, 묵고 남는 것 갖다 털었제. 내장가 마, 넘우[남의] 거 빼뜰아[빼앗아] 묵고 사는 사람 아니라.
4	의적 갈봉이	그 훔치 가[가지고] 지도[자기도] 안 하고 마, 이러저리 그리 내비림서도[버리면서도]. 제 욕심나몬 마 아무나 천하없는 늠 모리기 훔치 삐[버려]
5	의적 맹개목	부자집에 와서 돈 내놓으라고 받아가지고, 제일 가난한 사람 집에 가져가서 뭐 얻어 묵는 사람이든지 어데가 뉘가 어렵운 사람 많이 그래 마 나놔가 주고
6	의적 유국한	큰 도둑이 되어 무리를 이끌고 다니며 부잣집만 털었다. (…) 이렇게 털어온 재물은 어려운 사람들에게 모두 나누어 주었다.

8	의적 강목발이	사회주의자라. 그 사람은 요새 말로 있는 사람 집에 들어다가 배고파 없는 집에 갖다 주고 자기는 도둑질하지마는 자기 집에는 쌀 한 낱[낟]이 없고
9	의적 강목발이(1)	돈은 한 닢도 자기 집에 가져가는 일 없어. 똑 질[길]에 댕임서[다니면서] 불쌍한 사람 갈라주고 (조사자: 의적이네요?) 의적이제.
12	의적 강목발이(2)	사상이 조금 다른 사람이지요. (…) 있는 놈의 거로 뺏들어다가[빼앗아다가] 이런 없는 사람 갈라 믹이고[먹이고] 이런 성격을 가진 사람인데.
13	상초마을 의적 갈봉이	탐관오리의 수탈도 극심했지. 이런 불의를 참지 못한 갈봉이는 부잣집의 재산을 털어내고 훔쳐서 가난한 백성들에게 나누어 주니
14	의적 이칠성과 이팔구월이	그 사람이 뭐냐면 활빈당이여. 나가서 인자 도둑질 해다가선 읎는 사람 먹여살려. 배고픈 사람. (…) 옷 없는 사람 옷도 해주고, 돈 없는 사람 돈도 주고.
17	영남대적 이칠손이	이거는 도둑질로 해 가여[가서] (…) 약한 놈은 해 가마 이튼날 반드시 갖다 주는 기라. 인자 부잣집 꺼[것] 털어다 묵고, (…) 집이 딱하마 갖다 주는 기라.
19	도적골 전설	도둑질 해가지고 참 곤란한, 아이 인문 있는 집에 곤란한 집에 보태주는 이러한, 선, 착한 이를 했는 도둑이 많이 있어요.
20	죽어서 원수 갚은 의사(義士) 김용제	우리 이제 돈 많은 집에 가서 돈을 얻어다가 아주 어려운 사람을 도와주자.

〈표 2〉에서 알 수 있듯이, 의적들은 '분배'에 대한 공통된 언어를 사용한다. 구술문화의 전통에서 우리가 등장인물이라고 생각하는 개개의 인물은 자신의 목적을 표현할 때 전형적 용어를 동원하고 사회가 공유하는 정서가 실린 언어를 사용한다.[26] 의적 설화의 등장인물은 그런 언어를 통해 부의 불균등한 상황을 도적질이라는 폭력을 통해 해결하고자 한다. 의적 설화에서 정당화된 폭력이 지향하는 바는 바로 부의 재분배에 있다.

26 에릭 A. 해블록 지음, 권루시안 옮김, 앞의 책, 2021, 79~80면.

언뜻 보면, '의'가 부의 재분배 문제로 수렴된다는 것은 의적 설화의 서사를 특정한 의미에 국한시키는 것처럼 보이기도 한다. 특히, '부잣집의 재산을 훔쳐서 가난한 사람들에게 나누어준다'라는 공통된 지향은 '의'의 지향점을 부의 문제로만 환원시킨다는 인상을 줄 수도 있다. 그러나 구술문화의 전통에서 의미론은 의미의 변주 가능성이나 표현의 변경 가능성에 결국 한계가 있음을 인정한다.[27] 그리고 오히려 이런 한계를 통해 오락적 목적뿐 아니라 기능적 목적도 달성한다.[28] 구술문화의 세계에서 반(反)영웅(anti-hero)을 포함하여 영웅적인 것이나 경탄할 만한 것은 지식을 조직하는 특정한 기능을 맡아왔기 때문이다. 물론, 그들은 기억의 용이성을 확보하기 위해 판에 박은 듯한 모습이 되기 쉽다.[29] 마치 의적 설화에 등장하는 의적들처럼 말이다.

의적은 반영웅에 가까운 존재이다. 이들이 조직하고 전달하는 지식은 부와 관련된 것이다. 이는 단순히 부의 축적이나 돈에 대한 욕망으로 귀결되지 않는다. 부의 재분배 문제는 개인과 공동체가 정상적인 삶을 영위하기 위한 실천적 지식과 연결된다. 의적들이 족출(簇出)한 조선후기에 향촌사회에서 작동했던 도덕경제(moral economy)도 이런 실천적 지식의 한 사례라고 할 수 있다.

도덕경제는 전(前) 자본주의 시대에 동남아시아 지역 농촌사회의 '생계윤리(right to subsistence)'에서 비롯된 개념이다.[30] 도덕경제는 두 가지 원칙에 기반을 두고 있다. 하나는 안전제일(safety first)의 원칙으로,

27 에릭 A. 해블록 지음, 이명훈 옮김, 앞의 책, 2011, 115면.
28 에릭 A. 해블록 지음, 권루시안 옮김, 앞의 책, 2021, 80면.
29 월터 J. 옹 지음, 이기우·이명진 옮김, 앞의 책, 1995, 116~117면.
30 도덕경제의 개념에 대해서는 제임스 스콧, 김춘동 옮김, 『농민의 도덕경제』, 아카넷, 2004를 참고했다.

농민은 이윤의 극대화를 위한 모험보다는 최소한의 수입을 보장할 수 있는 길을 선택한다는 것이다. 다른 하나는 기근과 같은 자연적 재해 등 예측 불가능한 사건을 직면했을 때 생존을 위한 최소한의 수입을 보장받을 수 없는데, 이때 공동체 차원에서 부의 분배가 이루어지고 상호 호혜적 관계가 이루어져야 한다는 것으로, 이를 '호혜성의 규범(norm of reciprocity)'이라고 부른다. "호혜성의 규범과 생계에 대한 권리"[31]는 향촌사회를 구성하는 개인의 삶과 그런 개인들이 모여 구성된 공동체가 유지될 수 있었던 도덕경제적 기반이었다. 조선후기 향촌사회는 폐쇄적 체계를 가지고 있었기 때문에 '한정된 재화'라는 특징을 가지고 있었으며, 그러기 때문에 누군가에게 재화가 편중된다는 사실에 대해서 마을 공동체의 비공식적이고도 비조적적인 제재가 가해지기도 했다.[32] 이는 남들보다 많은 부를 소유하고 있는 구성원에 대한 일종의 공동체적 의무가 존재함을 의미하며, 신분과는 무관하게 경제적인 측면에서 요구되는 것이었다.

의적의 도적 행위가 폭력적이라는 사실, 그리고 그런 폭력이 부의 재분배를 지향한다는 사실은 도덕경제가 제대로 작동하지 않은 현실과 의적이라는 반영웅이 설화 안으로 소환된 이유를 직접적으로 말해준다. 설화 향유층은 의적이라는 체제 밖의 인물이라도 끌어들여서 호혜성의 규범과 생계에 대한 권리를 복원하고자 했던 것이다. 그렇기 때문에 국가체제에 문제가 있음을 인지했음에도 불구하고 그 폭력의 방향을 국가가 아닌 공동체 내에서 부를 축적하고 독점하던 부자들에게 돌린다. 의

31 제임스 스콧, 김춘동 옮김, 앞의 책, 2004, 41면.

32 한경구, 「전통사회 농민들의 경제관」, 『낯선 곳에서 나를 만나다』, 한국문화인류학회 편, 일조각, 1998.

적 설화는 큰 틀에서 보면 체제에 대한 저항이나 해체를 추구하기보다 개인의 삶과 공동체를 정상적인 상태로 유지하고자 하는 보수적인 구술 담론을 보여주고 있는 셈이다.

도적이 부의 분배를 마치면 그들은 의적이 된다. 그래서 의적 설화에서의 '의'는 폭력을 통한 호혜성의 규범과 생계에 대한 권리에 대한 복원이며, 부의 재분배를 통한 개인과 공동체의 존속을 가능케 하는 구술 담론이 된다. 물론, '의'를 매개로 의적의 범주가 확장되는 경우도 있다. 바로 의사 김용제에 대한 설화다. 〈죽어서 원수 갚은 의사(義士)김용제〉(설화 20)에서는 김용제를 의사이자 독립투사로 묘사한다. 그는 소백산에서 은거하며 인근 경찰의 추적을 따돌린다. 흥미로운 점은 어느 순간 그를 '의적'이라고 부른다는 점이다. 김용제는 소백산에서 은거하며 "돈 많은 집에 가서 돈을 얻어다가 아주 어려운 사람을 도와 주자"라고 하는 등 의적과 그 형상이 겹쳐진다.

도적이든 독립투사든 간에 폭력을 통한 부의 재분배를 실천하는 인물은 언제든지 의적이 될 수 있다. 레비-스트로스(Claude Levi Strauss)가 언급했듯이, 이야기꾼은 일종의 '브리콜뢰르'(bricoleur)이다. 그들은 아무 것이나 주어진 도구를 써서 자기 손으로 무엇을 만드는 사람인 장인(匠人)과 같다. 이야기를 만드는 과정에서 그들은 한정된 재료로 스스로를 표현한다.[33] '의'에 대한 구술 담론을 의적에 대한 구술 기억을 통해 서사화 하는 과정에서 이야기꾼은 브리콜뢰르와 같이 강목발이, 갈봉이, 맹개목, 이칠성, 임꺽정 등과 같은 이름들, 관습적으로 덧붙이는 반복적인 관용구, 폭력의 두 가지 방식과 이를 정당화하기 위해 구축하

33 레비-스트로스, 안정남 옮김, 『야생의 사고』, 한길사, 1999, 70면.

는 서사적 기제, 궁극적으로 부의 재분배와 관련된 전형적 언어를 재료로 삼는다. 따라서 현실 사회에서 호혜성의 규범과 생계에 대한 권리가 위협을 받게 되면, 이런 이야기꾼들에 의해 유사한 인물과 이야기로 구성된 의적 설화가 언제든지 창작·전승·향유될 수 있다. "이야기꾼이 말하는 모든 것은 '일어난 것이거나 일어나고 있는 것이거나 일어날 것에 관한 경험'"이기 때문이다.[34]

의적에 대한 구술 기억은 공식적인 기억과 거리를 가지지만, 오히려 그런 거리를 통해 균열과 긴장을 불러일으키며 통일성과 일관성을 지향하는 공식기억의 폐쇄성과 경직성에 대응한다.[35] 그러면서 권력의 통치 이념에 포획됨과 동시에 체제에 대한 저항과 전복의 서사를 강조하던 기존의 극단적 기억 방식과는 다르게 부의 재분배라는 문제를 새롭게 전면에 내세운다. '의'를 통해 강조되는 부의 재분배 문제는 설화 향유층이 그들의 삶과 일상에서 무엇을 욕망했는지를 알려주며, 의적 설화가 단순히 도적에 대한 흥미담에 그치지 않고 개인과 공동체의 지속적인 존립을 위한 실천적 지식을 담아내고 있음을 보여준다.

5. 결론: 다시 '협'으로?

본고에서는 의적 설화를 연구대상으로 삼아 '의'의 의미를 밝히는 데 목적을 두었다. 구술 기억 속에서 의적은 역사적으로 활빈당과 같은 구

34 에릭 A. 해블록 지음, 이명훈 옮김, 앞의 책, 2011, 283면.

35 이런 관점은 개인기억과 집단기억 사이의 긴장과 균열에 주목한 아스만의 것과 유사하다. 알라이다 아스만, 변학수 외 역, 『기억의 공간』, 경북대학교출판부, 2003, 500~540면.

제 활동을 펼친 인물들이거나, 설화 향유층이 공유하는 관용구를 덧붙인 인물인 경우가 많았다. 이런 인물들은 설화가 역사와 가지는 거리에도 불구하고 의적이 단순한 유희의 대상이 아니라 어떤 지식을 담고 있는 매개로 인식하게 하고, 설화에서 구연되는 허구적 진술을 진실되게 받아들이게 만든다.

물론, 그렇다고 해서 의적의 도적 행위가 처음부터 긍정적으로 받아들여지는 것은 아니다. 은밀한 방식으로 이루어지든, 상대의 동의하에 이루어지든 의적의 폭력은 그 자체로 죄악시된다. 다만, 의적의 행위를 이야기로 풀어가는 과정에서 해로운 폭력을 이로운 것으로 전환시키는 기제를 통해 어느 순간 도적 행위는 정당화되고, 도적은 의적이 된다. 이제 설화의 청자는 반영웅의 자질을 가진 의적에게 몰입하여 그들이 일으킨 절도라는 폭력의 결과를 의로운 것으로 간주한다.

'의'가 향하는 곳은 '국가'라는 거대한 체제라기보다 설화 향유층이 삶을 영위하고 있는 마을 단위의 공동체이다. 비정상적인 일상을 의적이라는 예외적 존재를 통해 정상화 시키려는 의지가 의적 설화의 전반에 내재되어 있으며, 호혜성의 규범과 생계에 대한 권리의 복원을 추구한다. 바로 부의 재분배를 통해서 말이다. 의적 설화가 보여주는 '의'라는 구술 담론은 축자적 의미의 '의'에서 벗어나 부의 문제를 다루고 있다.

물론, 의적 설화에 나타난 '의'는 '협'이라는 개념과 맞닿아 있다. 앞에서 언급했던 이옥의 협 개념을 보면, 설화에서 그려내는 의적들의 행위와 크게 달라 보이지 않기 때문이다. 의적 또한 구술 담론 안에서 개인적 차원의 축재를 경계하고, 타인을 향한 시여에 힘쓴다. '의롭다'와 같은 표현에서도 알 수 있듯이, '여'는 구어적인 표현에서도 자연스럽게 사용되기 때문에 설화 향층은 의적에 대한 구술 기억을 담론화시키는 가운데 협보다는 의를 선택했을 가능성도 있다.

다만, 그런 타인에 대한 시여가 지향하는 것은 구술 담론에서 조금 더 명료하다. 공동체 내의 한정된 재화를 나눔으로써 마련되는 개인의 생존과 개인과 개인 또는 개인과 집단 사이의 호혜성 그리고 생계의 윤리를 통해 구축되는 집단적 규범이 바로 그것이다. 단언할 수 있는 문제는 아니지만, 사서(史書)와 소설, 야담(野談) 등에서 협이라는 논쟁적 개념이 활발하게 사용되는 데 반해 설화와 같은 구술문화의 영역에서 협이 잘 발견되지 않는 것을 보면, 협은 문자문화의 소산일 가능성이 크다. 구술문화에서는 '협' 대신 구어적 표현에 더 적합한 '의'를 선택함으로써 부의 재분배 문제를 의적 설화를 통해 집중적으로 내세울 수 있었던 것으로 보인다.

한국 한시에 나타난 협의 형상화 양상

이남면

1. 머리말

협객(俠客), 유협(遊俠) 등으로 일컬어지는 '협(俠)'은 여러 서적에서 대체로 무력을 사용할 줄 알며 법도에 매이지 않는 호방한 기질의 인물로 나타난다. 한비자(韓非子)는 "유자(儒者)는 글로 법도를 어지럽히고 협객은 무력으로 금령을 어긴다"[1]라고 하여 '협'을 유자와 대비되는 인간군으로 보았고, 사마천(司馬遷)은 '협'의 존재 가치를 다방면으로 옹호하여 "행실이 정의에 꼭 들어맞진 않아도 그 말에 신뢰가 있고 행동에 과단성이 있는 인물", "한 번 승낙한 일은 반드시 이행하는 인물", "자신의 생사를 돌보지 않고 남의 곤경에 적극적으로 나서는 인물", "자신의 능력을 자랑하지 않는 인물", "자신의 공덕 과시를 수치로 여기는 인물"

---

1 『韓非子』, 〈序〉, "儒者用文亂法, 而俠者以武犯禁."

등으로 평가하였다.[2] 사마천의 이런 견해에 대해 후한(後漢)의 반고(班固)는 "〈유협열전(遊俠列傳)〉을 지은 것을 보면 처사를 물리치고 간웅을 내세웠다"[3]라고 비판하였다. 이와 같이 '협'은 범상치 않은 존재로서 문제적 인물로 인식되었으며 그 때문에 그들에 대한 평가도 보는 시각에 따라 다르게 나타난다. 한편 '협'은 호협(豪俠), 의협(義俠), 절협(節俠), 검협(劍俠), 열협(烈俠) 등과 같이 협을 바라보는 관점에 따라 그 범주와 명칭을 다르게 사용하기도 하였다.

주목할 점은 '협'이 특수한 존재 곧 '이류(異類)'로 역사서와 제자서(諸子書) 등에 등장한 이래, 많은 문학가가 이들을 작품 창작의 소재로 다루었다는 사실이다. 중국의 한(漢)·위(魏) 악부(樂府)에서부터 여러 종류의 '협'이 등장하거니와 당대(唐代)에는 협을 숭상하는 풍조가 크게 고양되어 '협'을 소재로 한 작품들이 유독 많이 창작되었다.[4] 그중에서도 이백(李白)은 '협'을 소재로 특히 많은 시를 지었는데 그 때문에 조선 중기 이수광(李睟光, 1563~1628)은 "이백은 유협시 짓기를 좋아하였다"[5]라고 평하였다.

'협'을 소재로 한 문학 활동은 우리나라 문인들에게도 나타난다. 상상을 통해 역사에 실존했던 옛 '협'을 형상화하거나 가공의 인물을 설정하여 시화한 경우가 자주 발견된다. 또 '협'의 성격을 지녔다고 판단된 실제 주변 인물들을 '협'으로 명명하고서 시문에 담은 경우도 다수 나타난다. 이러한 창작 양상은 '협'이 한국 문학 소재의 하나로서 연구될 필요

---

2 『史記』 卷124, 〈遊俠列傳〉, "其行雖不軌於正義, 然其言必信, 其行必果, 已諾必誠, 不愛其軀, 赴士之阨困, 旣已存亡死生矣, 而不矜其能, 羞伐其德. 蓋亦有足多者焉."

3 『漢書』 卷62, 〈司馬遷傳·贊〉, "序遊俠則退處士而進奸雄."

4 陳伯海 지음·李鍾振 옮김, 『당시학의 이해』, 사람과 책, 1994, 113~120면.

5 李睟光, 〈文章部2·詩法〉, 『芝峯類說』 卷9, "李白喜作游俠詩."

가 있음을 보여준다.

다만 지금까지 '협'과 관련하여 여러 논문이 보고되었지만, 대체로 조선 중후기로 한정하거나 '여협(女俠)'과 같이 '협'의 일부를 다룬 경우가 대부분이다. 또 문학 중에서도 산문 분야에 연구 성과가 집중되어 있다.[6] 본고는 한국 한시 전반에 나타나는 '협'을 연구 대상으로 하고자 한다. 앞서 언급했듯이 '협' 소재 시의 창작은 크게 상상을 통해 옛 협을 형상화한 경우와 현실에 실존하는 협을 형상화한 경우로 크게 구분된다는 점에서 그 양상을 양분하고 각각의 특징을 살펴보고자 한다.

2. 옛 협의 상상과 그 형상화[7]

우리나라의 옛 문인들은 『사기(史記)』와 『한서(漢書)』 등 서적과 고인

6 임준철, 「유협시의 유형적 전통과 17세기 조선시단의 유협시」, 『한문교육연구』 26, 한국한문교육학회, 2006, 465~492면; 조혜란, 「조선의 여협(女俠), 검녀(劍女)」, 『한국고전여성문학연구』 12, 한국고전여성문학회, 2006, 265~288면; 이경미, 「朝鮮後期 漢文小說 『劍女』를 통해 본 韓·中 女俠의 세계」, 『석당논총』 40, 석당학술원, 2008, 185~216면; 강혜규, 「雪橋 安錫儆의 「劍女」 研究 - 女俠敍事 傳統의 繼承과 變容」, 『한국한문학연구』 41, 한국한문학회, 2008, 445~475면; 박혜순, 「俠傳의 초기적 형태로서의 '蔣生傳' 연구」, 『어문논집』 60, 민족어문학회, 2009, 5~35면; 정우봉, 「조선 후기 俠妓의 유형과 그 의미」, 『고전문학연구』 38, 한국고전문학회, 2010, 433~463면; 윤재민, 「안석경(安錫儆)의 〈검녀(劍女)〉 다시 읽기」, 『고소설연구』 51, 한국고소설학회, 2021, 117~163면; 이채은, 「조선 후기 문학과 회화 속 '여협(女俠)' 형상과 그 의미」, 『한국고전여성문학연구』 44, 한국고전여성문학회, 2022, 221~254면.

7 본고에서 다룬 '옛 협'의 범주는 『사기』의 〈자객열전〉과 〈유협열전〉, 『한서』의 〈유협열전〉에 등장하는 인물들, 그리고 작품의 시대적 배경이 현재가 아닌 과거로 설정된(모호한 경우 포함) 가운데 시의 제목 혹은 내용에 주인공이 '俠'으로 지칭된 경우로 한정하였다.

의 시문을 통해 '협'의 존재를 인식하였다. 이를 바탕으로 하여 시인들은 '협'을 소재로 다양한 한시 작품을 남겼다. 그 주인공으로 '조말(曹沫)', '예양(豫讓)', '섭정(聶政)', '주해(朱亥)', '형가(荊軻)', '곽해(郭解)' 등과 같이 실제 역사서에 등장하는 인물을 다루기도 하였고 가공의 인물을 설정하기도 하였으며 역사적 인물인지 가공의 인물인지 모호하게 표현하기도 하였다.

이런 경우, 시의 제목은 역사서에 등장하는 옛 협의 이름을 사용하거나 한·위 혹은 당의 악부와 고시를 차용한 경우가 많으며, 작품 속 시대적 배경은 '협'의 활약이 두드러졌던 춘추전국 시대부터 한나라 때로, 공간적 배경은 협의 주요 활동 무대인 연(燕)·조(趙) 지역이나 장안(長安) 혹은 변새(邊塞) 지역으로 나타나는 경향이 있다.

이렇게 옛 협을 상상하여 시로 형상화하는 방식은 임·병 양란이 발발했던 16세기 말~17세기 전반에 그 창작량이 늘어나는 양상을 보이지만, 전반적으로 볼 때 시대를 막론하고 꾸준히 창작되었다. 17세기 들어 성당풍(盛唐風)과 한·위의 악부, 고시를 추구하는 시단의 분위기가 형성되고 임·병 양란을 거치면서 문약함에 대한 반성과 '무(武)'를 중시하는 사회적 기풍이 형성된 것을 창작량 증가의 배경으로 꼽을 수 있겠지만[8] 한편으로 악부, 가행(歌行) 등의 옛 시를 비롯해 '협'이란 소재에 관심을 가진 작가가 시대를 막론하고 늘 있었기 때문으로 보인다.

우선 역사서에 등장하는 개별 협객을 다룬 작품을 보기로 한다. 이런 작품들은 일종의 영사시(詠史詩)에 해당하며 주인공의 행적에 대한 재구와 이들에 대한 작가의 논평이 담긴 경우가 많다. 한국 한시 가운데 가

8 임준철, 「유협시의 유형적 전통과 17세기 조선시단의 유협시」, 『한문교육연구』 26, 한국한문교육학회, 2006, 474~477면.

장 많이 등장하는 협객은 '형가(荊軻)'이다.

渭水向東流	위수가 동쪽으로 흘러가니
赤波蕩中原	붉은 물결이 중원을 뒤흔드네
秋風薊門白	가을바람 속 계문은 희디흰데
悲歌動客魂	슬픈 노래가 객의 혼을 움직이네
欲除天下殘	천하의 잔악한 자를 제거하려 했으니
奚但太子恩	어찌 태자의 은혜 때문만이랴
長虹銷不盡	긴 무지개가 사라지지 않아
仰看白日昏	하늘의 밝던 해가 어두워졌다네
劒陛列九賓	검 들고 계단 올라 구빈 사이에 서서
耽耽虎視尊	호시탐탐 진왕을 노려보고는
直入若無人	곁에 아무도 없는 듯 곧장 들어가
笑眄色愈溫	돌아보며 웃는 낯빛 더욱 온화했다네
匕首氣已動	비수의 검기가 이미 번쩍이니
壯士何待言	장사가 어찌 말하길 기다리랴
燕人百年計	연 태자의 일평생 계책이
謾作銅柱痕	헛되이 구리 기둥에 흔적만 남았네
高義猶可見	드높은 의기를 오히려 볼 만하니
成敗未足論	성공과 실패 따윈 논할 것 없도다
陶潛隱居者	도잠은 은거했던 사람인데
何爲感慨存	어찌하여 감개를 남겼는가[9]

9 李胤永, 〈詠荊軻〉, 『丹陵遺稿』 卷6, 『韓國文集叢刊』 속82.

조선 후기 문인이자 화가인 이윤영(李胤永, 1714~1759)이 1747년에 지은 작품이다. 그가 '형가'에 관심을 두게 된 배경은 분명하지 않다. 다만 이 시의 자주(自註)에 따르면, 이듬해인 1748년에도 꿈에서 형가와 관련한 시를 짓고는 '이 어찌 예전에 느꼈던 데에서 온 반응이 아니겠는가?'라고 한 바 있다.[10] 또 1754년 이유수(李惟秀, 1721~1771)가 동지겸사은사(冬至兼謝恩使)의 서장관(書狀官)으로 중국 연경(燕京)에 갈 당시 이윤영은 송별시를 지어주며 '형가'를 언급한다. 이때 청나라를 '오랑캐[胡]', '견양(犬羊)'으로 표현하며 반청 의식을 보이기도 하였다.[11] 형가를 자주 떠올린 사실을 보면, 이윤영은 형가에 대해 남다른 관심을 지녔던 듯하다.

첫 4구는 '위수(渭水)'와 '계문(薊門)'이란 지명을 통해 진(秦)나라와 연(燕)나라가 대립하던 전국 시대 말기 상황을 말하였다. 위수는 진나라 수도 함양(咸陽) 부근을 흐르는 강이고 계문은 연경 부근의 문이다. 이어지는 네 구는 형가가 연경을 떠나 함양으로 떠나던 당시 상황을 읊은 것이다. 형가가 떠나던 날 '흰 무지개가 해를 꿰뚫었다[白虹貫日]'고 하는데, 이후 이 표현은 지사(志士)의 의기가 충천하여 하늘을 감응시킨 고사로 쓰이기도 한다.[12] 여기에서 이윤영은 진왕(秦王)을 암살하러 간 형가의 목적이 연의 태자 단(丹)에게 보은하기 위해서만이 아니라 잔악

10 自註, "戊辰正月五日曉枕夢中, 忽有短句曰, '蕭蕭日暮雲, 出山作雨雪. 莫向咸陽市, 洗去荊卿血.' 此豈平昔感惜之應耶? 心甚異之, 題於咏荊之下."

11 李胤永, 〈別深遠赴燕〉, 『丹陵遺稿』 卷9, 『韓國文集叢刊』 속82, "古人防胡築長城, 今人拜胡入長城. 周聖之粟猶爲恥, 犬羊賜金何足榮? 皇極前殿元朝會, 羶氣逆人人發嘔. 欲問黃河氷塞川, 欲訪荊卿骨已朽. 衣上征塵蒙不潔, 手决東海勤濯澡. 洗衣濁似洗耳水, 魯連復生應不蹈."

12 『史記』 卷83, 〈鄒陽列傳〉.

한 진왕을 제거하기 위함이라는 새로운 견해를 제시하였다.

이어지는 네 구는 형가가 진왕과 만났을 때의 장면을 그린 것이다. 형가와 진무양(秦舞陽)이 진나라 출신 장군 번어기(樊於期)의 목과 연나라의 독항지도(督亢地圖)를 들고 진나라를 방문하자 진왕은 구빈례(九賓禮)로 형가 일행을 맞이하였다. 그러나 진무양이 독항지도를 올리면서 낯빛이 변하고 벌벌 떨자 형가는 진무양을 돌아보고 웃으면서 차분히 진왕에게 사과하고 용서해달라 말한다.

이어지는 네 구는 형가의 암살 실패를 읊었다. 독항지도를 펼치자 그 안에 숨겨둔 비수가 드러났는데, 형가는 그 즉시 한 손으로 진왕의 팔을 잡고 한 손으로 비수를 들어 찔렀으나 진왕의 소매만 잘리고 만다. 이에 비수를 던졌으나 이 역시 구리 기둥에 박히면서 결국 암살은 실패하고 형가는 죽음을 맞게 된다.[13]

마지막 네 구는 형가의 암살 실패에 대한 시인의 논평이다. 이윤영은 성공과 실패는 중요하지 않으며 진왕을 죽이러 간 형가의 의기를 추켜세운다. 또 은거의 대명사인 도연명(陶淵明)이 〈영형가(詠荊軻)〉라는 시를 지은 것도 형가에게 특별한 감개를 지녔기 때문이라고 말한다.

이 작품은 네 구마다 내용 전환이 이루어지면서도 철저히 시간의 흐름대로 전개되고 있다. 형가의 행적을 상상하여 재구하고 형가의 의기를 칭송한 내용이 정교한 구성 속에 담긴 것이다.

'형가'는 후인들에게 호오(好惡)가 뚜렷이 갈리는 인물이다. 이윤영과 동시대 인물인 홍양호(洪良浩, 1724~1802)도 〈영형가〉 시를 남겼는데, 그는 형가를 망령된 인물이며 암살이 요행히 성공했다 하더라도 개백정

13 『史記』 卷86, 〈刺客列傳〉.

에 불과한 무리라고 혹평하였다.[14] 조선 중기의 이정구(李廷龜)도 형가의 실패를 비판하며 "몸 잃고 나라 망쳤을 뿐 끝내 무얼 했던가? 형가여 형가여 어리석은 한 명의 사내로다![亡身僨國終何爲? 軻乎軻乎一愚夫!]"라고 하였다.[15] 그러나 한국 한시 중에는 이윤영의 시처럼 '형가'의 실패와 무관하게 그의 의기를 칭송한 작품 또한 많은 것이 사실이다.[16]

역사적 인물을 읊은 시를 한 수 더 보자.

荒原俠骨香千古	황폐한 들판에 협객의 뼈 천고토록 향기로우니
豈止酬恩大義伸	어찌 대의를 펼쳐 은혜를 갚았을 뿐이겠는가
當時若失金椎擊	당시에 만약 철퇴로 내려치지 못했다면
天下丁寧共帝秦	천하는 정녕코 모두 진왕을 황제로 섬겼으리라[17]

최유연(崔有淵, 1587~1656)이 누군가를 대신하여 지은 작품이다. '주해'는 전국 시대 백정 출신의 역사(力士)로, 위나라 신릉군(信陵君)의 빈

14 洪良浩, 〈詠荊軻〉, 『耳溪集』 卷6, 『韓國文集叢刊』 241, "千古荊卿是妄人, 欲將徒手搏强鄰. 夫人匕首空求趙, 壯士函頭漫快秦. 曹沫未還三戰地, 姑蘇先化一朝塵. 縱然奇着成僥倖, 終是狗屠與等倫."

15 李廷龜, 〈余讀荊軻傳, 廢書而笑曰, 燕丹之爲計, 固愚甚, 乃軻之所爲, 術亦疏矣. 夫士爲知己, 酬恩報怨, 要之得遂其計, 斯亦可矣. 尺八匕首, 數年淬礪, 是不過欲一甘心於所讐者耳. 今乃與十三歲小兒, 共事於餓虎之喙, 而欲生劫萬乘於盈庭劍戟之上, 誰得以信之? 彼田光者, 亦可謂烈士. 然不知軻之不可以屬大事, 一言刎頭, 何其容易? 豈當時輕生好名之習歟! 遂爲詩以弔荊軻〉, 『月沙集』 卷5, 『韓國文集叢刊』 69.

16 이승수는 형가를 강개한 지사로 형상한 작품이 매우 많아 다 거론하기 어려울 정도라고 하면서 일부 작품을 예로 들었으며, 병자호란과 명·청 교체 시기를 거치면서 조선 문인들이 자신들의 심정을 자주 형가에 투사했다고 주장하였다. 이승수, 「對淸 使行과 荊軻의 문학적 형상」, 『한국한문학연구』 36, 2005, 5~16면.

17 崔有淵, 〈朱亥墓〉, 『玄巖遺稿』 卷1, 『韓國文集叢刊』 속22.

객인 후영(侯嬴)과 친구였다. 조나라가 진나라의 공격을 받고 포위되어 위나라에 구원을 요청했을 때 신릉군은 후영의 계책에 따라 위왕이 총애하는 여희(如姬)를 통해 병부를 훔친 뒤 위나라 장수 진비(晉鄙)에게 보여주며 거병을 요청하였다. 진비가 이를 의심하자 신릉군과 동행한 주해가 40근의 철퇴로 진비를 때려죽였다. 이를 통해 신릉군은 진비의 군대를 빼앗아 마침내 진나라 군대를 조나라로부터 퇴각시킬 수 있었다.[18]

최유연은 후영의 계책과 주해의 행위에 대해 단순한 보은이 아닌, 진왕을 칭제(稱帝)하지 않게 한 공로가 더 크다고 논평하였다. 이런 평가에는 진왕에 대한 부정 의식이 반영되어 있다.

이처럼 정체가 뚜렷한 개별 협객을 다룬 작품은 일종의 영사시로서 대체로 협객에 대한 시인의 상상과 함께 논평이 반영되어 있다. 그러나 '협'을 다룬 작품 중에는 그 주인공이 구체적이지 않거나 정체가 모호한 경우도 많다. 다음 시를 보자.

長安義俠徒	장안의 의로운 협객 무리들
華裾耀朱門	화려한 옷이 주문에서 반짝이누나
平生好釼術	평생 검술을 좋아하여
絕技傳白猿	그 절기를 백원에게 전해 받았네
一朝騎戰馬	하루아침에 전마 타고 나가니
髀肉消不存	넓적다리 살 다 빠져 남아있지 않네
寧爲塞上血	차라리 변방에서 피 흘릴지언정
不負國士恩	국사의 은혜를 저버리지 않는다네

18 『史記』 卷77, 〈魏公子列傳〉.

一戰殪天驕	한바탕 전쟁으로 천교를 쓰러뜨리니
妖氣淨無痕	요사한 기운 흔적도 없이 맑아졌네
功成謁天子	공 이루어 천자를 알현하니
腐儒何足言	썩은 유자를 어찌 말할 것 있으랴[19]

이승소(李承召, 1422~1484)가 성간(成侃, 1427~1456)의 시에 차운한 작품이다. 평범한 제목으로 보이지만 성간의 원운 시는 그 제목이 '의고(擬古)'로서 고풍 시 의작의 전통을 잇고 있다. 성간은 굶주림 때문에 누군가의 집 문을 두드려 걸식하는 사람의 일화를 통해 민중의 고단한 삶을 읊었다.[20] 이 시는 장안의 협객 무리가 국사의 은혜를 갚고자 죽음을 무릅쓰고 종군하여 공을 이룬 일화를 노래하였다. 성간 시의 내용과 아무런 관련이 없는 것으로 보아, 이승소는 고풍 시의 의작이라는 성간의 의도만 수용한 듯 보인다.

이 시는 한나라 장안의 오릉(五陵) 일대에서 활약했던 부호가의 자제들을 염두에 두고 지은 듯하다. 이 지역에는 호탕한 기개를 지닌 젊은이가 많았는데, 이들을 오릉자제(五陵子弟)라 불렀다. 이 시의 협객들은 권력자와 교제하고 화려한 풍모를 지녔으며 뛰어난 검술을 바탕으로 전공(戰功)을 이루어 천자를 만나기까지 한다. 이런 협객을 시인은 끝에서 '썩은 유자(儒子)'와 대비시킴으로써 국가를 강성하게 만든 협객의 공로를 추켜세우고, 동시에 국가의 위기 상황이나 부국강병에 기여하지

19 李承召, 〈次成進士侃雜詩 四首〉 제4수, 『三灘集』 卷1, 『韓國文集叢刊』 11.

20 成侃, 〈擬古 四首〉 제4수, 『眞逸遺稿』 卷3, 『韓國文集叢刊』 12, "荒村建巳月, 有人來扣門. 懸鶉衣百結, 壯顏類哀猿. 自言飢困餘, 骨肉不相存. 世情何太薄, 難求一飯恩. 我聞肝肺熱, 掩袂拭淚痕. 長跪問蒼天, 蒼天黑無言."

못하는 유자를 비판하였다.

사실 이승소가 이 시를 지은 배경은 정확하지 않다. 표면적으로는 유자에 대한 비판으로 보이지만 실제 현실과 연계된 이면의 숨은 의도가 있는지 단순한 의작에 불과한지는 확인하기 어렵다. 다만 시인의 상상력에 의해 과거 귀족층 협객의 성공적인 종군 활약상을 표현한 작품임은 틀림없다.

조선 전기 성현(成俔, 1439~1504)의 〈결객소년장행(結客少年場行)〉도 장안 협객의 성공적인 종군 활약상을 다루었다. 다만 이승소의 시와 같이 귀족형 협객이 아니라 푸줏간에서 백정노릇하는 소년 협객을 소재로 했다는 점에서 차이가 있다.[21]

同是悲歌士	다 같이 비장한 노래 부르는 협사들이
相逢酒肆邊	술집 옆에서 서로 만났네
爲君提劍出門去	군주 위해 검 들고 문을 나가니
萬戶月沈人已眠	만호에 달 잠기고 사람은 이미 잠들었다오[22]

조선 중기 이명한(李明漢, 1595~1645)의 작품이다. 이명한도 이 시에서 등장인물을 특정하지 않았다. 그러나 비장한 노래를 부르는 전반부의 내용과 군주를 위해 검을 들고 문을 나서는 주인공의 모습을 통해,

21 成俔, 〈結客少年場行〉, 『虛白堂風雅錄』 卷1, 『韓國文集叢刊』 14, "少年不讀書, 學劍敵萬夫. 所交皆荊聶, 出入長安衢. 腰間挾匕首, 紫電光射途. 刺人白晝市, 報怨忘其軀. 霜鶻奮老拳, 飛鳥散驚呼. 探盡豺虎穴, 長歌回大都. 功名若固有, 不願朱紫紆. 還隱舊屠肆, 蒲博聚其徒."

22 李明漢, 〈俠客行〉, 『白洲集』 卷11, 『韓國文集叢刊』 97.

전국 시대 형가처럼 국가의 운명을 좌지우지하는 중대한 임무를 맡은 협객으로 추정해 볼 수 있다. 참고로 형가는 진왕을 암살하러 떠나던 날 역수(易水) 가에서 "바람이 소슬함이여! 역수 물이 차도다. 장사가 한 번 떠남이여! 다시 돌아오지 않도다[風蕭蕭兮, 易水寒. 壯士一去兮, 不復還]"[23]라는 비가(悲歌)를 부른 바 있다.

이 시는 시간적 배경이 밤으로 설정되어 있어, 모두가 잠든 컴컴한 밤, 남몰래 거사를 치르러 떠나는 주인공 협객의 고독감이 함축된 작품이기도 하다. 다만 전송하는 협객들과 떠나는 주인공의 모습만 간략히 묘사되었기에 작가의 창작 의도는 독자의 상상이나 해석에 맡겨질 수밖에 없다.

幽州胡馬客	유주의 호마 탄 나그네는
匕首碧於水	비수가 물보다 푸르네
荊卿西入咸陽時	형경이 서쪽으로 함양에 들어갈 때
待之何人此子是	기다리던 이 누구인가 바로 이 사람이라네
惜哉不與俱	안타깝게도 함께 가지 못하고
藏名屠狗家	백정 집에 이름을 숨기고는
空對燕山秋月色	헛되이 연산의 가을 달빛 마주하여
時時吹笛落梅花	때때로 〈낙매화〉만 젓대로 불어 대네[24]
八尺長身三尺劍	8척의 장신에 3척의 검을 차고

23 『史記』 卷86, 〈刺客列傳〉.

24 鄭斗卿, 〈俠客篇 二首〉 제2수, 『東溟集』 卷10, 『韓國文集叢刊』 100.

蓬頭突鬢虎而冠　더벅머리 어수룩한 귀밑털에 범이 갓을 쓴 듯하네
咸陽不逐荊卿去　함양으로 형경을 따라가지 못하고
閑弄宜僚十二丸　한가히 의료의 열두 환만 희롱하네[25]

위의 두 작품은 진왕 암살을 위해 형가와 함께 가지 못한 이름 모를 협객을 소재로 하였다. 앞의 정두경(鄭斗卿, 1597~1673) 시는 '석재(惜哉)'라는 감탄형의 표현을 통해 이 협객이 형가와 함께 가지 못한 아쉬움을 직접적으로 드러내었다. 형가는 동행하기로 한 진무양을 마땅치 않게 여겨 진왕 암살을 위해 함께 갈 사람을 기다리고 있었다. 하지만 이 때문에 출발이 지체되자 연 태자 단의 의심을 받았다. 하는 수 없이 형가는 진무양과 함께 떠났고 결국 암살은 실패한다. 정두경은 주인공 협객에 대해 날카로운 검을 지닌 인물이며 형가가 함께 가고 싶어 했던 사람임을 특별히 강조하였다.

뒤의 시는 이진백(李震白, 1622~1707)의 작품으로, 이진백은 협객의 외모를 다양하게 상상하였다. 제1, 2구에 따르면, 이름 모를 협객은 8척의 장신에 검을 찼고 머리와 귀밑털은 단정히 정리되지 않아 어수선하며 얼굴은 범의 두상에 갓을 쓴 듯 사납고 흉악하다. 후반부에서는 구슬 놀이를 잘했다는 춘추 시대 초나라 사람 시남의료(市南宜僚)의 고사를 활용하여 검을 찬 협객이 정작 검술은 펼치지 못하고 그저 구슬 놀이만 하는 모습을 안타깝게 묘사하였다.

이처럼 두 작품은 모두 정체불명의 동일한 협객을 소재로 하고 협객으로서 제 역할을 하지 못했다는 작가의 아쉬움을 담은 작품이지만 작

25 李震白, 〈俠客 二首〉 제2수, 『西巖遺稿』 卷上, 『韓國文集叢刊』 속36.

가의 상상에 따라 협객의 모습이 다르게 표현되고 있음을 볼 수 있다.

한편 현실 세태에 대한 불만이 옛 협객의 상상으로 이어지기도 한다.

燕南趙北多俠士	연나라 남쪽 조나라 북쪽엔 협사가 많으니
千金匕首報知己	천금과 비수 들고 지기에게 보답하네
一言不惜肝膽露	한마디 말도 아낌없이 간담을 드러내니
七尺堪爲義氣使	7척의 몸 의기가 시키는 대로 한다오
高秋倚劒碣石山	가을날 갈석산에서 검에 기대고
落日擊筑邯鄲市	해질녘 한단 저자에서 축을 치는데
列國公子皆趍風	열국의 공자들이 모두 풍모를 우러르고
假借聲勢爭雌雄	성세를 빌려 자웅을 겨룬다오
	…(중략)…
已聞血濺韓相府	이미 한나라 상부에 피 뿌렸다는 말 들었는데
復道生劫秦王宮	또 진나라 왕궁을 겁박했다 말들 하네
屠腸斷股寧足恤	창자가 찢어지고 다리가 잘린들 어찌 돌아볼 것 있으랴
報仇酬恩死不滅	원수 갚고 은혜 보답한 의리는 죽어도 멸하지 않으리
天下事有緩急日	천하의 일은 급하고 느슨한 때가 있거니와
人間義重豪俠窟	인간 세상 의리는 호협의 소굴에서 중시한다네
君不見薄俗滔滔皆負德	그대는 보지 못했나 경박한 풍속 휩쓸리듯 모두 은덕 저버림을
千秋欲起要離骨	천추에 요리의 뼈를 일으키고 싶다오[26]

26 丁範祖, 〈大俠篇〉, 『海左集』 卷1, 『韓國文集叢刊』 239.

조선 후기 정범조(丁範祖, 1723~1801)의 작품이다. 협객은 자신을 알아주는 사람에게 은혜를 갚는 사람임을 시인은 초반부터 강조한다. 후반부에는 지기(知己)에게 은혜를 갚은 여러 협객을 읊었다. 한(韓)나라 상부(相府)에 피를 뿌린 협객은 전국시대 섭정(聶政)을 가리킨다. 섭정은 자신을 알아준 한나라 대부 엄중자(嚴仲子)를 위해 엄중자의 원수인 재상 협루(俠累)를 칼로 찔러 죽였다. 진나라 왕궁을 겁박한 협객은 형가를 가리킨다. 섭정은 복수에 성공했지만 자신을 알아볼 수 없도록 얼굴 가죽을 벗기고 배를 갈라 자결하였으며, 형가는 진왕의 칼에 왼쪽 다리가 끊어졌고 결국 복수에 실패하였다.[27] 두 사람의 복수는 성공과 실패라는 결과적 차이가 있지만 정범조는 그러한 차이를 중시하지 않는다. 이들이 원수를 갚고 은혜에 보답한 의리를 추켜세우며 비록 거사를 치른 뒤에 둘 다 죽음에 이르게 되지만 그 의로움은 영원히 사라지지 않을 것이라고 말한다. 협객을 보은의 의로운 존재로 언급한 시인은 끝에서 이런 협객의 정신을 찾아보기 어려운 현실 세태를 떠올린다. 그리고 세상 사람 대다수가 은덕을 쉽게 저버리는 현실을 비판하면서 요리(要離) 같은 협객이 다시 이 세상에 나오기를 갈망한다. 요리는 춘추 시대 오나라의 자객으로, 오왕 합려(闔廬)를 위해 합려의 정적인 경기(慶忌)를 죽이고 자결하였다.[28] 이 시는 현실 세태에 대한 불만이 옛 협에 대한 동경과 상상을 불러일으키는 계기가 됨을 보여주는 사례라고 할 수 있다.

---

27 『史記』 卷86, 〈刺客列傳〉.

28 『吳越春秋』 卷2, 〈闔閭內傳〉.

3. 현실 속 실재하는 협의 형상화

상상이 현실이 되길 바랐던 것일까? 상상 속 인물이 아닌 실제 살아 있는 현실의 '협'을 다룬 작품도 한국 한시 가운데 적잖이 나타난다. 우선 실존하는 '협'을 시에 언급한 경우는 고려 때부터 있었다. 이규보(李奎報)는 스스로 "창기들 속에서 술 천 잔을 기울이고, 협객의 무대에서 육박을 겨루었지[倡兒叢裏倒千盃, 俠客場中爭六博]"라고 하여 자신 또한 협객의 모임에서 활동했음을 밝힌 적이 있거니와, "봄날 협객과 노닐다[春日同俠客遊]"[29], "봄날 호협의 집에 들러 술 마시며 짓다[春日入豪俠家飮有作]"[30]와 같은 제목의 시를 남겼다.

그러나 단편적인 언급을 넘어서서 현실에 실존하는 협객을 시의 소재로 선택하여 정면으로 다룬 경우는 조선 중기에 와서야 뚜렷한 양상을 보인다. 이때 '협'이란 명칭의 사용은 작가의 주관이 깊게 작용한다. 특정 시인이 누군가의 행위를 보고서 '협'이라 명명했더라도 다른 사람은 '협'으로 인정하지 않을 수 있기 때문이다. '협'의 판단 기준은 작가별로 다를 수 있지만 조선 중기에 오면 실존 인물에게 '협'의 호칭을 부여하고 이를 시로 표현한 경우가 종종 나타난다. 이 경우, 작가가 '협'으로 지칭된 인물과 친분이 있거나 그 '협'의 행동을 직접 보고 들었기 때문에 그 시에는 협의 외모와 활약상이 사실적이고 구체적으로 나타나는 특징을 보인다.

협의 도움으로 곤란한 처지에서 벗어났음을 읊은 다음 시를 보자.

---

29 李奎報, 『東國李相國集』 卷2, 『韓國文集叢刊』 1.
30 李奎報, 『東國李相國集』 卷13, 『韓國文集叢刊』 1.

朝天回旆苦遲遲	천자를 뵙고 돌아오는 길 몹시 더딘데
羯奴無端肆突隳	되놈들이 이유 없이 멋대로 소란을 피우네
酗酒赤瞳侔猘犬	술에 취해 붉어진 눈동자는 미친개를 보는 듯하고
索錢獰吼類狂獅	돈 갈취하며 큰소리 지르는 건 미친 사자 같네
橫遮軺馬看長劒	수레와 말을 가로막은 뒤 장검을 쳐다보고
詎負輜車使短箠	짐수레를 위협하고 짧은 채찍을 휘두르네
逢彼誅求曾不意	저 강제 징수하는 이들 만난 줄 생각지 못한 터라
任他驕橫却無辭	맘껏 횡포를 부리는데도 아무 말을 못했네
翩翩俠客從何所	이때 훨훨 날 듯 협객이 어디에서 나타났는가
嶷嶷雄姿會不期	위풍당당 씩씩한 자태 만남을 기약하지 않았다네
駿馬揚鞭聯五騎	준마 다섯 마리가 채찍 날리며 연이어 오니
狐裘耀日綴雙綏	한 쌍 갓끈 차림에 여우 갖옷이 햇빛에 반짝이네
馳來赴救心殊切	달려와 앞에서 구원해주길 마음에 몹시 간절했는데
喝去叮嚀辯亦奇	꾸짖음이 분명하고 변론 또한 훌륭하였네
護衛不辭煩送遠	호위하며 번거로이 전송함을 사양치 않거니와
擁扶寧憚久移時	호송에 오랜 시간 걸림을 어찌 꺼리랴
解紛釋難多公義	분란을 해소함은 공적인 의리가 많으니
結舌緘誠愧我癡	입 다물고 정성만 품은 내 어리석음이 부끄럽다네
擧手頻頻但稱謝	손을 들어 거듭거듭 감사만 표하고
凝睇脈脈只低垂	눈을 응시하며 끊임없이 고개 숙일 뿐이라오
話言莫接情安在	말로 접촉하지 못하니 정은 어디에 있는가
紵縞無憑禮已虧	선물을 주고받을 길 없으니 예는 이미 어긋났네
	…(중략)…
當時若不蒙奇遇	당시에 만약 뜻밖의 만남이 없었다면

此日何能脫險危　　이날 어찌 위험한 상황을 벗어날 수 있었으랴
獨倚旅窓追感幸　홀로 여관 창가에 기대어 감사하고 다행으로 여기니
紀行聊復寫新詩　　여행을 기록하고서 다시 새 시를 쓰노라[31]

정사신(鄭士信, 1558~1619)은 1610년 동지 부사로 중국 북경을 다녀왔다. 이 작품은 당시 일정을 마치고 귀국하는 길에 겪은 일화를 시로 표현한 것이다. 정사신 일행은 조천(朝天)을 마치고 돌아오는 길에 돈과 재물을 강제로 갈취하는 불량배를 만난다. 이 불량배들이 술에 잔뜩 취해 길을 막고 행패를 부리지만, 정사신 일행은 뜻밖의 상황에 당황해하며 어찌할 바를 모른다. 이때 다행스럽게도 이 상황을 목격한 중국인 다섯 명이 차례대로 말을 끌고 와서 정사신 일행을 구원해 준다. 위 시에는 다섯 명의 중국인이 무사(武士)인지 뚜렷이 나타나 있지 않다. 다만 씩씩한 자태로 말을 몰고, 성대하고 깔끔한 옷차림을 하였으며, 사리 판단을 분명히 하여 언변으로 불량배들을 제압한다. 그리고 정사신 일행이 다시 위험한 상황에 놓이지 않도록 에워싸며 호송해 주기까지 한다. 이런 은혜를 베푼 중국인에게 정사신은 '협'이란 칭호를 부여하고 있다. 상대방이 도움을 요청하지도 않았고 말이 통하지 않는 낯선 사람임에도 불구하고 그의 어려운 상황을 감지하고 대가 없이 구원해 준 면모가 협의 조건에 부합한다고 여겨졌기 때문일 것이다. 이 작품은 북방을 왕래하는 조선 사행길이 순탄치 못했던 조선 중기의 현실을 보여주는 작품이기도 하다.

유학을 중시한 조선 사회에서 금령을 어기고 살인을 저지르는 협객이

31 鄭士信, 〈將渡江冰, 遇醉㺚子二人, 遮馬執鞚, 徵索錢物, 獰惡難狀. 忽見華人五騎, 馳來救解, 冠服甚盛, 蓋俠士之類也. 其惠可勝言哉〉, 『梅窓集』 卷2, 『韓國文集叢刊』 속10.

옹호되기는 쉽지 않다. '협'으로 지칭된 인물들도 소년 시절 혹은 젊은 시절에는 불건전하고 방탕한 생활을 했더라도 나이가 들면서 점차 삶의 태세를 전환한 경우가 많았다. 다음 시는 이를 잘 보여준다.

少年六勻弧	소년 시절 육균의 활을 당기고
能騎生馬駒	길 안 든 망아지도 잘 타고 다니면서
結交五陵豪	호협한 오릉 자제들과 교제하고
遨遊酒家胡	술집 여인과 질탕하게 놀았다네
黃金白日盡	대낮에 황금을 모두 탕진하고
滄海飜榛蕪	바다가 황무지로 변하는 세상 만나니
折節擧進士	생각을 바꾸어 진사 시험 보았다가
反被文法拘	도리어 법규에 매이는 몸이 되었네
遼河十往來	그동안 요하를 열 번이나 왕래하고
碣石三登艫	배 타고 갈석산을 세 번이나 바라보았네
男兒重意氣	남아는 의기가 중한 법이니
在家亦何娛	집에 있다 한들 무슨 즐거움이 있으랴
且飮別時酒	장차 이별의 술 마시면서
搏髀歌嗚嗚	넓적다리 두드리며 노래나 신나게 부르세나[32]

이덕형(李德泂, 1566~1645)이 1624년 사은 겸 주청사로 연경에 갈 때 이원형(李元亨, 1600~?)이 동행하였는데, 이때 이식(李植, 1584~1647)이 이원형을 송별하며 지어준 시이다. 이원형은 권필(權韠, 1569~1612)이

32 李植, 〈李學官元亨豪俠士也. 從李判尹德泂渡海之行, 夜飮爲別. 二首〉 제2수, 『澤堂集』 卷3, 『韓國文集叢刊』 88.

좋아하여 칭송하고 허균과도 어릴 적부터 친분이 있었다고 한다.[33] 제6구까지의 내용을 통해 알 수 있듯이 부호가의 자제들과 교제하여 방탕한 생활을 즐기던 소년 시절 이원형은 여지없는 옛 귀족형 협객이다. 다음 두 구는 방탕한 삶을 살아가던 이원형이 삶의 방향을 문인으로 전환하여 진사시에 합격하였고, 이후 관직에 매인 몸이 되었음을 읊었다. 이후 6구는 육로와 수로로 수 차례 중국을 왕래하는 이원형의 구체적인 관직 생활 모습과 송별의 뜻을 담은 내용이다.

이원형과 달리 삶의 태세 전환에 실패하거나 시대적 여건상 태세 전환을 하지 못한 '협'은 불우한 삶을 살아야만 했다. 다음 시를 보자.

俠客重橫行	협객이 종횡무진 내달림을 중시하여
銀鞍被騄駬	은 안장을 준마에게 입혔네
散盡千黃金	천 냥 황금을 흩어서 다 쓰고
結客屠沽市	협객들과 교제하며 저자에서 도축하고 술 팔았네
朝遊鬪雞場	아침에 투계장에서 노닐다가도
暮宿長千里	저녁이면 먼 천 리 밖에서 투숙했지
折節事讀書	생각을 바꾸어 독서를 일삼으니
新詩驚士子	새 시를 지어 선비들을 놀래켰네
一朝邊塵起	하루아침에 변방에 풍진이 일어
干戈暗東土	전란으로 동녘 땅이 암울해졌네
翠華狩岷峨	군왕이 먼 민산 아미산으로 떠나니
故都豺狼聚	옛 도읍은 승냥이 이리 떼가 모여 들었지

33 許筠, 〈惺叟詩話〉, 『惺所覆瓿藁』 卷25, 『韓國文集叢刊』 74.

腰間有寶刀	허리춤에 보도가 있으니
欝結氣衝斗	울결된 기운이 두우성을 찔렀네
徒步走行在	도보로 행재소에 달려가서
勤王心獨苦	나라 위해 힘쓰니 마음 홀로 괴로웠네
名屬飛騎籍	이름이 비기군의 명부에 속해 있어
輦前射比翼	어가 앞에서 비익조를 쏘았고
行宮扈翟禕	행궁에서 왕비를 호위하면서
數載滯海曲	몇 년을 바닷가에 체류했네
歸來萬事非	돌아오자 만사가 어긋나서
出門無所適	문을 나서면 갈 곳이 없었다오
鄕里小兒輩	향리의 어린 아이들은
貂裘映朝日	흑초구가 아침 햇살에 반짝이는데
窮巷閉戶坐	궁벽한 거리에서 문 닫고 앉으니
厨下炊烟絕	부엌에는 불 때는 연기가 끊겼네
劒是一人敵	검은 한 사람을 상대하는 것이니
不成亦何恥	이루지 못한들 무슨 부끄러움이 있으랴
力挽五石弓	힘이 오석의 활을 당겨도
壯士多餓死	장사는 대부분 굶어 죽는다오
妻孥相對啼	처자식이 서로 마주하고 우니
誰救爾飢色	누가 너의 굶주린 기색을 구원해주랴
貧賤頭已白	빈천한 가운데 머리가 이미 희끗하니
悔學齊門瑟	제나라 궐문에서 비파 배운 것을 후회하리라
知己竟何人	지기라 할 만한 이 끝내 누구런가
風塵徒眯目	풍진으로 단지 눈만 어두워졌네

淮陰昔不遇	회음후도 옛날에 불우하여
丈夫不自食	장부로서 스스로 먹고 살지 못했는데
而汝亦何恨	너는 또 무얼 한하랴
所貴在努力	중요한 것은 노력함에 있다오
二月湖南路	이월이라 호남으로 가는 길은
春色迷芳草	봄빛에 방초가 어지러이 덮였으리[34]

…(후략)…

구용(具容, 1569~1601)이 지은 송별시이다. 제목을 보면 '협객행'이란 악부제에 전남 무안으로 떠나는 언앙을 전송한다는 말이 덧붙어 있는데, 이를 통해 현실 속 인물에 대한 송별시를 짓기 위해 '협객행'이란 악부제를 사용하였음을 알 수 있다.

실제로 이 시의 협객은 구용의 벗 '언앙(彦仰)'이다. 전반 8구까지는 협객의 삶을 살다가 독서와 시 짓기로 삶의 태세 전환을 시도했던 언앙을 읊었다. 이후 20구까지는 임진왜란 당시 언앙의 활약상이다. 갑작스레 발발한 임진왜란으로 언앙은 먼 행재소에 달려가 왕과 왕비를 위해 근왕군(勤王軍)으로 활동하였다. 전란으로 인해 삶의 태세 전환을 유지하지 못한 채 자신이 잘할 수 있는 분야인 '무력'을 선택하여 전란의 상황에 대처한 것이다.

제21구부터는 전란이 끝난 이후 기아에 허덕이는 언앙과 그 가족, 그리고 호남 지역으로 떠나는 언앙을 표현하였다. 언앙은 검과 활을 다룰 줄 아는 장사(壯士)였다. 이런 그의 무용(武勇)이 전란에는 쓰일 수 있었지

34 具容, 〈俠客行. 送彦仰之務安〉, 『竹窓遺稿』 卷上, 『韓國文集叢刊』 16.

만 전란 이후에는 세상에 받아들여지지 않았다. 당시 정규군에 편입된 사람이 아니면 힘센 장사가 할 수 있는 역할이 없었던 듯하다. 알고 지내던 벗들도 모두 흩어지고 나이가 들어 기력은 점점 쇠해져 간다. 자신이 할 일을 찾지 못하니 가족들은 굶주림에 울고 있다. 시인은 제(齊)나라 왕이 젓대 소리를 좋아함에도 제나라 궐문 앞에서 3년 동안 비파를 연주한 구직자의 고사[35]를 통해 시류에 맞추는 삶을 살지 못한 언앙을 비유하였다.

언앙은 결국 남쪽 지역으로 내려갈 결심을 한다.[36] 떠나는 언앙에게 구용은 한나라 개국공신이자 초왕을 역임한 한신(韓信)도 스스로 먹고 살지 못할 정도로 불우한 시절이 있었음을 언급하며 주인공을 위로하고 무안에서 열심히 노력할 것을 권면한다. 결국 이 시는 임진왜란으로 인해 삶의 태세 전환에 실패하여 불우한 삶을 살아야 했던 조선 중기 한 협객의 삶을 보여주는 작품이라고 하겠다.

한편 조선 중기 이후 여협의 등장도 주목을 요한다. '협'이란 명칭은 보통 남성의 전유물로 여겨졌다. 그렇기에 여성에게 '협'이란 호칭을 부여함은 이례적으로 인식되었다. 장유(張維, 1587~1638)가 명나라 궁정화가인 구영(仇英, 1498~1552)의 〈여협도(女俠圖)〉를 보고서 "협에는 호협(豪俠), 절협(節俠), 선협(仙俠)이 있으니 이는 모두 남자의 일이다. 그런데 구생(仇生)이 유독 여협을 그린 것은 무엇 때문인가?"라고 하였는데,

---

35 韓愈, 〈答陳商書〉, 『古文眞寶 後集』 卷2.

36 언앙이 남쪽 지역으로 내려간 이유가 위 시 내용에 보이지 않는다. 다만 許穆(1595~1682)의 글에 따르면, 당시 남방지역에 협을 좋아하는 기풍이 있었다고 한다. 許穆, 〈鄭困齋事〉, 『記言』 卷26 下篇, 『韓國文集叢刊』 98, "南方之俗, 好氣任俠, 不循法度以爲高."

이 말은 '여협'이란 표현이 낯설게 인식되고 있음을 보여준다. '협은 무력으로 금령을 어긴다'는 한비자의 말처럼 보통 협객 시에 등장하는 '무(武)', '검(劍)' 등과 같은 글자들은 힘을 쓰는 신체적 능력의 강인함을 함축하고 있다는 점에서 여성과 '협'의 결합은 익숙치 않게 느껴질 수 있다.

이 때문인지 여협은 상대적으로 나약한 남성을 경계하는 효과를 불러일으키기도 한다. 역시 구영의 〈여협도〉를 보고 쓴 이식의 발문을 보자.

> 옛날에 여인을 그림으로 그리면 대개 감계하는 뜻을 부쳤으니, 예컨대 〈열녀도〉에 절의의 뜻을 담은 것이나 주왕(紂王)이 술에 취해 달기(妲己)에게 기댄 그림 같은 것이 그것이다. 구생이 〈여협도〉을 그리면서 반드시 이런 뜻을 둔 것은 아닐 터인데, 그렇다면 요컨대 소재의 취사 선택은 순수하지 못했지만, 의기 없는 사내를 경계시키기에는 충분하다.[37]

윗글에서 이식은 여성 소재의 예술 창작이 지닌 가치와 의미를 논하였다. 그중에서도 '여협' 소재가 의기 없는 남성을 경계시킬 수 있는 이유는 전통적으로 남성의 영역으로 인식된 '협'의 행위를 여성이 해냈기 때문일 것이다. 여협을 소재로 한 시에 남성과 견주는 내용이 자주 등장함은 바로 이러한 이유 때문으로 보인다.[38]

---

37 李植, 〈仇十洲女俠圖跋〉, 『澤堂集』 卷9, 『韓國文集叢刊』 88, "古之畫婦女, 蓋以寓監戒, 如女圖所載節義之槩, 及紂醉踞妲己之類是已. 仇生作女俠圖, 未必有此意, 要之取舍不純, 然亦足以警夫無義氣丈夫矣."

38 일례로 鄭斗卿의 다음 시는 여협의 활약상을 부각하기 위해 荊軻를 비교 대상으로 끌어들였다. 鄭斗卿, 〈東海有勇婦〉, 『東溟集』 卷9, 『韓國文集叢刊』 100, "揮劍雪霜色, 殺讎都市中. 如何一女子, 挾此萬夫雄? 五步見流血, 千秋驚俠風. 荊卿非壯士, 虛死咸陽

조선 중기 이후 여협을 소재로 한 시는 검술이나 검무를 펼치는 여성, 어려운 처지에 빠진 사람들을 돕는 여성, 비장한 노래를 통해 사람들을 경계시키고 반성하게 하는 여성 등 그 양상이 다양하다. 앞에서도 언급했듯이 이들을 '협'으로 명명하는 문제는 작가의 주관이 개입될 여지가 있겠지만, 시문을 남긴 남성 작가의 시선에는 이들의 활약이 '협'으로 인식되었다. 그중에서 자주 등장하는 여협은 검술과 검무를 펼치는 여인이다. 다음 시를 보자.

山西女子年二十	산서 출신 여자 나이 스무 살
機杼不學刀劍習	베 짜는 법 배우지 않고 도검을 익혔네
淸霜紫電隨手生	서릿발 번갯불이 손을 따라 일어나니
閟得神方能闢闔	신묘한 방법을 얻어 능히 열고 닫았네
健兒山西眞瑣瑣	건장한 남아가 산서 땅에 별로 없어
欲向燕南論劍法	연땅 남쪽에 와서 검법을 논하고자
金鞭一着叢鈴馬	방울 달린 말에 황금 채찍 한 번 휘둘러
昨日來過關東邑	어제 산해관 동쪽 마을을 찾아왔네
關東自古多劍客	산해관 동쪽은 예로부터 검객이 많아서
蓬頭突鬢爭來集	쑥대머리에 구렛나루 뻗친 자들이 다퉈 모인다네
阿娘背人粧且束	한 처자가 남들을 등진 채 화장 단속하고
偏髮爲鬟簪亂插	머리 한쪽 쪽지어 올리고 비녀를 어지러이 꽂았네
禿衿小袖短後衣	고름 짧고 소매 좁은 단후의를 입으니

宮." 정두경의 이 시는 李白의 시제와 그 내용을 수용하여 지은 작품이다. 참고로 이백의 시는 여협을 예양과 비교하였다. 李白, 〈東海有勇婦〉, "豫讓斬空衣, 有心竟無成."

褭娜纖腰紅玉頰	가는 허리는 하늘하늘 옥 같은 뺨은 붉네
通衢策出千里足	큰 거리로 천리마 몰고 나가는데
隨後飛登如鳥捷	날아오른 듯 뒤따르는 모습 새처럼 민첩하네
手握尺八之匕首	손에 여덟 척 비수를 잡고서
能坐能臥能起立	능숙하게 앉았다 누웠다 일어서네
初作轅門旗飄狀	처음에 군문에 깃발 날리는 모습을 이루니
馬腹忽然螓首接	말 배로 갑자기 아리따운 이마가 닿고
又作深林豹隱勢	또 깊은 숲에 표범이 숨은 형세를 취하니
錦障泥下翻身入	비단 말다래 아래로 몸 뒤집고 들어가네
得非公孫舞渾脫	그야말로 공손대랑의 혼탈무가 아닌가
無乃紅線偷金盒	금합자를 훔친 홍선이 아니겠는가
須臾躍出身手見	잠시 뒤에 뛰어나오자 신수가 드러나는데
玉顏依舊如花靨	옥안에 꽃 같은 보조개가 조금 전 그대로라네
揚鞭更試蓮花鋋	채찍 날리며 다시 연화정을 시험하니
折旋翩躚紛匝遝	꺾어 도는 모습 춤추는 모습이 분란하네
長虹一道空中鬪	한 가닥 긴 무지개와 공중에서 싸우는 듯
亂雪飄飄風颯颯	어지러이 눈 날리고 바람은 솨솨 불어오네
一笑擲劒飛下馬	한바탕 웃고 검 던지며 훌쩍 날아 말을 내려오니
英風猛氣猶歘歙	빼어난 풍모 용맹한 기운이 순식간인 듯하네
觀者膽掉皆嘖舌	구경꾼들 후들후들 모두 혀를 내두르고
人海人城三四匝	세 겹 네 겹 둘러싸더니 인산인해 이루었네
老夫見此增歎息	노부는 이를 보고 더욱 탄식하니
爾亦女中之荊聶	너 또한 여자 중의 형가 섭정이라오
當今天下無一男	지금 천하에 남아라곤 한 명도 없으니

何物女子乃爾俠　무슨 놈의 여자가 마침내 너처럼 호협하단 말이냐
安得借汝一枝師　어이하면 너에게 한 무리 군사를 빌려주어
掃却凶奴如落葉　흉노를 낙엽처럼 쓸어내게 할 수 있을까[39]

이시항(李時恒, 1672~1736)은 1728년 진주사(陳奏使) 심수현(沈壽賢, 1663~1736)의 종사관으로 연경에 다녀왔다. 이 작품은 북경에서 귀국할 때 산해관 동쪽 소릉하(小凌河) 지역에서 이시항이 직접 겪었던 일화를 바탕으로 한 시이다. 우연히 만난 한 젊은 중국 여자의 뛰어난 말타기와 검술 시범을 보고서 이시항은 그 날렵하고 용감한 모습에 '협'을 떠올린다. 그리고 그녀가 산서(山西) 땅에서 소릉하 지역까지 오게 된 배경을 기술하고, 이어 그 검술 시범의 모습을 긴 필치로 묘사한다. 그 묘사는 사실을 위주로 하되 일부 비유를 혼용하였다. 여인의 옷차림, 화장, 신체적 특징의 외모와 말을 타고 검을 쓰는 모습 등은 사실적으로 그리면서도 '새처럼 민첩하다', '꽃 같은 보조개'와 같이 일부 필요한 경우 비유법을 사용하였다. 여인의 활약상을 묘사한 시인은 그녀를 두 명의 옛 여인들에 견준다. 공손대낭(公孫大娘)은 당나라 때 검무(劍舞)에 뛰어났던 교방(敎坊)의 기녀(妓女)이고[40], 홍선(紅線)은 당나라 때 설숭(薛嵩)의 하녀로서 주인을 위해 300명이 호위하는 상대 진영 막사를 뚫고 들어가 상대편 수장의 침실 속 금합자(金盒子)를 훔친 전설의 여협이다.[41] 이시형은 옛 여성 협객뿐만 아니라 형가, 섭정 같은 옛 남성 자객까지 끌어들여 비유한다.[42] 복수를 실행에 옮긴 옛 자객과 견준 것은 시인의 내면

39 李時恒, 〈山西女子馳馬試劍歌〉, 『和隱集』 卷3, 『韓國文集叢刊』 속57.
40 『九家集注杜詩』 卷13, 〈觀公孫大娘弟子舞劒器行〉 并序.
41 『太平廣記』 卷195, 〈豪俠3·紅線〉

의식이자 이 시의 주제를 드러낸 마지막 구와 호응한다. 시인이 이 여인에게 군대를 맡겨 흉노를 토벌하고 싶은 심정을 강개한 어조로 말하고 있기 때문이다.

이 시의 주인공은 어려서부터 검술을 익혀 뛰어난 실력을 갖춘 여인이지만, 그녀가 검술을 익힌 배경은 알 수 없으며 소릉하 지역에 온 이유도 그곳에 검객이 많기 때문이라는 언급만 있을 뿐 검술을 익히고자 하는 그녀의 궁극적 목적은 알 수 없다. 그러나 시인은 이 여인의 의도와 상관없이 그녀를 보고 오랑캐 청나라를 무찌르고 싶은 반청 의식을 분명히 드러내고 있다. 결국 이 시는 '여협'이 조선 후기 문사의 반청 의식을 표현하는 소재의 하나임을 보여주는 사례라고 할 수 있다.[43]

이 밖에 기생이 '협'으로 지칭되는 경우도 조선 후기에 오면 다수 나타난다.[44] 다만 시로 표현된 경우는 많지 않은데, 채제공이 제주도 기생 출신인 김만덕(金萬德, 1739~1812)을 두고 "제주의 여협이 몸 사뿐히 나오네[耽羅女俠輕身出]"[45]라고 한 시구를 그 예로 들 수 있다. 김만덕은 제주 출신의 상인(商人)으로, 제주도에 큰 기근이 들었을 때 천금의 사재(私財)로 육지에서 재빨리 진휼미를 사들여 굶주린 백성들을 구휼한 조

42 이 시에서 '옛 협'은 현실에 실재하는 주인공 협과 견주기 위한 수단이자 도구로서의 옛 협이므로 '옛 협'은 시의 주인공이 아니다. 이는 앞 절에서 다룬 '옛 협의 상상'이 옛 협을 주인공으로 삼아 정면으로 다룬 것과 차이가 있다.

43 이 작품 외에도 검무 추는 여인을 '협'으로 지칭하여 시로 형상화한 경우로, 李天輔의 〈夜觀劍舞〉(『晉菴集』 卷2, 『韓國文集叢刊』 218) 와 丁若鏞의 〈舞劍篇贈美人〉(『與猶堂全書』 詩集 卷1, 『韓國文集叢刊』 281)이 있다.

44 정우봉, 앞의 논문, 2010, 433~463면.

45 蔡濟恭, 〈上元, 陰曀無月, 閉戶涔寂. 十六夜, 雲陰盡捲, 月色明甚, 李侍郎公會·權承宣東野·崔承宣稚晦·李檢討士興, 惠然來訪, 相與出十字街, 步屧逍遙, 鷄幾鳴乃還, 懷黃驢使君士述〉, 『樊巖集』 卷19, 『韓國文集叢刊』 235.

선 후기 여인이다.[46] 채제공이 김만덕을 '협'으로 칭한 것은 남의 곤경을 모른 체하지 않고 대가 없이 도왔던 김만덕의 의협심 때문이다.

함경도 함흥(咸興)의 기생 가련(可憐, 1671~1759)도 '여협'으로 일컬어졌다.

春星孤舘坐迢迢	봄별 반짝이는 외로운 객관에 앉았자니
鍾罷街塵遂寂寥	종소리 파한 번잡한 거리 마침내 적막해졌네
悲壯出師歌一闋	〈출사표〉 한 곡조가 슬프고도 씩씩하니
八旬豪氣未全消	팔순에도 호협한 기상 다 사라지지 않았구나[47]

가련은 많은 사대부들에게 크게 알려진 기생이었다. 그녀는 자신을 '여협'이라 자처하였을 뿐만 아니라, 기생 신분으로서 남인(南人)의 당론에 참여하여 정치적 발언과 활동을 했던 인물이다. 숙종 대 여러 차례 환국(換局)을 겪으면서도 가련은 자신의 정치적 신념과 지조를 버리지 않았는데, 이 때문에 남인, 소론 계열의 여러 문인으로부터 '여협'이란 칭송을 받았다고 한다.[48]

박영원(朴永元, 1791~1854)이 1850년에 쓴 〈가련첩발(可憐帖跋)〉에는 "가련이 제갈무후의 〈출사표〉 암송하길 좋아하였으니 이 또한 자신의

46 이 시의 注에 다음과 같은 말이 보인다. "耽羅妓萬德, 捐千金賑活飢民. 上聞而嘉之, 命守臣詢所願欲以施. 妓對以無他願, 只願觀上都, 仍見金剛山, 守臣以聞, 特許之. 妓越海入京師, 以是夜踏橋."

47 蔡濟恭, 〈咸興老妓可憐, 年八十有四, 唱出師表, 誦古人詩什不錯字. 間以譚諧皆理勝, 足令人警省, 薦紳士以女俠稱之, 固也. 然余所以賞愛可憐, 蓋有所感者存焉, 此則當憐與余知之爾〉, 『樊巖集』 卷8, 『韓國文集叢刊』 235.

48 정우봉, 앞의 논문, 2010, 455~456면.

뜻을 기탁한 것이다"라고 하였다.[49] 〈출사표〉가 제갈량의 애국과 충성의 마음이 담긴 글임을 고려해 본다면, 비장하게 부르는 가련의 〈출사표〉는 자신의 변함없는 정치적 신념을 기탁한 것으로 유추해 볼 수 있다. 다만 채제공은 가련의 지조가 본인 개인에게로 한정하지 않고 남을 경계하고 반성하게 하는 등 남들에게 특별한 감응을 준다는 측면에서 '협'의 이름을 부여할 만하다 하였다.[50]

4. 맺음말

본고는 한국 한시에 나타난 '협'의 형상화 양상을 옛 협을 상상하여 형상화한 작품과 현실에 실재하는 협을 형상화한 작품으로 구분하여 살핀 것이다. 내용을 정리하면 다음과 같다.

옛 협을 상상하여 형상화한 작품은 형가, 주해 등 역사적 인물의 행적을 재구 및 상상하고 논평한 작품군이 있는가 하면, 한·위, 당대 악부와 고시의 제목을 차용하고 가공의 인물 혹은 모호한 인물을 설정하여 그 외모, 활약, 주변 분위기 등을 허구적으로 형상화한 작품들도 있었다.

---

49 朴永元, 〈可憐帖跋〉, 『梧墅集』13册, 『韓國文集叢刊』 302, "喜誦武侯出師表, 亦托意也."

50 李匡德과 李獻慶은 가련의 〈출사표〉를 듣고 감응을 받아 눈물을 흘렸다고 한다. 權相一, 〈李學士匡德, 昔年補外甲山, 行到咸興, 有老妓歌出師表, 聞而作詩曰, '咸關女俠滿頭絲, 醉後高歌兩出師. 唱到鞠躬盡瘁語, 逐臣哀淚兩行垂.' 諷誦句語, 有無限感歎之意, 次之〉, 『淸臺集』 卷2, 『韓國文集叢刊』 속61; 李獻慶, 〈咸京滯雨, 遇老妓可憐, 賦贈五絕〉, 『艮翁集』 卷1, 『韓國文集叢刊』 234, 自註, "可憐年八十三, 歷叙疇昔, 意氣慨然. 夜深爲余誦孔明兩出師表, 李令伯陳情表, 五子之歌, 觳觫章, 其聲嗚咽怨訴, 令人隕淚."

이 작품들에는 창작 의도가 문면에 뚜렷이 나타나 있지 않아 독자에게 다양한 해석의 여지를 남긴 경우가 많은 가운데 현실에 대한 불만이 협에 대한 동경과 상상을 불러일으킨 경우도 있었다.

작가와 동시대를 살았던 실존 인물에 '협'의 명칭을 부여하고 그 활약상을 시로 표현한 작품도 한국 한시 속에 적지 않게 나타났다. 곤란함에 처한 사람을 조건 없이 돕는 협, 협객의 삶으로부터 태세 전환에 성공했거나 실패한 협, 뛰어난 무예 솜씨를 지닌 여협, 기생 여협 등이 있으며, 협의 국적에 중국인이 포함되고 성별로 여성이 자주 등장하는 등 조선 후기로 가면서 그 양상이 다채로운 면모를 보인다. 이런 작품들은 작가의 실제 경험을 토대로 하였기에 협의 외모와 활약상이 사실적이고 구체적으로 표현되었다. 또 그 작품은 협을 중심으로 한 당대 시대상이 반영되어 있고, 작가의 창작 의도가 비교적 뚜렷이 나타나는 경향이 있다.

이처럼 '협'이 한국 한시의 소재 중 하나로 자리 잡고 꾸준히 창작된 사실은 '협'이 법령을 어기거나 정도(正道)를 벗어난 인물임에도 불구하고 '협'의 특정 행위나 가치를 일정 부분 인정한 사람이 적지 않았음을 의미한다. 실제로 본고에서 살펴본 '협'은 상상 속 존재이든 현실 속 존재이든 국적과 성별에 상관없이 흉악한 자를 제거하려 한 존재, 남을 돕는 존재, 국가 위기 혹은 국가적 문제를 해결하는 데 기여 내지는 기여의 가능성을 지닌 존재, 자신을 알아준 사람의 은혜에 보답하는 존재, 남을 감화시키는 존재 등 제도권의 사각지대에서 보통 사람들은 하지 못한 일을 해내거나 해낼 가능성을 지닌 인물로 나타난다.

다만 협의 특정 행위나 가치를 인정하고 긍정한 작품이 많은 것은 사실이나 협을 부정적 시각으로 본 작품도 없는 것은 아니다. 앞에서 형가의 예를 일부 살펴보았거니와 조선 후기의 이서(李漵, 1662~1723)는 개별 협객이 아닌 '협' 자체에 대해 '겉으로만 의(義)를 중시하고 실제로는 사람들을 선동하여 무리를 모으고 사욕을 이루려는 존재이자 화란(禍亂)를 불러일으키는 근심거리'로 평가절하하면서 그 존재 가치를 극단적일 정도로 부정하였다.[51] 본고는 협과 관련한 한국 한시를 전반적으로 살피는 데에 초점을 맞춘 결과, 이러한 작품들까지 망라하여 세세히 살피지 못한 한계를 지닌다. 협을 바라보는 긍정 및 부정의 시각과 관련한 구체적 사항은 별고를 통해 밝히고자 한다.

51 李漵, 〈戒氣俠〉, 『弘道遺稿』 卷1, 『韓國文集叢刊』 속54, "嗟嗟尙俠人, 氣像何其麄. 自謂尙義氣, 鼓動一世愚. 意實不在義, 只在聚朋徒. 倘有濟其私, 溺人輕於毛. 黛惡謂之義, 誘之納網罟. 愚彼好名人, 慨然不顧軀. 謂己死得所, 捨命如秋毫. 君親大經法, 違之等浮漚. 陪臣執國命, 猶爲大罪尤. 況乎一士人, 乃敢無王侯. 是謂樂禍人, 罪當逢天誅. 階亂或於此, 深爲識者憂."

조선 시대 협사(俠士) 예양(豫讓)에 대한 담론과 그 시대적 의미

정하정

1. 들어가며

'협(俠)'은 『한비자(韓非子)』의 "유이문란법 협이무범금(儒以文亂法 俠以武犯禁)"에서 그 연원이 비롯되어, 사마천(司馬遷)의 『사기(史記)』〈유협열전(遊俠列傳)〉에 이르러 그 존재의 가치를 인정받게 된다. 사마천에 따르면, '협(유협)[俠(游俠)]'은 정의에 맞지는 않지만 말에는 신의와 행동에는 과감함이 있으며, 자신의 몸을 아끼지 않고 고난에 뛰어들면서도 공덕을 내세우지 않는 인물이다.[1] 이들은 협사(俠士), 협객(俠客), 의협(義俠) 등으로 불리면서 오랫동안 문학 소재가 되어 왔음은 물론이다.

---

1 司馬遷, 〈遊俠列傳〉, 『史記』 권124. "今遊俠, 其行雖不軌於正義, 然其言必信, 其行必果, 已諾必誠, 不愛其軀, 赴士之阸困, 既已存亡死生矣, 而不矜其能, 羞伐其德, 蓋亦有足多者焉, 且緩急, 人之所時有也."

다만 사마천도 "정의에 맞지 않다"는 한계를 인정하였고 『한서(漢書)』 〈유협전(遊俠傳)〉을 남긴 반고(班固) 역시 사마천의 〈유협열전〉에 대해 "처사를 물리치고 간웅을 내세웠다"[2]라고 비판하였을 만큼 유협은 논란의 대상이 될 소지가 컸다.

그중 특히 예양(豫讓)은 '충(忠)'이라는 유학적 관념으로 볼 때 문제적 인물이었다. 주지하다시피 군주였던 지백(智伯)을 위해 복수하고자 자신의 몸을 훼상하고 죽음을 마다하지 않았던 예양은 유협(遊俠) 또는 협사(俠士)라 평가되는 인물로, 〈자객열전(刺客列傳)〉에 입전되어 긍정적 평가를 받았고 그 일화가 『소학(小學)』에 수록되기도 하였다. 반면에 정자(程子)에 의해 '재초부(再醮婦)'라고 칭해지며 후대의 많은 비판을 받기도 하였다. 말하자면 예양은 그 일화가 『사기』, 『자치통감(資治通鑑)』과 같은 사서(史書)뿐만 아니라 『소학』에까지 수록되었고 그에 대한 논평이 역사적으로 생산, 재생산되면서 논란의 중심에 서 있었던 것이다.

게다가 예양에 대한 논의는 사평(史評) 또는 사론 산문(史論散文)과 같은 형태로 시간의 종적 흐름에 따라 축적되었던 동시에, 동시대 인물들이 견해를 교환하는 형태로 담론이 형성되기도 하였다. 이는 사론 산문에서 보여 주는 담론의 형성 과정과는 일정한 차이를 보인 부분으로,[3] 예양에 대한 담론의 장(場)이 다채롭게 형성되었음을 보여 준다.

---

2 班固, 〈司馬遷傳〉, 『漢書』 권62. "序遊俠, 則退處士而進奸雄."

3 사론 산문 중 다수가 동일한 소재를 둔 기존 사론 산문을 긍정 또는 반박하는 형태를 띤다. 이는 마치 시공간을 초월한 토론의 장을 연상케 한다. 따라서 사론 산문은 시간의 종적 흐름 속에서 동일 역사 소재에 대한 찬반의 담론이 형성되어 간다고 할 수 있다. 이에 대해서는 백진우, 「조선후기 사론 산문 연구」, 고려대학교 박사학위논문, 2011, 100면; 정하정, 「조선(朝鮮) 사론 산문(史論 散文)의 한 단-소식(蘇軾)의 사론 산문에 대한 비판 양상」, 『한국고전연구』 32, 한국고전연구학회, 2015, 326면 참조.

실제로 예양의 담론은 조선의 전시기에 걸쳐 형성되었고 그 평가가 긍정과 부정이 혼재되어 있다. 그러나 역사 인물로 예양을 평가하는 것을 넘어, 특정 시기에 당대 시대 상황과 결부하여 그 논의가 이루어진다는 점은 주목할 만하다. 특히 국가가 위기를 겪으며 신하에게 忠을 강조하는 분위기 속에서 예양의 담론은 시의성(時宜性)을 획득하게 되는 것으로 보인다. 이는 기존 연구에서 밝힌바, 정묘·병자호란 전후로 충절과 복수의 상징인 역사 인물을 재조명하는 문학 창작이 있었던 현상과 그 맥을 함께한다.[4] 다만 예양의 경우는 담론이 보다 활발하고 다채롭게 진행되었던 데다 정묘·병자호란 외의 시대 상황과 결부한 담론이 적극 형성되었다는 점에서 흥미롭다.

이에 따라 본고에서는 예양에 대한 담론의 양상을 개괄하고, 특정 시대 상황과 결부하여 그 맥락과 특징을 이해하고자 한다. 이를 통해 당대 시대 상황을 반영한, 다시 말해 시의성을 갖는 역사 인물 담론의 사례를

4 사론 산문을 비롯한 역사 인물을 소재로 한 문학 창작 현상이 특정 시기의 시대적 배경과 결부함을 밝힌 논문은 많다. 그중 다수가 정묘·병자호란 전후로 한 시대적 배경과 관련하여 연구되었다. 그 대표적 논문을 제시하면 다음과 같다. 임준철, 「유협시의 유형적 전통과 17세기 조선시단의 유협시」, 『한문교육논집』 26, 한국한문교육학회, 2006, 465~492면; 백진우, 「인물 詠史詩를 통해 본 조선후기 대청 복수 담론의 일국면」, 『개신어문연구』 36, 개신어문학회, 2012, 5~40면; 백진우, 「丁卯·丙子胡亂 시기 管仲의 상징성과 歷史類比-설득 근거로서의 활용 양상을 중심으로」, 『동양한문학연구』 35, 동양한문학회, 2012, 65~89면; 백진우, 「병자호란 상흔에 대한 문학적 치유 양상 연구-역사 인물 句踐에 대한 해석을 중심으로」, 『어문논집』 69, 민족어문학회, 2013, 31~57면; 백진우, 「전란의 기억과 문학적 극복-정묘·병자호란 이후 17세기 후반에 나타난 문학적 현상에 주목하여」, 『동양고전연구』 68, 동양고전학회, 2017, 69~97면; 정하정, 「蘇武를 제재로 한 科表 창작의 시대적 동인과 그 양상」, 『한국언어문화』 60, 한국언어문화학회, 2016, 331~357면; 정하정, 「조선 후기 北伐論의 餘脈과 伍子胥 담론」, 『한국한문학연구』 81, 한국한문학회, 2021, 297~334면; 하윤섭, 「조선후기 『삼국지』 인물 차용 시조의 유행과 시대적 동인에 대한 탐색」, 『고전문학연구』 41, 한국고전문학회, 2012, 187~226면.

확보함으로써 중국 역사와 문학의 수용 이면에 있는 우리나라의 자기화 과정을 마주할 수 있으리라 기대한다.

2. 예양 담론의 양상

우선 예양 담론의 양상을 파악하기 위해 예양을 소재로 한 산문을 개괄하기로 한다. 『한국문집총간』, 『역대문집총서』, 『호남근현대문집』과 여러 대학의 소장 자료 등을 검토한 결과, 예양을 소재로 한 31편의 산문을 찾을 수 있었는데, 그 목록은 다음과 같다.

〈표 1〉 조선 시대 예양 소재 산문

연번	작자	작품명	예양 평가	요지	비고
1	許穆 (1595~1682)	讀史記作 豫讓讚	긍정	예양의 복수 의지는 烈하다.	
2	鄭叔周 (1607~1655)	豫讓論	부정	군주의 대우에 따라 은혜를 달리 갚은 예양은 義士가 아니다.	庭試 試題
3	李埰 (1616~1684)	豫讓論	부정/ 부분 긍정	예양의 복수는 원수에게 은혜를 갚고자 한 것으로, 그는 義士가 아니다. 다만 자신을 희생하며 복수를 끝까지 하려 했던 것은 烈이라고 평가할 수 있다.	胡寅 견해 반박
4	李瀷 (1681~1763)	豫讓論	부정	예양이 지백을 위해 조양자에게 복수하고자 행위 자체가 잘못이며 조양자는 더 일찍 예양을 죽여야 했다.	
5	姜再恒 (1689~1756)	豫讓論	부정/ 부분 긍정	지백이 땅을 요청하던 날에 예양은 간언을 했어야 하지만 조양자에게 복수하고자 한 절개는 굳세다고 할 만하다.	

6	朴身潤 (1661~1698)	豫讓論	부정	예양이 지백을 위해 복수하며 죽고자 한 것은 사사로운 은혜 때문이다.	
7	任允摯堂 (1721~1793)	論豫讓	부정	군주의 대우에 따라 은혜를 달리 갚은 예양은 義士가 아니고 지백을 위해 복수하고자 한 것은 匹夫의 信義이다.	
8	朴胤源 (1734~1799)	豫讓論	부정	지백의 잘못을 바로잡기 위해 간언하지 않은 예양은 지혜롭지도 않고 인자하지도 않았다.	
9	李元培 (1745~1802)	讀書管窺	부정	예양이 지백을 섬긴 일과 지백에게 간언하지 않은 일로 보면 그는 군자로 논할 수 없다.	胡寅 견해 반박
10	李秉烈 (1749~1808)	趙襄不釋豫讓論	긍정	조양자가 지백을 죽여 충성을 드러나게 했던 것은 하늘의 뜻이다.	趙襄子에 대한 논평 위주
11	純祖 (1790~1843)	豫讓論	긍정	예양은 진정한 충신이자 벗에게 신뢰를 얻은 인물이다.	胡寅 견해 동조
12	朴宗永 (1804~1881)	豫讓論	긍정	만약 조양자가 두 번째도 예양을 풀어주었다면 예양은 스스로 죽어 절개를 바쳐야 했을 것이다.	
13	李象秀 (1820~1882)	豫讓論	부분 긍정	예양은 군자가 아닌 勇士이니 길러주는 자를 위해 죽는 것도 괜찮다.	
14	金輝鑰 (1823~1891)	豫讓以國士報智伯論	부정	섬길 만한 군주가 아닌 지백을 섬긴 예양은 군자의 의리를 안 자가 아니다.	
15	朴宰鉉 (1830~1883)	豫讓論	부정	예양은 지백의 잘못을 건의하여 바로잡아야 했는데 그리 하지 못했다.	
16	劉秉憲 (1842~1919)	擬祭豫讓文	긍정	예양의 절개와 충성은 신을 감동하게 하는데, 오늘 우리나라에는 예양과 같은 인물이 없다.	예양에 대한 祭文 擬作

17	尹禹學 (1852~1930)	豫讓論	부정	예양은 소소한 은혜에 감격한 소인이고 군자의 의리를 알지 못했다.	胡寅 견해 반박
18	安永鎬 (1854~1896)	豫讓以國士報智伯論	부정/ 부분 긍정	대우에 따라 은혜를 달리 갚은 예양은 의리를 알지 못하였다. 다만 열렬한 대장부이자 전국 시대 협사 중 우두머리는 된다.	
19	具赫謨 (1859~1895)	豫讓論	긍정/ 부분 부정	예양은 충의를 보였던 인물이 맞다. 다만 재가한 부인이라는 견해에 대해서는 부정할 수 없다.	程子 견해 인정
20	周基鎰 (1862~1930)	豫讓論	긍정	예양이 범씨와 중항씨를 섬겼다는 것은 史氏의 訛傳이고, 그가 희생하며 복수한 것은 위대하다.	程子 견해 부정
21	石載俊 (1866~1945)	讀豫讓傳論	부정	지백의 잘못을 바로잡지 못한 예양은 그저 자객의 부류로 충성을 바칠 사람이 아니다.	
22	禹夏九 (1871~1948)	豫讓論	부정	범씨와 중항씨를 섬기다가 원수인 지백을 다시 섬긴 예양은 義士가 아니다.	胡寅 견해 반박 程子 견해 인정
23	鄭獻敎 (1876~1957)	豫讓論	부정	범씨와 중항씨를 섬기다가 지백을 섬긴 것은 두 마음을 품은 것이다.	1891년 작 課題
24	李道瀅 (1881~1963)	豫讓論	부정	군주가 예우하지 않더라도 신하는 충성을 다해야 하는데 예양은 그리 하지 못했다.	程子 견해 인정
25	李學基 (1881~1953)	豫讓論	부정	예양은 군주의 대우에 따라 은혜를 달리 갚았기에 재가한 부인일 뿐이다.	
26	李鍾熙 (1903~1949)	豫讓論	부정/ 부분 긍정	지백의 잘못을 간언으로 바로잡지 못한 예양은 국사가 아니다. 다만 후세의 亂臣賊子는 예양에게 부끄러울 것이다.	

27	文存浩 (1884~1957)	豫讓再醮 烈婦論	부정/ 부분 긍정	지백에게 國士로서 지백의 잘못을 바로잡아야 했는데 그렇지 못하였기에 재가한 열부도 못된다. 그러나 비범한 사람이다.	程子 견해 인정 및 부연
28	金在華 (1887~1964)	豫讓論	부정/ 부분 긍정	예양은 이전 군주의 원수였던 지백을 섬긴 것은 전국시대 유세하는 선비의 일이다. 다만 복수하고자 한 행위는 훌륭하다.	1920년 작
29	權龍鉉 (1899~1988)	豫讓論	부정	군주의 대우에 따라 은혜를 달리 갚은 예양은 군신의 의리를 실천하지 못하였다.	
30	金炯觀 (1915~1998)	豫讓論	긍정	예양은 두 마음을 품지 않은 진실하고 거짓 없는 충신이다.	
31	李載斗 (1920~1946)	豫讓論	긍정	예양이 한 복수 행위는 명예를 추구한 것이 아니고 그 충절과 절개는 神明에게도 부끄러움이 없다.	方孝孺 견해 반박

표에서 확인할 수 있듯이, 가장 일찍 창작된 예양 관련 산문은 허목(許穆, 1595~1682)에게서 발견된다. 그 이전에 김시습(金時習, 1435~1493)이 〈예양전(豫讓傳)〉을 지었지만, 이 작품은 예양의 일화를 간략하게 서술하기만 하고 작가의 견해가 전무하기 때문에 담론이라고 보기는 어렵다. 따라서 예양에 대한 담론은 17세기 이후에 이르러 활발하게 형성되었다고 할 수 있다.

제목을 보면 대부분 '예양론(豫讓論)'이라는 사론 산문으로, 예양에 대한 논의의 지점이 거의 겹친다. 이는 예양이라는 동일한 역사 인물의 행위를 소재로, 담론이 예각화 되어 있음을 의미한다. 사실 예양을 '의사(義士)'라고 평가한 호인(胡寅)의 견해에 대한 동조나 반박으로 논의의 출발점을 삼은 작품이 다수인 것도 이와 관련된다. 『자치통감』이나 『소학』에 수록된 예양의 일화 말미에는 호인의 『독사관견(讀史管見)』 내용이 부기되어 있기에, 그에 대한 동조나 반박을 제기하는 것은 사론 산문의 창작 경향상 자연스러운 일이다. 하지만 다소 의아한 점은 31편의 예양 소재 산문 중 8편만이 예양을 전적으로 긍정하는 견해를 보이고 있다는 것이다. 논란의 여지가 있는 예양은 적어도 조선에서 부정적 논의가 우위를 점하고 있었던 셈이다.

예양에 대해 부정적인 작품을 일별해 보면, 크게 두 가지의 문제를 제시한다. 그중 첫째는 예양이 범씨(范氏)와 중항씨(中行氏)를 섬겼다가 지백(智伯)을 섬긴 일이다.

> 처음에 범씨(范氏)와 중항씨(中行氏)의 신하가 되었다가 후에 지백(智伯)의 신하가 되었으니, 그 마음이 이미 국가의 존망에 따라 달라진 것이다. 보통 사람으로 대우하자 보통 사람으로 보답하고 국사로서 대우자하자 국사로서 보답하였으니, 그 마음이 또 자신을 대우하는 것이 후한지 박한지에 따라 달라진 것이다. 의리를 실천하는 선비가 진실로 이와 같단 말인가. 예양이 의사라면 누가 의사가 아니겠는가.[5]

이 작품은 정숙주(鄭叔周, 1607~1655)의 〈예양론〉 일부이다. 예양은 앞서 섬겼던 범씨와 중항씨를 위해서는 복수하지 않다가 지백을 위해서 복수하고자 하였는데, 그 이유는 범씨나 중항씨와 달리 지백은 국사(國事)로서 예양을 대우하였기 때문이다.[6] 이는 군주의 대우에 따라 신하의

5 鄭叔周, 〈豫讓論〉, 『學圃集』 下. "初爲范中行之臣, 而後爲智伯之臣, 則其心也, 旣貳於國家之存望者也. 衆人遇而衆人報, 國士遇而國士報, 則其心也, 又殊於待我之厚薄者也. 爲義之士, 固如是乎? 豫讓而爲義士, 孰不爲義士哉?"

보답이 달라졌다는 혐의가 있다. 정숙주는 바로 이 점을 들어 예양은 의사(義士)가 아니라고 판단한다.

이는 예양에 대해 부정적인 다수 작품에서 공통적으로 언급된다. 범씨와 중항씨를 섬겼다가 다시 지백을 섬긴 일 자체가 '二心'이고[7] 이는 곧 지백의 원수인 조양자(趙襄子)도 예양을 국사로 대우했다면 예양은 조양자를 섬겼을 것이라는 논리로 이어지기도 한다.[8] 조선 사회에서 전후로 다른 군주를 섬긴 행위 자체가 절개를 잃은 행위로 인식되었을 것이고, 또 그러한 행위를 변호하고자 섬긴 이의 대우에 따라 보답을 달리했다는 예양의 발언은 오히려 불충하다고 볼 수밖에 없었을 것이다. 역사 인물에 대한 찬탄이나 안타까움을 주로 표현하는 한시에서도 그 정형성에서 벗어나 예양에 대해 부정적으로 묘사하는 작품이 있는 것도 예양이 전후로 다른 군주를 섬기고 군주의 대우에 따라 달리 보답했던 행위가 용납되지 않았던 정황을 보여준다.[9]

한편 예양을 부정적으로 평가하는 또 다른 근거는 예양이 지백의 잘못을 간언으로 바로잡지 못하였다는 것이다.

---

6 〈周紀〉, 『通鑑節要』 권1. "豫讓, 必報襄子, 五起而不中. 人問之曰, 子 嘗事范中行氏, 智伯滅之, 子不爲報讐, 反臣事智伯, 今智伯死, 子何爲報之深也? 對曰, 中行, 衆人畜我, 我故衆人事之, 智伯, 國士遇我, 我故國士報之." 참고로 이 내용이 『史記』에서는 조양자와 예양의 대화로 묘사되어 있다.

7 대표적으로 다음의 예를 들 수 있다. 禹夏九, 〈豫讓論〉, 『百愧集』 권5. "讓初事范氏中行氏, 而智伯滅之, 不爲報讐, 反臣事智伯, 是二心之二心也. 讓之言曰, 范中行氏, 以衆人畜之, 故以衆人事之, 智伯, 以國士待之, 故以國士報之. 是何言也?"

8 대표적으로 다음의 예를 들 수 있다. 安永鎬, 〈豫讓以國士報智伯論〉, 『岌山文集』 권4. "讓之心, 必以爲以知己者, 報范中行氏, 是不足以知人. 若使智伯復不幸, 而不知讓之爲國士, 則是讓復爲趙孟之臣, 必矣. 歷事四姓, 終無守義之日, 不知君子當爾爲否乎?"

9 李慶全, 〈豫讓〉, 『石樓遺稿』 권1. "智范元來均舊事, 於何辛苦捨千金. 若隨所遇方論報, 便是當時亦二."

한(韓)나라와 위(魏)나라 이가(二家)의 신하가 앞에서 모의하고 장맹담(張孟談)의 말이 뒤에서 위협하였으니, 지백의 두개골이 음기(飮器)가 되는 화는 둑을 터뜨릴 때 있지 않고 땅을 요청하는 날에 있었다. 예양이 이를 간하지 않았던 것은 어째서인가. 장차 화가 미칠 것을 알아 간하지 않았다면 이는 충성스럽지 못한 것이요, 그 화가 미칠 것을 몰라서 간하지 않았다면 이는 지혜롭지 못한 것이다. 충성스럽지 않고 지혜롭지 못하였는데 국사(國士)로 대우한 것은 어째서인가. 만약 간언했더라도 받아들여지지 않고 받아들였더라도 쓰이지 않았는데 또 떠나지 않았다면, 이는 의(義)가 없는 것이다. 어찌 국사라고 할 수 있겠는가.[10]

지백이 한(韓)나라와 위(魏)나라에 이어 조(趙)나라에 땅을 요청하였는데, 조양자는 그 요청에 응하지 않고 대항한 끝에 승리하여 지백을 멸족하였다. 따라서 지백의 멸망은 애초에 땅을 요청한 그의 탐욕에서 비롯되었다고 할 수 있다. 강재항(姜再恒, 1689~1756)은 바로 이러한 관점으로 지백의 멸망 조짐이 사전에 있었음에도 그것을 바로잡기 위해 간언하지 않은 예양을 비판한다. 그에 의하면, 예양이 지백의 탐욕으로 사전에 재앙이 미칠 줄 알고도 간언하지 않았다면 불충한 것이고 재앙이 미칠 줄 몰랐다면 지혜롭지 못한 것이다. 이러한 지적은 박윤원(朴胤源, 1734~1799), 박재현(朴宰鉉, 1830~1883), 윤우학(尹禹學, 1852~1930)에게도 동일하게 보인다.[11]

---

10 姜再恒, 〈豫讓論〉, 『立齋遺稿』 권14. "二家之臣, 謀於前矣, 孟談之說, 協於後矣, 飮器之禍, 不在於決堤之時, 而在於請地之日矣. 豫子以不諫, 何也? 知其將禍而不諫, 是不忠也, 不知其將禍而不諫, 是不智也. 不忠不智, 而遇之以國士, 何也? 設或諫而不見聽, 聽而不見用, 然且不去, 則是無義也. 設或諫而不見聽, 聽而不見用, 然且不去, 則是無義也. 何以爲國士乎?"

주목되는 점은 이러한 비판들에서 예양의 거취(去就) 또한 문제시한다는 것이다. 위 예문 끝에도 나와 있듯이, 간언을 했는데도 들어주지 않았다면 예양은 떠나야 했다는 의견이 다수이다. 여기에서 예양을 부정적으로 보는 일부 견해는 곧 예양의 거취 문제까지 포괄함을 알 수 있다. 이 또한 사대부 문인이 가질 법한 신하로서의 자세와 결부된다. 다만 이때 신하로서의 자세는 국가의 위기 상황이 아니라 평상시 일반적 상황을 전제로 한다.

이러한 점은 예양을 긍정적으로 보는 견해와 대조적이다. 먼저 허목의 〈독사기작예양찬(讀史記作豫讓讚)〉은 예양을 긍정적으로 평가하나, 예양에 대한 짧은 소감을 적은 글이다. 긍정적으로 평가하는 구체적인 이유보다는 晉나라에 인재가 많고 원한에 사무치면 기이한 일이 발생한다는 등의 내용이 주로 서술된다. 이후 지어진 이병렬(李秉烈, 1749~1808)의 작품 역시 예양을 긍정적으로 보지만 예양을 죽인 조양자에 대한 논평이 위주이다.[12] 온전한 담론으로서 예양을 긍정적으로 평가하는

---

11 朴胤源, 〈豫讓論〉, 『近齋集』 권22. "夫臣之事君也, 以直諫爲先, 幸而主悟則國安, 不幸而不悟則國亡, 國亡而以身殉之矣. 然不如早爲匡君之失, 不令其國至於亡也. 方智伯之時, 豫讓無一言諫爭, 何哉? …(중략)… 豫讓不諫, 國將亡而不知, 是不智也, 國將亡而不言, 是不仁也, 不智不仁, 其可乎哉?"; 朴宰鉉, 〈豫讓論〉, 『蘭石文集』 권2. "彼智伯專以貪婪剛戾, 恣售無厭之欲, 此固敗亡之由也. 讓何不諫救於敗亡之前, 而乃反效死於滅絕之後乎? 知其不可諫而不諫歟? 抑諫之而不聽歟? 不可諫而不諫, 非也, 諫不聽而不去, 亦非也. 君子遇知己之主, 竭忠盡慮, 當諫必諫, 誓死不變, 乃國士報主之大節, 而言不用 行不合, 則納履而去, 亦自處之一道耳."; 尹禹學, 〈豫讓論〉, 『思誠齋先生文集』 권4. "且智伯所爲, 無非貪暴之行也, 使豫讓不諫, 則惡在所謂國士也? 若諫而不見聽, 則亦惡在所謂國士之遇耶? 不過以利祿豢養之而已. 然則豫讓之所以報智伯, 非爲君臣之大義, 而專出於懷惠之私感者."

12 이는 작품의 핵심 내용을 담고 있는 다음 단락에서 명확히 드러난다. 李秉烈, 〈趙襄不釋豫讓論〉, 『龍岡先生文集』 권1. "如使讓也, 一擧而不幸, 使襄子釋之, 再擧而再不幸使襄子又釋之, 則讓也, 其將爲忠臣乎? 義士乎? 其將爲智氏之遺臣乎? 其將爲趙氏之

글은 순조(純祖, 1790~1843)에 이르러서 확인할 수 있다.

> 성인의 천 마디 만 마디 말이 충(忠)과 효(孝) 두 글자가 아닌 것이 없다. 예양이라는 자는 전국 시대의 일개 신하에 불과하였는데도 그 군주를 위하여 복수하고자 하여 비수를 끼고서 거짓으로 형인이 되어 몸에 옻칠하고 숯을 삼켜서 저자에서 구걸을 하였으니, 예양의 진실한 충성을 볼 수 있다. 또 처도 알아보지 못하였는데 그 벗은 알아보았으니, 붕우와의 교우에도 신뢰를 얻었음을 또한 알 수 있다. 조양자가 그의 이러한 점을 알고도 끝내 죽였으니, 호씨(胡氏)의 논의가 옳다. 내가 근래에 『자치통감강목』을 보다가 여기에 이르러서 그 정성에 감탄하여 마침내 그 일을 논한다.[13]

예양에 대해 부정적인 작품에서는 작가가 처한 신하로서의 관점을 보였다면, 위 작품은 군주로서 예양을 바라보는 시선이 투영되어 있다. 순조는 예양의 복수 행위를 충성[忠]이라고 평가하고 나아가 벗과의 신의[信]가 있었다고까지 인정하는데 이는 예양을 의사라고 한 호인의 견해와 다르지 않다.

이처럼 예양에 대한 전면적인 긍정은 19세기에 이르러 군주인 순조에 의해 거의 최초로 이뤄진다. 이후 박종영(朴宗永, 1804~1881)이 남긴 〈예양론〉 또한 예양에 대한 평가보다는 조양자가 예양을 살려 주었다면

遺民乎? 惟是天以是氣賦是人, 故使豫讓死之以成其全節, 使襄子殺之以表其孤忠, 則非襄子殺之, 天殺之也."

13 純祖, 〈豫讓論〉, 『純齋稿』 권4. "聖人千言萬語, 無非忠孝二字, 而豫讓者, 不過戰國之一臣也. 爲其君欲報仇, 挾匕首而詐爲刑人, 漆身呑炭, 行乞於市, 豫子之誠忠, 蓋可見矣. 且妻猶不知, 其友識之, 與朋友交而能信, 亦可知矣. 襄子知其如此而終殺之, 胡氏之論是矣. 予近觀綱目至此, 嘆其誠而遂論其事."

예양은 어떻게 행동해야 하는지를 제안하는 글에 가깝다.[14] 이로써 본다면 예양에 대해 전면 긍정하는 산문 작품은 19세기까지 매우 드물다고 할 수 있다.

이러한 예양에 대한 부정적 시선이 지배적이던 분위기는 20세기 접어들며 변하기 시작한다. 그 변화를 알리는 작품이 유병헌(劉秉憲, 1842~1919)의 〈의제예양문(擬祭豫讓文)〉이다. 이는 예양에게 제사를 올리는 형식의 의작(擬作)이다.[15] 으레 제문이라면 대상 인물을 찬양하고 그의 죽음을 마음 아파하는 것이 주된 내용이다. 따라서 이 작품 역시 예양에 대한 기본적인 긍정의 시선이 깔려 있다. 그런데 특기할 점은 단순히 예양에 대한 찬양과 애도를 넘어 작가가 놓인 당대 상황과 결부하여 일부 서술이 이뤄진다는 것이다. 즉 예양 관련 산문 창작에서 그에게 제사를 지낸다는 가상의 설정은 작가가 처한 상황으로 인한 의도된 선택이었던 것이다.[16] 또한 유병헌의 작품 외에도 구혁모(具赫謨, 1859~1895)와 주기일(周基鎰, 1862~1930)의 〈예양론〉도 예양에 대한 긍정적 논의를 담고 있다. 그중 구혁모의 작품은 예양이 전후로 다른 군주

14 朴宗永, 〈豫讓論〉, 『松塢遺稿別編』 권2. "襄子之初, 不殺而釋之, 猶可爲也, 再若如此, 是不知命者也. 況其一身有宗廟社稷之重, 縱自輕 其於宗社, 何此而不恤, 罪反重矣? 在襄子, 決不可爲之事也. …(중략)… 是故, 吾謂若再釋, 則讓必自殺以明其心, 以效其節而已, 至於感恩而屈身, 決不爲云爾."

15 일반적으로 擬作은 역사적 인물이나 작품에서 소재나 주체를 취하여 창작된 작품으로서, 작자가 역사 속 등장했던 실존 인물의 입을 빌려서 서술하며 설정된 가상의 상황 아래에서 논의를 펼치는 것을 말한다. 다만 劉秉憲의 〈擬祭豫讓文〉은 역사의 실존 인물을 입을 빌리지는 않고 예양에게 제사를 지낸다는 가상의 상황 아래에서 창작된 것이다. 의작의 개념에 대해서는 아래 논문 참조. 우지영, 「擬作의 창작 동기와 창작 양상에 대한 一考-韓信 소재 의작 작품을 중심으로」, 『동방한문학』 41, 동방한문학회, 2009, 341~342면.

16 이에 대해서는 3장에서 자세히 살펴보기로 한다.

를 섬긴 일에 대한 변론을 펼친다.

> 예양이 당면한 일이 수천 년 후에 생긴다면 감히 억지로 논할 수는 없다. 그러나 복수할지 복수하지 않아야 할지의 상황은 어찌 그사이에 한 터럭만큼의 사사로움을 용납하겠는가. 조맹에게 답한 말을 보건대 만약 군주 된 자가 들었다면, 신하를 예로서 부리지 않을 수 없음을 알 것이니, 후세의 군주에게 본보기가 될 만하다. 또 그 벗에게 대답한 말을 보건대 만약 신하 된 자가 듣는다면 군주를 충성으로 섬기지 않을 수 없음을 알 것이니, 만세의 신하에게 본보기가 될 만하다. 이로써 논하건대 예양은 진실로 군주가 있음만을 알고 자신의 몸이 있음을 알지 못하여 만세의 윤리를 지키고 강령을 세운 것이라고 할 만하다. 그러나 재가한 부인의 설에 대해서는 이미 선유(先儒)의 정론(定論)이 있으니, 그 점에 대해서는 스스로 면할 수 없을 듯하다.[17]

우선 구혁모는 예양이 군주의 대우에 따라 보답을 달리한다는 발언을 토대로 군주에게 경계를 보였다고 평가하고, 예양이 자신을 희생하며 복수함으로써 후세의 두 마음을 품는 신하를 두렵게 한다는 발언을 가지고 신하의 본보기라고 규정한다. 전후로 다른 군주를 섬긴 것 자체는 함부로 논단할 수 없지만, 예양의 발언으로 볼 때는 긍정적으로 평가할 수밖에 없다는 논리이다. 하지만 끝내 구혁모는 예양에 대해 '재초부(再

---

17 具赫謨, 〈豫讓論〉, 『愼菴遺稿』 권4. "豫讓當日之事, 生於數千載之下, 不敢强論. 然其報讎與不報讎之地, 豈有一毫循私於其間哉? 觀其答趙孟之語, 使爲人君者聞之, 則知不可不使臣以禮而足爲萬世人君之鑑戒也. 且觀答其友之語, 使爲人臣者聞之, 則知不可不事君以忠而足爲萬世人臣之鑑戒也. 以此論之, 豫讓, 眞可謂徒知有君, 不知有身, 而爲萬世扶倫植綱也."

醮婦)'라고 평가한 정자(程子)의 견해를 적극 반박하지는 못한다. 예양이 전후로 다른 군주를 섬긴 것에 대해 유보적 태도를 보인 그가 '재초부'의 평가를 적극 반박하지 못하는 데에는 아마도 그 평가가 다름 아닌 정자에 의해 이뤄졌기 때문일 것이다.

그런데 구혁모가 반박하지 못한 정자의 '재초부'라는 평가에 대해 주기일은 정자의 오류라고 판단한다. 사실 성리학의 자장 아래 놓였던 조선에서 정자의 견해를 부정하거나 반박하기는 쉽지 않았을 것이다.[18] 따라서 주기일이 그러한 정자의 견해를 반박하면서까지 예양에 대한 긍정적 평가를 남긴 데에는 뚜렷한 동기가 있었으리라 생각된다. 그 동기에 대해서는 후술하겠지만 이와 관련하여 유의할 것은 20세기 즈음, 특히 일제강점기를 직접 경험한 작가에게서 예양에 대한 긍정적 논의를 찾을 수 있다는 점이다. 이는 일제강점이라는 상황이 예양에 대한 긍정적 논의를 추동하는 배경이 되었음을 시사한다. 게다가 예양에 대한 긍정적 논의가 특수한 시대적 상황, 다시 말해 국가의 위기 상황을 배경으로 산생되었다는 것은 분명히 예양에 대한 부정적 논의가 평상시 사대부가 처한 일반적인 상황에서 창작되었다는 것과 대조를 이룬다.

한편 예양에 대한 담론은 산문 작품에 국한되지 않는다. 산문 작품 외에도 주로 편지를 통해 예양에 대한 각자의 견해를 주고받기도 하였는데, 이 또한 단순히 평가에서 그치지 않고 평가의 근거를 꽤 심도 있게 다루고 있는바, 담론의 하나로 볼 수 있다. 이를 표로 정리하면 다음과 같다.[19]

---

18 물론 성리학적 사상에 비해 역사 인물에 대한 논의가 그 자장에서 비교적 자유롭다고 하더라도 다른 작품들에서 대부분 정자의 견해를 인정하고 부연설명까지 한 점을 보면, 조선의 문인이 '재초부'라고 한 정자의 견해를 반박하기는 어려웠으리라 짐작된다.

<표 2> 산문 작품 외 조선 시대 예양 관련 논의

연번	작자	작품명	예양 평가	요지	비고
1	宋時烈 (1607~1689)	答李伯祥	부정/ 부분 긍정	예양이 목숨을 바친 절개는 인정되나, 군주의 대우에 따라 보답하는 것은 군자의 의리가 아니다.	『소학』 내용에 대한 문답 과정
2	權尙夏 (1641~1721)	答孟仲明	긍정	후손이 없는 지백을 위해 목숨을 바쳐 복수한 예양은 충신이라고 할 수 있다.	『소학』 내용에 대한 문답 과정
3	林泳 (1649~1696)	答尤齋	긍정	예양의 복수 행위에 대해서 의기가 발동한 것이며 예양은 형가와 같은 잡배들이 부리는 기용보다 낫다.	
4	金元行 (1702~1772)	答徐有隣	부분 긍정	지백을 위해 두 마음을 품지 않는다는 말을 하며 복수를 한 예양의 행위만큼은 충이라고 할 수 있다.	『소학』 내용에 대한 문답 과정
5	朴胤源 (1734~1799)	答金士達 小學問目	긍정	예양은 협사이자 충신이다.	『소학』 내용에 대한 문답 과정
6	張福樞 (1815~1900)	答李汝雷	부정	예양은 전후로 한 행동이 상반되며 사사로운 마음에 따라 자기를 알아준 사람을 위하여 죽을 줄 알았을 뿐이다.	예양에 대한 李震相의 견해를 반박
7	柳麟錫 (1842~1915)	答劉卿禹 問目	부정	예양이 군주의 대우에 따라 보답하는 것은 잘못된 것이며, 개가한 여자가 후에 절개를 지키는 꼴이다.	예양을 긍정 하는 劉錫東 의 물음에 대한 답변
8	郭鍾錫 (1846~1919)	答余仲陽	긍정	예양이 일찍이 범씨와 중항씨를 섬겼다는 기록은 믿을 것이 못 되며, 그의 곧은 절개로 『소학』에 수록된 것이다.	『소학』 내용에 대한 문답 과정

19 해당 표는 작품 원문 검색이 가능한 『한국문집총간』만을 검색하여 도출한 결과임을 밝힌다.

9	鄭琦 (1879~1950)	小學箚錄	긍정	예양이 일찍이 범씨와 중항씨를 섬겼다는 기록은 믿을 것이 못 되며, 조양자는 예양을 죽이지 않고 관직을 주어 지백의 제사를 지내게 해야 했다는 견해가 훌륭하다.	조양자가 예양을 죽이는 대신 해야 할 행동을 제안한 郭鍾錫의 견해를 인용하고 긍정함

위 표에서 드러나듯이, 예양 관련 담론은 편지를 통해 각자의 의견을 교환하는 방식으로도 형성되면서 그 담론의 장이 보다 다채롭게 이루어졌다. 여기에는 그 일화가 『소학』에 수록되었던 점이 크게 작용한 것으로 보인다. 예양과 관련하여 문답을 나눈 편지의 제목에서 '소학'을 언급하거나 그 내용에서 『소학』의 다른 부분을 언급하는 경우가[20] 제법 눈에 띄기 때문이다. 게다가 〈소학차록(小學箚錄)〉이라는 제목으로 예양과 관련한 논의가 남아 있다는 점도 이를 뒷받침한다.

그중 장복추(張福樞, 1815~1900)가 이진상(李震相, 1818~1886)에게 답한 편지의 일부는 조선 시대 예양 관련 담론 형성의 일면을 보여 준다.

> 형께서는 일찍이 '범씨가 경(卿)의 집안이었다는 것으로 예양이 주인을 바꾸어 섬긴 것을 용서할 수 있다'라고 하였습니다. 그러나 조씨(趙氏)도 또한 경의 집안이었습니다. 그럼에도 불구하고 예양이 천하 후세에 신하된 사람들이 두 마음을 품는 것을 부끄럽게 만들고자, 조씨를 섬기지 않고 몸에 옻칠을 하여 문둥이가 되고 입에 숯불을 삼키어 벙어리가 되는 사람의 일을 기꺼이 하면서, 전후로 한 자기의 처신이 의리에 상반된다는 것을 생각하지 않았습니다. 대저 조씨를 섬기지 않는 것이 옳다면 또한 지씨를

20 權尙夏, 〈答孟仲明【淑周 ○丙申六月】〉, 『寒水齋集』 권15.

섬기는 것이 그릇된 것이고, 이미 지씨를 섬기는 것이 옳다면 또한 조씨를 섬기지 않는 것도 그릇된 것입니다. 어찌 예양을 관중(管仲)에 비유할 수가 있겠습니까.[21]

위 내용으로 짐작하건대, 일전에 이진상은 예양이 섬겼던 범씨가 국가의 군주가 아닌 경(卿)이었기 때문에 예양이 전후로 다른 사람을 섬긴 것은 문제가 되지 않는다고 주장하였던 모양이다. 이 주장에 대해 장복추는 납득할 수 없었다. 이진상의 말대로라면 조양자 역시 경이므로 조양자를 죽이고자 했던 예양이 조양자도 섬길 수 있기 때문이다.

이 편지에는 예양과 관련한 내용만 있는 것은 아니지만, 적어도 인용문의 부분은 예양과 관련한 단순한 평가를 넘어 그 긍정과 부정의 견해, 그 견해를 뒷받침할 근거가 내재되어 있어서 예양 소재 산문에 비하여 논의의 심도가 부족하지 않다. 더욱이 동시대의 두 인물이 동일 소재로 두고 찬반 의견을 교환하고 토론한다는 점에서 담론의 성격을 더욱 분명히 갖고 있다.

이처럼 통시적으로 보면 산문 중 특히 사론 산문을 기반으로 예양에 대한 긍정과 부정이 혼재된 담론이 형성되었고, 공시적으로 보면 주로 동시대의 인물 간에 예양과 관련한 문답을 주고받는 형태의 담론이 형성되었다고 할 수 있다. 이러한 다채롭고 활발한 담론의 장을 형성할 수 있었던 데에는 기본적으로 예양의 충성과 복수가 가지는 양면성과

21 張福樞, 〈答李汝雷〉, 『四未軒集』 권2. “兄嘗以卿家, 爲恕讓之欛柄. 然趙氏亦卿家, 而讓以愧天下後世爲人臣懷二心者, 不事趙氏, 甘心作漆身呑炭之人, 而罔念前後義理之相反. 大抵不事趙氏是, 則又事智氏非矣, 旣事智氏是, 則不事趙氏亦非矣, 何以譬讓於管仲?”

아울러 그 일화가 『자치통감』과 『소학』에 수록되며 부기된 호인의 사평이 논란을 촉발하였기 때문이다. 또한 예양을 부정하는 견해가 지배적인 상황 속에서 국가의 특수한 위기로 인해 복수에 대한 시대적 요청이 제기되었던 것도 예양 담론의 형성에 적잖은 영향을 끼쳤을 것이다. 이어서는 복수에 대한 시대적 요청이 있었던 시기와 예양 담론 간의 상관성을 보다 면밀하게 검토하고자 한다.

3. 예양 담론의 시의성

본 장에서는 예양에 대한 부정적 논의가 비교적 우세하였던 담론의 양상 속에서 그 긍정적 논의에 주목해, 그것을 시대적 배경과 연결하여 고찰하고자 한다. 구체적으로는 17세기 이후 북벌론이 제기·계승되던 시기와 일제강점기를 중심으로 살펴보려 한다. 이 둘은 동일하게 외세의 침입으로 인해 국가 위기를 맞아 복수에 대한 시대적 요청이 제기되었던 시기이다. 자신을 희생하면서 복수를 실천하고자 했던 예양은 이들 시기의 시대적 요청과 부합하였고, 따라서 이 시기에 예양은 긍정될 소지가 컸다. 이러한 점을 고려하여 시의성이라는 이름으로 그 담론과 시대적 상황의 관계성을 파악하기로 한다.

1) 북벌론과 예양 담론의 시의성

주지하다시피 병자호란(1636)은 조선의 입장에서 오랑캐라 멸시하였던 여진족에게 수모를 당한 사건이었다. 이로 인해 심양에 볼모로 끌려갔던 효종(孝宗)이 왕위에 등극한 후 병자호란의 치욕을 씻고 청나라에 복수하자는 북벌론이 대두되었다. 실현 가능성을 차치하더라도 이 북벌론은 조선의 사대부들이 수모를 씻고자 했던 시대의 염원을 담고 있었다. 이러한 북벌론의 중심에 있었던 인물이 바로 송시열(宋時烈, 1607~1689)이었는데, 그는 예양과 관련하여 다음과 같은 논의를 남겼다.

> 예양의 일은 선유(先儒)들이 논한 것이 상세하다. 저 사람을 섬겼다가 이 사람을 섬기는 것은 주나라가 통일하고 남은 풍속이다. 똑같이 한 왕의 땅인데 피차의 구별이 없다. 그러므로 후세에 저마다 자기 군주를 군주로 섬기는 것과는 같지 않다. 그러나 선유가 '군자가 자처함이 어찌 그 박한 데에 처하겠는가'라고 하였다. 군주의 대우가 후한지 박한지를 보고 보답하는 것은 진실로 군자의 의리가 아니다. 또 주자가 『소학』에 기재한 것은 단지 그 군주를 위하여 목숨을 바쳤던 한 절개를 취한 것일 뿐이지, 순수하고 잡된 것이 없다고 하여 취한 것이 아니다.[22]

예양에 대해 부정적인 담론에서 문제시했던, 전후로 다른 군주를 섬긴 예양의 행위는 주나라의 풍속을 고려한 송시열의 관점에서 전혀 문제가 되지 않았다. 다만 신하가 군주의 대우에 따라 달리 보답하는 것은 군자의 의리가 아니었다. 따라서 송시열은 군주를 위해 목숨을 바쳤던 예양의 행위만은 절개로 인정하고 그것이 예양의 일화가 『소학』에 수록된 이유라고 말한다.

분명 북벌론을 주장했던 송시열이라고 하더라도 예양의 모든 행위를

---

22 宋時烈, 〈答李伯祥〉, 『宋子大全』 권120. "豫讓之事, 先儒論之詳矣, 所以事彼事此者, 是周家一統之餘風. 蓋同是一王之土, 而無有彼此之別, 故不如後世之各君其君也. 然先儒以爲君子之自處, 豈處其薄乎? 夫視君之厚薄而爲之報者, 實非君子之義也. 且朱子之載之於小學者, 但取其爲君致死之一節而已, 非以爲粹然無雜而取之也."

긍정하지는 않는다. 일면 긍정하기도 부정하기도 한다. 그러나 그가 목숨을 바쳐 복수한 행위에 대해 절개가 있다고 평가한다는 점은 당시 그가 주장했던 북벌론의 연장선에서 이해해 볼 수 있다. 북벌론 자체가 청나라에 대한 복수의 염원을 담고 있었기 때문이다.

이러한 정황은 송시열의 수제자라고 일컬어지는 권상하(權尙夏, 1641~1721)에게서 보다 분명하게 파악할 수 있다.

> ㉠ 그렇다면 충신이 된 자는 후손이 있고 없고 사이에 혐의를 두어야 한단 말인가. 만약 의도가 있어서 하였다면 어찌 충신이나 의사라고 할 수 있겠는가. 또 "조양자가 이와 같음을 알고도 예양을 죽였으니, 어찌 신하를 권면하겠는가"라고 하였는데, 이는 매우 의심할 만하다. 예양이 측간에 벽을 칠하는 날에 조양자가 피하면 된다고 한 말은 또한 선하지 않은가. 그 다리에 엎드렸을 때 조양자가 예양을 죽이지 않았다면 예양의 복수가 그치지 않았을 터이니, 어찌할 수 있었겠는가. 후세의 가두어야 한다는 논의 또한 옳은지 알 수 없다.
>
> ㉡ 지백이 후손이 있었더라도 예양이 어찌 충신이 아니겠는가. 지백이 후손이 없는데 예양의 일이 이와 같으니, 그 뜻이 더욱 밝게 드러나는 것이다. 호씨의 말은 본의를 파악해야 한다. 그 두려워할 만한데도 죽이지 않은 자는 후세에도 있다고 아니, 청 태종(太宗)이 장춘(張春)과 청음(淸陰)에 있어서 그렇다. 비록 이적(夷狄)의 군주라도 그 도량이 어찌 관대하지 않은가. 조양자보다 낫다고 할 만하다.[23]

23 權尙夏, 〈答孟仲明【淑周○丙申六月】〉, 『寒水齋集』 권15. "然則爲忠臣者將有嫌於有後無後之際耶? 其若有所爲而爲之, 則惡可謂忠臣義士也? 又曰, 襄子知其如此而殺之, 何以爲人臣之勸也? 是殊可疑. 當豫讓塗廁之日, 襄子謹避之言, 不亦善乎? 及其伏於

권상하가 맹숙주(孟淑周, 1692~?)에게 답하는 편지이다. 인용문의 ㉠은 『소학』에 부기된 호인의 사평과 관련하여 맹숙주가 권상하에게 보낸 내용이고, ㉡은 맹숙주의 견해에 대한 권상하의 논단이다. 후손이 없는 지백을 위해 복수를 한 예양은 그것을 통해 무언가를 얻으려는 마음이 없었으므로 의사라는 것이 바로 호인의 주장이다.[24] 지백에게 후손이 있는데 예양이 복수를 감행했다면, 그것은 의도가 있다고 볼 수 있다. 그러므로 맹숙주는 예양의 복수 행위가 지백의 후손 유무에 따라 달리 평가할 수 있는지 의심한다. 이에 대해서 권상하는 지백에게 후손이 있더라도 예양은 충신이라고 답한다. 그만큼 예양의 복수 자체를 높이 평가한 것이다. 무엇보다 눈길을 끄는 부분은 예양과 관련한 논의 끝에 청 태종(太宗)이 장춘(張春)과 김상헌(金尙憲, 1570~1652)을 죽이지 않았던 사례를 언급하는 대목이다.

여기서 장춘은 명나라의 충신으로서 청나라의 포로로 잡혀갔으나 굴하지 않고 절개를 지켰던 인물이고, 김상헌은 병자호란 때 척화를 주장했다 하여 청나라에 의해 심양으로 잡혀갔으나 끝내 절개를 굽히지 않았던 인물이다. 이들은 볼모나 포로가 된 상황에서 절개를 지키다 청 태종의 관용으로 살아났다는 공통점이 있다.

권상하가 예양에 대해 논하면서 청 태종이 장춘과 김상헌을 살려 준

橋下, 襄子不殺讓, 則讓之報不止, 奈何? 後世拘囚之議 亦不知可也. 智伯雖有後, 豫讓, 豈不爲忠臣哉? 智伯無後而讓之事如此, 其志尤皎然矣. 胡氏之言活看可也. 知其可畏而猶且不殺者, 後世亦有之, 淸汗之於張春淸陰然也. 雖夷狄之君, 其度量, 豈不寬大乎? 可謂勝於趙襄也."

24 〈稽古〉, 『小學』. "君子爲名譽而爲善, 則其善必不誠, 人臣爲利祿而效忠, 則其忠必不盡. 使智伯有後而讓也, 爲之報仇, 其心, 未可知也, 智伯無後矣, 而讓也, 不忘國士之遇, 以死許之而其志愈篤, 則無所爲而爲之者, 眞可謂義士矣."

일을 연상할 수 있었던 것은 양자 간의 역사에서 유비 관계가 성립하기 때문이다. 말하자면, 지백을 멸족한 조양자는 명나라를 멸망시킨 청 태종과 같았고, 지백을 위해 복수함으로써 충절을 보였던 예양은 장춘이나 김상헌과 다르지 않았다. 이를 통해 보면, 병자호란 이후 조선의 상황에서 예양은 곧 북벌론과 관련되어 이해될 개연성이 컸음을 알 수 있다. 이는 다음의 글에서도 마찬가지이다.

> 여유량(呂留良)은 명 말의 유민(遺民)으로서 강개한 마음으로 나라를 부흥시킬 것을 자임하고 청나라 조정에 출사해서 임금의 총신(寵臣)이 되어 예양의 일을 행하고자 했습니다. 그는 우리나라에서 장차 의병의 깃발을 일으키려 한다는 말을 듣고는 "우이(牛耳)가 어느덧 해동(海東)에 있네[牛耳居然屬海東]"라는 시를 지었으며, 무지개가 해를 꿰뚫은 변고를 보고 또 "무지개가 해를 꿰뚫고 있으나 끝내 진나라로 들어가는 형가(荊軻)는 없네[縱有虹貫日竟無軻入秦]"라는 시구를 짓고는 이어서 비수를 끼고 궁중에 들어갔다가 발각되어 살해당하였습니다.[25]

여유량(呂留良, 1629~1683)이란 인물에 대해서 서술하고 있는 홍직필(洪直弼, 1776~ 1852)의 글이다. 여유량은 명말청초의 문인으로 명나라가 망하자 명나라의 재건을 계획하였고, 청나라 조정에서 벼슬하기를 거부하여 승려가 되었던 인물이다. 그는 비수를 끼고 궁중에 들어갔다가 발각되어 살해되었다고 하는데, 이러한 여유량의 행위를 홍직필은

25 洪直弼, 〈答李子岡〉, 『梅山集』 권8. "呂晚村以明餘遺民, 慨然以興復自任, 出而仕淸, 欲近幸而行豫讓之事. 聞吾邦將擧義旗, 有牛耳居然屬海東之詩, 見虹變, 又有縱有虹貫日竟無軻入秦之句, 仍挾匕首入宮中, 覺而被害."

'예양의 일[豫讓之事]'이라고 칭한다. 명나라를 멸망시켰던 청나라에 대한 복수는 조선에서 제기되었던 북벌론의 기치였다. 그러므로 북벌론이 대두되던 시기에 예양의 복수는 곧 청나라에 대한 복수의 또 다른 표현이 될 수 있었다. 바로 이러한 상황에 기인하여 부정적 논의가 주류였던 예양 담론은 부분적으로 변화가 일어났고, 그 변화는 18세기 초·중반에도 이어졌다.

> "순무를 캐고 무를 뜯음은 뿌리 때문이 아니다[采葑采菲 無以下體]"라고 하였으니, 어찌 지난날 충성스럽지 못하였다고 하여 오늘날의 충성스런 행적을 인멸시킬 수 있겠습니까. "두 마음을 품지 않는다"는 훌륭한 말을 폐할 수 없을 뿐만 아니라, 그 주인인 지백씨(智伯氏)가 후사 없이 죽어서 대신 원수를 갚고자 자신의 몸을 희생하고도 후회하지 않았으니, 어찌 '충'이라 이를 수 없겠습니까.[26]

김원행(金元行, 1702~1772)이 서유린(徐有隣, 1738~1802)에게 답한 편지이다. 앞서 서유린은 군주의 대우에 따라 달리 보답한다는 불충한 예양의 발언 때문에 "두 마음을 품지 않는다"라고 한 말까지 폐기할 수 있는지 물었다.[27] 위 인용문은 그 물음에 대한 김원행의 답변이다. 김원행은 불충한 예양의 발언으로 충성스러운 그의 행적을 인멸할 수 없을

26 金元行, 〈答徐有隣〉, 『渼湖集』 권11. "采葑采菲, 無以下體, 何可以前日之不, 忠而掩其今日之忠乎? 不獨不懷二心之言, 爲不可廢, 其主死無後, 而爲之報仇, 至於殺身而無悔, 豈不可謂之忠乎?"

27 金元行, 〈答徐有隣〉, 『渼湖集』 권11. "豫讓不過戰國之一義士耳. 觀於范氏中行氏之說則可知, 謂之爲知己死可, 謂之忠於君則不可, 朱子取而列諸忠臣之中, 何歟? 抑不以人而廢其不懷二心之言歟?"

뿐만 아니라, 예양의 복수 행위는 '충'이라 평가해야 한다고 결론짓는다.

이 편지가 정확히 언제 지은 것인지는 알 수 없으나, 김원행 살던 시기만 놓고 보더라도 분명 북벌론이 대두되던 때와 거리가 있다. 따라서 김원행의 예양에 대한 긍정을 북벌론과 관련지어 이해하기에는 무리가 있어 보인다. 그러나 북벌론은 현실 논리를 상실한 시기인 18세기에도 여전히 상대 붕당을 견제하려는 수단이 되어 제기되어 왔다.[28] 특히 노론은 북벌론의 정신을 계승하고 기억하면서 정치적 우위를 점하고자 하였다.[29] 이러한 북벌론의 흐름과 아울러 김원행이 노론의 핵심적 인물이자 송시열의 학맥을 이었다는 점을 감안하면, 김원행의 예양에 대한 긍정은 노론을 중심으로 한 북벌론의 제기·계승의 흐름과 무관하지 않는 것으로 보인다. 더욱이 여유량을 예양에 견주어 표현했던 홍직필 역시 노론의 대표학자였다는 점에서 예양은 북벌론을 제기·계승하고자 했던 노론의 일부 문인들에게 긍정될 여지가 컸을 것이다.[30]

이상 살펴본 바와 같이, 청나라가 명나라를 멸망시켰던 상황에서의 조선은 조양자에 의해 지백을 잃었던 예양과 똑같았다. 그러므로 어려움을 감내하며 복수를 감행했던 예양은 북벌론을 주창하던 조선의 사회에서 귀감이 될 수 있었다. 송시열을 비롯한 노론계 핵심 인물들에 의해 17세기 중반부터 18세기 중반에 이르기까지 예양에 대한 긍정적 논의가

28 허태용, 「17, 18세기 北伐論의 추이와 北學論의 대두」, 『대동문화연구』 69, 성균관대학교 대동문화연구원, 2010, 389~404면.

29 정하정, 「조선 후기 北伐論의 餘脈과 伍子胥 담론」, 『한국한문학연구』 81, 한국한문학회, 2021, 301~312면 참조.

30 충과 효가 상충하는 伍子胥의 복수 행위를 두고 북벌론을 주창하고 그 정신을 계승한다는 명분으로 정치적 우위를 점하고자 한 노론과 그것을 저지하고 비판했던 소론 간의 다른 평가가 이뤄졌던 것도 같은 맥락으로 이해된다. 오자서 담론에 대해서는 정하정, 앞의 논문, 2021, 312~327면 참조.

출현하게 된 데에는 이러한 이유가 없지 않았다. 무엇보다 송시열의 수제자이자 그의 유명(遺命)에 따라 만동묘(萬東廟)를 지었을 만큼 대명의리에 투철했던 권상하가 예양의 일화에서 당대 청나라에 대항하여 절개를 지켰던 인물을 연상하였던 점은 이를 방증한다. 나아가 노론의 대표학자 홍직필이 청나라에 복수를 시도한 여유량을 예양에 견주었던 점도 그 근거가 될 수 있다. 이렇듯 예양은 북벌론을 제기·계승하던 인물에 의해 긍정될 개연성을 갖고 있었던 데다 실제로 그러한 인물이 예양에 대한 긍정적 논의를 내면서, 부정적 견해가 지배적이었던 예양 담론은 변화를 맞는다. 그 변화는 바로 북벌론과 관련한 예양 담론의 시의성에서 연유한다고 할 수 있는데, 이는 일제강점기에서 보다 뚜렷하게 나타난다.

2) 일제강점과 예양 담론의 시의성

앞서 보았듯이, 예양을 부정적으로 볼 수밖에 없는 이유 중 하나는 바로 예양이 범씨와 중항씨를 섬겼다가 지백을 섬긴 일이었다. 정자에 의해 '재초부'라고 평가 받는 이유도 이 때문이었다. 일제강점기 즈음에 보이는 예양에 대한 긍정적 논의 중 일부는 바로 이 문제를 중심으로 전개된다.

> 옛 기록에 예양은 일찍이 범씨와 중항씨를 섬겼기 때문에 정자가 재가한 부인이 절개를 지킨 것이라고 하였다. 이와 같다면 『소학』에 수록된 것이 또한 부끄럽지 않겠는가. 그러나 일찍이 생각하건대 예양이 말하기를 "내가 이를 하는 것은 장차 천하 후세에 신하 된 자로서 두 마음을 품는 자를 부끄럽게 하기 위해서이다"라고 하였으니, 군신의 의리는 예양이 밝게 아

> 는 것이었고 두 군주를 섬기지 않는 것은 예양이 이미 확고하게 결정한 것이었으니, 어찌 범씨와 중항씨를 섬겼다가 다시 지백을 섬기는 이치가 있겠는가. 옛 기록에 말한 바는 믿을 것이 못 된다.[31]

곽종석(郭鍾錫, 1846~1919)이 자신의 제자인 여상훈(余象勳, 1876~?)에게 답하는 편지 중 예양의 일화가 『소학』에 수록될 수 있는 이유에 대해 문답하는 내용이다. 곽종석은 예양이 전후로 다른 군주를 섬겼다는 기록을 믿을 것이 못 된다고 치부한다. 예양이 자신을 희생하며 복수를 감행한 이유를 말한 부분으로 볼 때 그가 두 군주를 섬길 리가 없고 군주의 의리를 밝게 알고 있었음을 추정할 수 있기 때문이다.

일단 곽종석이 신뢰하지 않으려는 역사의 내용이 정자가 예양을 '재초부'라고 논단하는 이유였고 전대 예양을 부정적으로 보는 견해의 핵심 근거였다는 점에서, 예양의 복수 행위를 높이 사려는 그의 의도를 감지할 수 있다. 물론 그는 '부사지충(婦寺之忠)'이나 '전광섭정지류(田光聶政之流)'라고 하며 예양을 부분적으로 비판하기도 하였다. 그러나 예양의 '위충고절(危忠苦節)'이 신하에게 권계의 측면이 있음을 인정하고 그것이 예양의 일화가 바로 『소학』에 수록된 이유라고 한바,[32] 예양의 복수에 대한 긍정적 견해를 견지했음은 틀림없다.

---

31 郭鍾錫, 〈答余仲陽【象勳○小學疑義○甲午】〉, 『俛宇集』 권97. "傳謂豫讓嘗事范中行氏, 故程子謂再醮婦守節. 苟如是, 則載之小學, 不亦可羞乎? 然嘗思之, 讓之言曰, 吾所以爲此者, 將以愧天下之爲人臣而懷二心者也, 君臣之義, 讓已知之明矣, 不事二君, 讓已決之固矣, 豈有甞事范中行, 而更事智伯之理乎? 傳之所云, 未可信也."

32 郭鍾錫, 〈答余仲陽【象勳○小學疑義○甲午】〉, 『俛宇集』 권97. "只是婦寺之忠也, 君子何足稱焉? 意者, 讓是戰國時意氣任俠, 如田光聶政之流耳. 特其危忠苦節, 有足以爲人臣之勸, 故朱先生取載於此."

한편 이렇게 역사서의 신뢰성과 정자의 평가를 거부하고 예양의 복수 행위를 긍정했던 곽종석의 논의가 일제강점과 연관성을 지니는지 파악하기 위해서는 논의의 시점을 따져 볼 필요가 있다. 이 편지가 쓰여진 시점은 바로 1894년이다. 이때는 일본군이 경복궁을 점령했던 갑오사변이 일어났던 해로, 일본의 침탈이 시작되어 조선이 국가적 위기에 놓여가던 시기이다.[33] 이러한 시기에 곽종석의 예양에 대한 긍정적 논의는 단순히 『소학』 내용을 문답하는 것 이상의 현실적 의미를 지니고 있었으리라 예상된다. 더구나 곽종석의 경우, 3·1운동 직후 파리강화회의에 독립을 청원한다는 소식을 전해 듣고, 영남과 호서 유림과 연합하여 일제 병합의 부당성과 독립의 당위성을 주장하는 청원서를 작성하여 발송하는 등 항일운동을 실천하였다. "망국(亡國)의 대부(大夫)로서 항상 죽을 곳을 얻지 못하는 것을 한스럽게 여겼는데, 지금 전국의 유림이 발기하여 천하만국에 대의(大義)를 선언하니 죽을 날을 얻게 되었다"[34]라고 할 만큼 그는 나라를 위해 목숨을 바치고자 하는 뜻을 지녔던 인물이었다. 그의 이러한 인물됨을 생각하면 자신을 희생하며 군주를 위해 복수하고자 했던 예양을 부정적으로 볼 수는 없었을 것이다.[35]

33 청일전쟁을 위한 일본군의 출병부터 경복궁 점령을 거쳐 시모노세키 조약에 이르기까지 제반 현상은 조선인 모두에게 국가적 위기로 작용하였다. 조재곤, 「1894년 일본군의 조선왕궁(경복궁) 점령에 대한 검토」, 『서울과역사』, 서울역사편찬원, 2016, 46면.

34 金昌淑, 〈躄翁七十三年回想記〉, 『心山遺稿』 권5. "老夫以亡國大夫, 常以不得死所爲恨, 今之倡全國儒林, 而聲大義於天下萬國者, 是老夫得其死所之日也."

35 곽종석은 1895년 을미의병을 시작으로 3차례의 의병활동에 참여하길 제안 받았으나 거절하고 순절투쟁에 대해 부정적으로 보는 등 항일운동에 다소 소극적인 면을 보이기도 했다. 이러한 점을 들어 예양의 복수 대한 그의 긍정적 논의를 일제강점이라는 시대 배경과 결부하여 이해하는 것은 오류라고 할 수도 있다. 그러나 그가 다소 투쟁적 항일운동에 참여하지 않았던 것은 시기와 형세상 부적절하다고 판단했기 때문이다. 실제로 그는 장기적 계획에 근거한 자강운동을 통한 항일운동을 펼쳐 왔다. 따라서

보다 흥미로운 점은 이러한 곽종석의 논의가 다른 이들에게 확장되어 갔다는 것이다. 예컨대 항일운동가로 을사늑약 이후 최익현(崔益鉉, 1833~ 1906)을 도와 국권회복에 힘썼던 정기(鄭琦, 1878~1950) 또한 곽종석의 위 논의와 흡사한 글을 남겼다. 이 글은 범씨와 중항씨를 섬겼다는 기록이 복수 감행의 이유를 말한 예양의 발언에 비추어 볼 때 믿을 수 없다는 논리와 전개를 포함하여 곽종석의 논의와 거의 똑같은 내용을 담고 있다.[36] 게다가 이 글 후반부에는 조양자가 예양을 풀어 주고 대처해야 할 행위를 제안하는 혹자의 견해를 인용한 다음, 그 견해가 진실로 좋다고 인정하는 부분이 나온다.[37] 그런데 그 혹자의 견해가 바로 곽종석의 것이다. 이로 보아, 정기가 역사 기록에 대한 문제 제기를 통해 예양을 긍정하는 논의를 남긴 데에는 곽종석의 논의가 영향을 끼쳤음을 알 수 있다. 이러한 곽종석의 논의가 갖는 영향력은 2장에서 언급한 주기일의 〈예양론〉에서도 확인된다.

예양이 범씨와 중항씨를 섬겼다는 것은 분명히 사씨(史氏)의 와전(訛傳)

오히려 곽종석이 현실에서 투쟁적 항일운동이 불가하다 보았기 때문에 오히려 예양의 복수를 긍정할 수도 있음에 주목해야 한다고 본다. 곽종석에 대한 논의는 다음 논문을 참조. 서동일, 「면우 곽종석의 현실인식과 대응책」, 건국대학교 석사학위논문, 2000, 16~23면; 안유경, 「면우 곽종석의 삶과 성리학 일고-항일운동의 이론적 기반」, 『동양고전연구』 78, 동양고전학회, 2020, 67~96면.

36 鄭琦, 〈小學箚錄〉, 『栗溪集』 권12. "程子亦謂再醮婦守節, 以至明淸諸儒, 亦多斥之, 蓋以傳有謂嘗事范中行氏故然. 讓之言曰, 吾所以爲此者, 將以愧天下之爲人臣而懷二心者也, 君臣大義, 旣知之明矣, 不事二君, 亦浹之固矣, 豈有嘗事范中行而又事智伯之理乎?"

37 鄭琦, 〈小學箚錄〉, 『栗溪集』 권12. "或日, 當上告晉君, 召豫讓和解之, 陳智伯所以取亡之道, 而使之勿讐, 奬其忠而量材以授官, 封以一邑, 使奉智氏之祀, 與之飮器, 使得成葬, 論之以所事於智伯者, 盡忠於君國, 而同朝協贊, 共濟君事, 則君命所治, 豫讓安得以讐之哉? 此說固好."

이다. 그 말을 읊고 그 행동을 상고해 보고서도 그 사람을 몰라서야 되겠는가. 예양이 말하기를 “내가 이를 하는 것은 장차 천하 후세의 신하로서 두 마음을 품은 자를 부끄럽게 하기 위해서이다”라고 하였다. 그 일찍이 범씨와 중항씨를 섬겼다면, 비록 지백을 위하여 복수하고자 하더라도 그 두 마음을 품은 사람이 되는 것은 진실로 변함없다. 어찌 남을 속이는 말을 뱉어서 스스로 천하의 비판을 사겠는가. 그가 말하기를 “보통 사람으로 보답하고 국사로서 보답한다”라고 한 것 또한 예양의 말이 아니다. 범씨와 중항씨에 대해서는 스스로 박한 데에 처하고 지백에 대해서는 스스로 그 죽음을 허락하였으니, 이는 길러주는 은혜가 중하고 군신의 의리가 가벼운 것이다. 다만 길러주는 은혜가 중한 줄만 아는 자가 오늘날 조맹을 섬긴다면 다음날 그 마음이 편안해지고 존귀하게 될 것이니, 어찌 꺼리며 이를 하지 않고 그 몸을 훼상하며 그칠 줄 모르겠는가. …(중략)…

사마천이 입전(立傳)한 경우는 와전이 있을 뿐만 아니라 와전의 병폐가 섭정(聶政)과 형가(荊軻)와 나란히 두어 똑같이 취급하는 데에 이르렀으니, 이 어찌 예양을 안다고 할 수 있겠는가. 게다가 재가한 부인이 절개를 지켰다는 논의의 경우는 정자가 『사기』의 이야기를 범범하게 보고 우연히 잘 살피지 못한 것이다.[38]

---

38 周基鎰, 〈豫讓論〉, 『玉峰文集』 권3. “豫讓之事范中行氏, 分明是史氏之訛傳也. 誦其言, 考其行, 而不知其人可乎? 讓之言曰, 吾所以爲此者, 將以愧天下後世之爲人臣懷二心者, 如其嘗事范中行氏, 則雖欲爲智伯報仇, 其爲二心之人, 則固自若也, 豈敢出此瞞人之語而自取天下之譏誚哉? 其曰, 以衆人報之 以國士報之者, 亦非讓之言也. 於范中行氏, 則自處其薄, 於智伯, 則自許其死, 是豢養之恩重而君臣之義輕也, 但知豢養之恩之爲重者, 今日事趙孟, 則明日其身安富尊榮矣, 何憚而不此之爲, 寧滅其身而不知止焉? …(중략)… 若馬遷之立傳也, 不但有以訛傳, 訛之病, 至以聶政荊軻比而同之, 此曷足以知豫讓者哉? 至於再醮婦守節之論, 抑程子泛看史記之說, 而偶失照管者.”

주기일 역시 곽종석과 마찬가지로 예양이 범씨와 중항씨를 섬겼다는 기록은 와전(訛傳)이라고 말한다. 그 근거로 예양이 복수를 감행했던 이유를 언급한 예양의 발언을 든 것도 곽종석과 동일하다. 다만 주기일은 곽종석의 논의에서 한 걸음 더 나아가 군주의 대우에 따라 달리 보답했다는 예양의 발언도 오류라고 한다. 예양이 군주의 대우에 따라 신하가 달리 보답한다고 말했다면, 잘 대우해 줄 조양자를 섬기지 않고 자신을 희생하며 복수를 결행했을 리가 없기 때문이다. 또한 그는 사마천이 예양을 형가 등과 같은 자객의 반열에 둔 것을 비판하며, 정자가 예양을 '재초부'로 평가한 것도 기록의 오류를 제대로 검토하지 못한 결과라고 주장한다. 주기일의 논의대로라면 기존의 예양을 비판하는 근거가 모두 오류이며, 예양은 같은 열전에 수록된 자객보다 더 뛰어난 인물이 되는 셈이다. 그만큼 주기일은 예양에 대해 전면적으로 긍정한다고 할 수 있다. 실제로 인용문 외의 부분에서도 예양의 복수를 두고 "어찌 그리도 위대한가"라고 하고[39] 예양을 '재초부'라고 평가한 정자에게 질정하지 못함이 한스럽다고 한다.[40]

이토록 예양을 전면적으로 긍정한 주기일이 바로 곽종석의 제자라는 사실은 곽종석의 논의가 확대 전파되었던 정황을 짐작하게 한다. 곽종석의 논의 역시 자신의 제자에게 답하는 편지에서 나왔던 점도 그러한 짐작에 힘을 실어 준다. 따라서 일제강점기 전후로 예양에 대한 긍정적 논의가 생산된 데에는 그 시대적 배경이 작용한 동시에 일부 문인의

---

39 周基鎰, 〈豫讓論〉, 『玉峰文集』 권3. "欲惡有甚於生死, 不以貴賤榮辱動其心, 卽古人所謂生不安於死 當死而死者也, 何其偉哉?"

40 周基鎰, 〈豫讓論〉, 『玉峰文集』 권3. "以讓而視諸數子者, 其人品之高下, 所造之淺深, 雖不同, 然不失其本心之正, 而扶植綱常之義, 則一而已. 故大書特書, 而無異辭者也. 顧吾生也晩, 恨不得以此語仰質于程先生之門也."

논의가 전파·확산·공유되었던 것이 그 요인이었다고 할 수 있다.

이상 살펴본 바 외에도 이 시기 여러 작가가 예양에 대한 긍정적 논의를 남겼다. 당연히 이 논의들이 모두 일제강점기이라는 시대적 배경에서 비롯된 것이라고 단정하기는 어렵다. 그러나 북벌론이 제기·계승되던 시기와 마찬가지로 이 시기 예양의 복수는 곧 일본을 향한 복수로 인식될 개연성이 컸다. 이는 다음 글에서 명확히 확인할 수 있다.

> 천하의 신하 된 자는 오래도록 흠모하는 마음을 일으키네. 슬프게도 내가 좋은 때에 태어나지 못하여 섬나라 오랑캐가 침략하는 것을 보았네. 우리 왕께서는 정정하신데 한 명의 선비도 스스로 목숨을 바치는 이 없네. 모두 꼬리 감추고 목 움츠려서 왜적의 우두머리를 사나운 호랑이처럼 보네. 내 한 자 되는 병기 없어 털 빠진 붓 뽑아서 성토하네. 비록 백번 싸우고 백번 찌르더라도 한 점의 피도 볼 수가 없네. 조양자의 궁이 어디 있는지 알 수 없으니 저 푸른 하늘 우러러 길게 호소하네. 어떻게 하면 공의 비수를 빌려서 금수의 자취를 섬멸하여 흔쾌히 쓸어버릴 수 있으랴. 거친 글 지어 충심을 토로하노니 부디 지조 지닌 영령께서는 흠향하소서.[41]

유병헌의 〈의제예양문〉 중 후반부이다. 이는 앞서 언급했듯이, 예양에게 제사를 지낸다는 가상의 설정 아래에 창작된 의작(擬作)이므로 예양에 대한 찬양과 애도가 주된 내용이다. 그런데 인용문과 같이 글의

41 劉秉憲, 〈擬祭豫讓文〉, 『晩松遺稿』 권2. "夫天下之爲臣兮, 亘萬古而興慕. 哀吾生之不辰兮, 見島夷之侵盜, 惟吾王之無恙兮, 無一士之自效. 皆縮尾而畏首兮, 視倭酋如猛虎. 吾無尺寸之兵兮, 抽禿筆而聲討. 雖百戰而百刺兮, 無點血之可覩. 不知襄宮之所在兮, 仰彼蒼而長訴. 安得借公之匕兮, 殲蹄跡而快掃? 裁荒詞而瀝衷兮, 庶貞靈之歆到."

후반부에 작자는 자아[吾]를 직접 노출하여 자신이 놓여 있는 시대 상황을 서술한다. 그것은 다름 아닌 일본이 조선을 침탈한 일제강점이다. 유병헌은 이러한 일제강점의 상황에서 목숨을 바치는 한 명의 선비가 없으므로 자신이 붓으로 성토한다고 말한다. 여기에서 예양에게 제사를 지낸다는 가상의 설정으로 이 글을 짓게 된 이유가 곧 조선을 침탈한 일본을 두려워만 하고 복수를 감행하는 자가 없어서였음을 알 수 있다. 게다가 그는 지식인으로서 이러한 상황을 어찌할 수 없는 답답한 마음을 하늘에 호소하고 예양의 비수를 빌려 스스로 복수할 방법을 찾는다고 표현한다. 이를 보면, 전반부의 예양에 대한 찬양과 애도는 제문의 형식을 따른 겉치레에 불과하고, 위 후반부가 핵심이자 주제임을 파악할 수 있다.

이러한 글을 남긴 유병헌은 일본이 을사늑약을 체결하고 국권을 박탈하자 그 늑약의 파기와 을사오적의 처형을 요구하는 상소문을 올렸고, 1918년 일본 경찰에 체포·투옥되었으나 굴하지 않고 결국 단식을 결행하여 순국하였다. 따라서 이 글에서 자아를 노출하여 표현한 소회는 단순한 문장 수사가 아닌 일제강점 하에서 살아가던 지식인으로서의 진지한 고민과 근심 그 자체였다고 할 수 있다.

이로써 본다면 〈의제예양문〉은 문장 학습을 위한 습작의 의미를 넘어 일제강점의 현실적 의미를 담고 있으며, 나아가 일제강점을 전후로 예양에 대한 긍정적인 논의가 생성된 데에 그 배경과 시대적 상황이 결부되어 있음을 증명해 준다.

이상 살펴본 바와 같이, 일제강점으로 인하여 일었던 일본을 향한 복수의 염원은 곧 예양에 대한 긍정으로 이어질 수 있었다. 특히 항일운동을 보였던 애국지사들에게서 이러한 사례를 발견할 수 있다. 그중 곽종석의 논의는 전대의 예양에 대한 비판 근거를 기록의 오류로 치부하며 예양에 대한 긍정적 여론을 유도했다는 데에서 의미가 있다. 물론 곽종석의 논의와 그 영향 아래 창작된 것으로 보이는 정기와 주기일의 논의가 일제강점이라는 시대적 배경 때문에 창작되었다는 구체적 증거는 드러나지 않는다. 다만 그들이 항일운동을 실천하였다는 점에서 일제강점과 예양 논의 간의 상관관계를 짐작할 뿐이다. 그런데 이러한 짐작은 유병헌의 〈의제예양문〉에서 명확하게 증명된다. 예양의 제사를 지낸다는 가상의 설정 아래 지어진 이 작품이 일제강점의 상황과 예양으로 표현되는 복수의 의지를 직접 노출하기 때문이다. 앞서 살펴보지는 않았지만 문달환(文達煥, 1851~1938)이 조필승(曺弼承, 1855~1923)에게 답하는 편지에서 을미사변 이후 일본에 복수할 인물을 예양이라고 언급하는 사례[42] 역시 일제강점기 예양 담론의 시의성을 보여 준다.[43] 따라서 부정적인 논의가 주류였던 예양 담론의 구도에서 일제강점기는 앞서 보았던 북벌론이 제기·계승되던 시기와 함께 예양에 대한 긍정적 논의를 낳았던 시대적 동인이었다고 할 수 있다.

42 文達煥, 〈答曺仲直【弼承】〉, 『遯齋集』 권2. "吾意, 則不關葬不葬晩未晩, 而但恨誅不及力不逮而已. 末乃引豫讓事, 謂其正大, 而恨不見其人云者, 尤可訝. 豫讓忠則忠矣, 然吾未知其正大而合於春秋之義也. 旣知其正大, 則自當爲之, 何必呶呶責人, 而獨自貼席恬視? 似非人情者乎? 藉使人或有豫讓之事, 反又做出何語而詆毁之乎? 可畏可懼."

43 문달환 역시 을시늑약으로 대한제국의 국권이 강탈당하자 항일 봉기를 하다 대마도로 압송된 항일 의사였던 점에서, 일제강점기 항일의사를 중심으로 예양에 대한 긍정적 논의가 이뤄질 개연성이 높았음을 다시 한 번 확인할 수 있다.

4. 나가며

본고에서는 조선 시대 예양에 대한 담론의 양상과 그 의미를 밝히고자 하였다. 우선 그 담론의 양상은 통시적으로 보면 주로 사론 산문을 기반으로 하여 예양에 대한 긍정과 부정이 혼재되어 나타났고, 공시적으로 보면 동시대 인물 간에 예양과 관련한 문답을 주고받은 형태로 형성되었다. 이렇듯 예양에 대한 다채롭고 활발한 담론의 장이 형성될 수 있었던 데에는 기본적으로 예양의 충성과 복수가 가지는 양면성과 아울러 그 일화가 『자치통감』과 『소학』에 수록되며 부기된 호인의 사평이 논란을 촉발하였기 때문이었다. 나아가 조선의 시대적 상황 또한 예양 관련 담론 형성에 영향을 끼쳤다. 말하자면 예양에 대한 긍정과 부정이 혼재되어 있는 담론의 양상 속에서 부정적 견해가 지배적이었는데, 이러한 담론의 구도는 조선이 위기에 놓이는 시대적 상황을 맞으면서 변화를 보인 것이다.

이러한 예양 담론의 변화는 조선에서 복수에 대한 사회적 요청이 강했던 두 시기로 나눌 수 있다. 먼저 그 첫 번째는 북벌론이 제기·계승되었던 시기이다. 이때에는 청나라가 명나라를 멸망시켰던 상황에서, 어려움을 감내하며 복수를 감행했던 예양은 조선 사회의 귀감이 될 수 있었다. 송시열을 비롯한 노론계 핵심 인물들에 의해 17세기 중반부터 18세기 중반에 이르기까지 예양에 대한 긍정적 논의가 출현하게 된 데에는 이러한 이유가 없지 않았다. 무엇보다 송시열의 수제자이자 그의 유명에 따라 만동묘를 지었을 만큼 대명의리에 투철했던 권상하가 예양의 일화에서 당대 청나라에 대항하여 절개를 지켰던 인물을 연상하였던 점은 이를 방증한다. 나아가 노론의 대표학자 홍직필이 청나라에 복수를 시도한 여유량을 예양에 견주었던 점도 그 근거가 될 수 있다.

그 두 번째 시기는 일제강점기이다. 이 시기 일본을 향한 복수의 염원은 곧 예양에 대한 긍정으로 이어질 수 있었다. 특히 항일운동을 보였던 애국지사들에게서 이러한 사례를 발견할 수 있다. 그중 곽종석의 논의는 전대의 예양에 대한 비판 근거를 기록의 오류로 치부하며 예양에 대한 긍정적 여론을 유도했다는 데에서 의미가 있다. 게다가 예양의 제사를 지낸다는 가상의 설정 아래 지어진 유병헌의 〈의제예양문〉은 일제강점의 상황과 예양으로 표현되는 복수의 의지를 직접 노출하기도 한다. 문달환이 조필승에게 답하는 편지에서 을미사변 이후 일본에 복수할 인물을 예양이라고 언급하는 것도 일제강점기 예양 관련 담론이 갖는 시의성을 보여 준다고 할 수 있다.

이처럼 긍정과 부정이 혼재하되 부정적 견해가 주류를 이루었던 예양의 담론은 북벌론의 제기·계승 및 일제강점이라는 배경 속에서 긍정적 논의가 활발하게 제기된다. 물론 이 두 시대적 배경과 예양 담론 간의 직접적인 상관관계를 증명하기는 어려움이 있다. 실제로 두 시대에 산생된 예양 관련 담론이라도 그 시의성을 볼 수 없는 글도 있다. 그러나 두 시대에는 복수에 대한 염원이 강하게 일었고, 일부 예양 관련 담론에서 당대의 상황과 예양이 처했던 상황을 동일하게 인식했던 단서를 발견할 수 있다. 따라서 이 현상 자체는 미미할지도 몰라도 그 의미는 작지 않다. 중국 역사와 문학 수용의 과정에서 우리나라의 자기화 과정을 내포하고 있기 때문이다. 향후 이와 유사한 사례를 보다 확보함으로써 조선 시대 중국 역사와 문학의 수용 및 자기화 과정에 대한 전체적인 조망이 이뤄지기를 기대한다.

무협 장르 컨벤션의 고전적 성격과 현대적 재구성의 교차에 관한 소고

-한국 무협 장르를 중심으로-

이주영

1. 서론을 대신하여: 장르의 컨벤션[1]과 고전의 문제

무협 장르는 처음 유행한 1960년대부터 현재까지 서브컬쳐의 한 장르로 확고히 자리하고, 소비되고 있다. 그 부침이 심했지만, 대중문화의 한 축으로 꾸준히 소비되어 온 것은 자명한 사실이며, 최근 웹소설 시장

---

1 '장르의 컨벤션(Convention)'이라는 용어를 굳이 사용하는 것은 기존의 '관습'이라는 용어만으로는 포섭하기 어려운 영역을 함께 다루고자 함이다. '관습'은 분명히 반복적 요소나 사건의 고정적 전개 방식 등이 그 개념에 포함되고 있다. 하지만 장르문학을 다루는 과정에서 필연적으로 살펴야 하는 장르의 외적 요소, 장르 사이의 끝없는 교섭의 과정 및 변천과 창작의 보조에 필요한 도구적 요소는 '관습'이라는 용어에 포섭되기 어렵다. 따라서 본고에서는 '장르의 컨벤션'이라는 용어를 사용하여 이를 다소 포괄적으로 지칭하고자 한다. 다만, 논의의 편의를 위하여 본문 내에서는 이를 '컨벤션'으로 지칭하고자 한다.

이 활황을 맞이하며 무협 장르 또한 그에 맞추어 큰 호응을 받고 있다. 이러한 무협 장르에 대해서 여러 방향에서 논의를 할 수 있겠으나, 이 글에서는 무협 장르가 본격적으로 온라인 매체를 통해 성장하는 시기에 조금 더 집중하고자 한다. 다만 무협 장르는 동양의 고전풍 배경을 취한다는 점에서 고전과의 접점이 꾸준히 이야기되는데, 이를 '무협 장르의 컨벤션'의 측면에 조금 더 집중해서 살펴보고자 한다.

우선 무협 장르를 포함하여 장르문학에 대한 평가 중 대표적인 것은 '판에 박힌 서사'라고 할 수 있다. 이는 부정할 수 없는 사실이며, 서사의 형태가 대개 단조롭고, 시대에 따라 약간 차이는 있을 수 있으나 큰 틀에서 본다면 대개 대동소이한 서사의 형태임은 확실하다. 다만 그 결말이 어떠냐, 서두가 어떠냐에 따라서 서사 구조에서 약간의 차이가 생기고, 그것이 작품 개별의 특징으로 드러나곤 한다. 이러한 서사 구조의 구성은 장르문학의 장점이자 한계로서, '예측 가능한' 서사를 통한 텍스트의 소비가 이루어지게 하여 상대적으로 많은 독자를 오래 붙잡을 수 있으나, 그러한 고정적인 구조가 서사의 변화를 제약한다는 한계가 있다.

이러한 서사구조는 신화, 비근하게는 고전영웅소설에서도 잘 드러나며 현재까지 반복적이고 보편적으로 사용되고 있다. 그 기본적인 구조는 다음과 같다. '① 고귀한 혈통 – ② 비정상적 출생 – ③ 시련(기아) – ④ 구출자에 의하여 양육됨 – ⑤ 투쟁으로 위업을 이룸 – ⑥ 고향으로의 개선과 고귀한 지위의 획득 – ⑦ 신비한 죽음'[2]의 보편적 서사 구조는 『장풍운전』, 『조웅전』 등을 비롯한 고전 영웅소설에서 대개 반복되는 형태인데, 이러한 구조는 현재의 장르문학에서도 지속적으로 반복된다.

2 「영웅소설(英雄小說)」, 한국민족문화대백과사전, https://encykorea.aks.ac.kr/Article/E0037575, 2024년 8월 9일 검색.

최근에는 ①, ② 항목을 극단적으로 줄이거나, 혹은 ⑤ 항목의 동인이 되는 형식으로 다루며, ④의 '양육'에서 주인공에게 목표가 명확히 제시되며 더 능동적 서사가 되고, ⑤의 '투쟁'의 과정이 다소 반복적으로 다루어지며 ⑦의 죽음이 은거의 형태로 대치되는 정도로 볼 수 있다.

실제로 다수의 국내 창작 무협소설에서는 상기한 구조를 일부만 변형·축소한 형태 혹은 특정 부분만 강조하는 형식으로 반복적으로 차용하고 있다.[3] 또한 1960년대에 무협소설이 수입되어 상당히 흥행하고 1970년대까지 무협영화가 하나의 하위문화를 형성한 것[4]에는 무협 장르의 이국적인 측면의 영향도 있었을 것이다. 하지만 그와 동시에 중화문화에 대한 간접적 이해가 꾸준히 있었기에 수용될 수 있었다고도 볼 수 있다. 『삼국지(三國志)』 같은 대중적 작품을 포함해 '한문(漢文)'의 사용과 그로 인한 공통 문화, 각종 서적 등을 토대로 형성된 문화가 하나의 역할을 했다.

또한 무협 장르의 근본적인 가치관 중 하나인 '협'의 문제는 『사기(史記)』의 「유협열전(遊俠列傳)」, 「자객열전(刺客列傳)」[5]에서 시작하여 현재까지도 다루어지고 있는 문제이다. 조선 후기 김조순이 창작한 「오대검협전(五臺劍俠傳)」[6]에서 등장하는 '검협'은 사적인 원한을 직접적인 폭

---

3 구체적인 예시로는 금강의 『금검경혼』(서울창작, 1993, 전3권. 해당 작품은 1981년 대본소용으로 출간되었으나, 현재 당시 대본소에 보급된 판본은 확인하기 어려워 1993년 복간된 판본을 참조하였음)을 들 수 있다. 이 작품의 주인공 황보영은 이미 어느 정도 무공을 완성한 상태로 은거 중에 무림의 위기에 떨쳐 일어나는 주인공이며, 투쟁을 반복하다 무림을 구원하고 다시 은거에 드는 형식의 서사를 취하고 있다.

4 이길성, 「홍콩무협영화 수용을 통해 본 1970년대 하위문화 연구」, 『대중서사연구』 23, 대중서사학회, 2017; 이영재, 「양강(陽剛)의 신체, 1960년대 말 동아시아 무협영화의 흥기」, 『반교어문연구』 39, 반교어문학회, 2015.

5 司馬遷, 「遊俠列傳」, 『史記』; 「刺客列傳」, 『史記』.

6 金祖淳, 「五臺劍俠傳」, 金鑪 編, 『藫庭叢書』.

력을 통해 보복하나, 그것이 벗의 원통한 죽음을 되갚은 행위라는 것과 나름의 도리를 다한다는 점, 그리고 그것이 사회의 가치에서 온전히 벗어나는 것은 아니라는 점에서[7] 알 수 있듯이 이미 문화적으로 수용할 수 있는 바탕이 있었기에 가능한 것이었다.

다만 이것은 온전한 이해였다고 보기는 어렵다. 무협작가 용대운은 중국과 한국의 '협'에 대한 인식 차이를 지적하면서 중국의 협은 대의에 근거한다면, 한국의 협은 의리에 근거하고 있다고 한다. 무협소설의 주된 배경인 중국은 그 면적이 무척 넓기 때문에 협객과 협행의 대상이 교류가 있을 확률은 매우 낮다. 따라서 협객이 대의에 투신하는 경향이 강하다면, 상대적으로 대상과 자신이 알 여지가 많은 한국에서는 이를 의리의 측면으로 가져와 사용하는 경향이 짙기 때문이라 한다.[8] 이러한 분석이 전적으로 옳다고 할 수는 없다. 하지만 현재 한국의 무협 장르의 서사 대부분이 사적 복수를 서사의 동인 중 하나로 자주 사용한다는 점에서 볼 때 참조할 필요가 있다. 즉, 보편 관념으로서 '협'의 형태를 『사기』에서 보이는 그것을 사용하되 「오대검협전」에서 드러나듯이 '개인적 보복'의 차원에서 협의 관념을 이해했던 것이 현재까지도 일부 이어짐을 추측할 수 있다.

---

7 金祖淳, 「五臺劍俠傳」의 번역본은 박희병·정길수 편역, 『기인과 협객』, 돌베개, 2007, 103~115면의 번역을 참조하였음.

8 용대운은 『태극문』(뫼, 1994, 전6권)과 『군림천하』(파피루스, 2001~, 현재 35권 출간)로 잘 알려진 무협작가이다. 본문에서 인용한 인터뷰는 장르문학 비평팀 텍스트릿과 2019년 3월에 진행한 인터뷰로 해당 홈페이지에 동년 4월 게재되었으나 사이트의 폐쇄로 현재 네이버 카페에 2023년 1월 17일자로 재게시되었음을 알려둔다. 주소는 다음과 같다. 텍스트릿, 「용대운 선생님 인터뷰 下편」, 2023. 01. 17., https://cafe.naver.com/textreet/184 (검색일: 2024년 12월 18일, 최초 게시명: 「지금, 신무협은 어디에-용대운 선생님을 만나다 3편」)

협의 개념이 비록 다소간 다르게 이해가 되었지만, 무협 장르의 기초적인 서사의 형태는 이미 보편적 고전에서 기인하고 있기에 무협 장르 자체의 의미가 다소간 변형된 상태로라도 수용의 과정이 이루어질 수 있었다. 다만 이러한 수용과 창작으로의 전환에서 고전적 서사는 단지 계승과 반복적 사용에서만 그치는 것이 아니라 보편적 서사에 대한 원용 혹은 그 이상까지 혼재하는 형태라고 할 수 있다. 즉, 상대적으로 낯선 장르의 이해를 위해 고전 영웅소설의 서사구조를 창작에 차용하거나, 무협적인 서사의 이해를 위한 과정에서 보편 서사의 원용이 이루어지는 것이 혼재되어 있고, '협'의 관념을 김조순의 「오대검협전」에서 드러난 것처럼 피상적으로나마 이해하여 온 계승의 측면이 혼재되어 있다고 할 수 있다.

이러한 수용은 비단 구조나 관념만이 아니라 다양한 화소의 측면에서도 알 수 있다. 조선 후기 한문 검협 서사의 대표적인 화소는 '무공제시(武功提示)', '사제결연(師弟結緣)', '검무시연(劍舞試演)', '검술대결(劍術對決)', '복수(復讎)'[9]로 분류된다. 이러한 화소는 현재 무협 장르에서도 여전히 통용되고 있는 화소로서 무협 장르의 수용과 창작에 있어서 일련의 역사적, 문화적 맥락이 존재하고 있음을 알 수 있게 한다. 물론 이러한 수용은 다분히 '형태'적인 부분에 치중하며, 그 내적인 맥락은 현재에 맞도록 재구성된다는 점에서 그 차이가 있을 수밖에 없다. 다만 그 외연을 계승하여 꾸준히 활용한다는 점에서 장르의 컨벤션이 가지는

9 송정우, 「조선후기 한문 검협서사 연구」, 서울시립대학교 석사학위논문, 2019는 해당 기준으로 검협서사의 유형을 분류하고 있다. 상기한 화소는 현대 무협 장르에서도 꾸준히 재사용되나, 그 내적 맥락이나 화소의 구체적인 형태, 전개의 방식은 상당히 다르다는 점을 양지하고자 한다.

문화적, 역사적 맥락에 대해 살필 필요를 보여주는 것이다. 또한 이는 온전한 수용이 아니라 '부재'하는 근원에 기반하는 수용의 과정이었으며, 그에 따른 일련의 여백이 지속적으로 관측된다는 점에 유의할 필요가 있다.

현재 창작되는 대부분의 웹소설과 장르문학의 서사 구조는 대개 고정적이고, 미세한 변화가 누적되고 있을 따름이다.[10] 그럼에도 현재의 문화와 호흡하고, 독자적 시장을 형성하면서 대중과 호응할 수 있는 것은 구조의 형식을 문화적으로 계승되어 대다수에게 익숙한 고전적인 것에 기반하되 내적 화소에 부여되는 의미의 방식을 변화시키고 있기 때문이라고 할 수 있을 것이다. 또한 이러한 계승의 방식은 대본소-PC통신-인터넷을 거치면서 그 구조의 유사성이 반복되지만, 그 내적인 의미가 계속 변화한다는 점에서도 고전 서사의 계승과 재해석, 원용 그리고 현대 장르문학과 웹소설의 내적 변화의 흐름에 대한 단초를 파악할 수 있을 것이다.

이 글에서는 이러한 고전적 서사 구조의 계승과 원용이라는 측면을 수용하며, 현재 장르문학-웹소설 시장에서 큰 비중을 차지하면서 여전히 소비되고 있는 무협 장르의 컨벤션의 계승과 재구성이라는 측면을 중심으로 논의하고자 한다. 1960년대 김광주의 편역 무협 이래 꾸준히 소비되고 있는 무협소설의 서사적 형태는 고전의 그것과 유사하고, 화소 또한 그러한 부분이 두드러지는 것이 사실이다. 다만 그것이 고전적 서사를 단순히 계승하여 재창작하는 것은 아니라는 점을 말하고자 한다. 이는 서사적 구조의 유사성을 토대로 하되, 그 장르의 큰 특징에 대한 문화적

10 이에 대해서는 김예니, 「대중서사 속 '클리셰'의 변화양상-로맨스 웹소설을 중심으로」, 『돈암어문학』 42, 돈암어문학회, 2022, 9~11면을 참조.

계승이라는 측면에 더하여 당시 독자의 현재적 가치와 호흡하면서 변모하기에 가능한 것이라 할 수 있다. 현재적 가치에 집중하기에 개별 작품의 수명이 상대적으로 짧고, '고전'으로서 기능하기에는 다소 부족한 것이 사실이다. 하지만 그것만의 의미가 있으며, 이를 살피는 것은 한 시대의 문화를 논의하는 하나의 기반으로서 충분한 의미가 있다.

이러한 논의를 위해 1990년대부터 2000년대에 걸친 무협 장르의 컨벤션이 변천하는 과정을 중심으로 살피고자 한다. 1990년대부터 2000년대에 걸쳐서 무협 장르는 일련의 재정립 과정을 거치게 되었다. 이는 화소를 구성하는 도구로서의 컨벤션이 정리되는 맥락과, 이를 정리하는 중요한 매개체인 온라인 매체를 통해 서사의 내부의 개별 화소에 따르는 의미의 변화 방식을 살피기 위한 차원에서 필요하다. 이러한 컨벤션의 누적, 정리되는 과정은 비단 장르 내에서만 벌어지는 현상이라고 축약하기에는 당대 문화적 요소의 변화가 누적하여 일어나는 현상이라고 할 수 있다. 즉, 이는 서브컬쳐 한 분야의 논의만이 아니라 차후 문화적 적층과 이 과정에서 관측되는 모종의 변화들에 대한 시론으로 기능할 수 있다. 또한 이 논의를 통해 고전 장르부터 지속적으로 반복되는 화소나 소재가 어떻게 현대 대중과 호흡하는지를 살피고자 한다. 이를 위해 우선 1990년대 PC통신과 장르문학의 컨벤션의 재구성을 살피고자 한다.

2. '정통'의 재구성

1990년대 들어서 PC통신은 여러 장르에 큰 영향을 미쳤다. 한상헌의 논문에 따르면, 1990년대 PC통신을 중심으로 발생한 SF 장르의 팬덤은 아마추어 창작과 함께 당시 SF 작품의 아카이브를 제작하기도 했다.[11] 이런 현상은 무협 장르에서도 유사하게 일어났다. 특히 하이텔의 '무림동호회(약칭 무림동)'을 중심으로 당시 구할 수 있는 대부분의 무협소설 및 자료가 상당히 상세하게 정리된 바 있다. 현재까지도 온라인상으로 유통되고 있는 자료를 통해 일부 확인할 수 있는데, 당시 무림동 중심으로 정리된 장르적 관습을 다룬 여러 문건과 장르의 창작에 도움이 될 수 있는 자료 및 여러 종류의 텍스트가 정리되어 있다.[12][13] 이렇게 자료의 수집과 작품의 목록화 및 정리가 있었던 것은 당시 대본소와 대여점 사이의 전환 과정에서 빚어진 결과라고 할 수 있다.

1980년대 말까지 무협소설은 주로 출판사–총판–대본소의 구조 내에서 소비되었고, 김용 같은 극히 일부[14]를 제외하고는 일반 소매 판매는 잘 시행되지 않았다. 대본소가 다소 사양세로 접어들고, 대여점이 본격적으로 대두되는 1990년대 들어서야 소매 판매가 비교적 활성화되었다.

---

11 한상헌, 「1990년대 한국 SF 소설 팬덤의 문화 실천」, 『현대소설연구』 87, 한국현대소설학회, 2022, 254~255면.

12 대부분 텍스트 파일(.txt)의 형태로 공유되었고, 여러 인터넷 홈페이지(문피아의 자료실 및 조아라의 일부 게시판을 통해 그 형태를 알 수 있다)를 통해서도 공개되었다. 다만 당시 인터넷에 공유된 자료의 특성상 출처는 명확하지 않으며, 대부분 유사한 내용이 반복되었다. 현재까지도 '무협'하면 떠오르는 초기의 컨벤션이 대부분 기록되어 있으며, 최근 각종 밈(Meme)으로 재활용되거나 혹은 그 기원에 대해 독자들의 해석이 덧붙여지는 등 재고할 필요가 있다.

13 그리고 이러한 자료는 대개 수입, 번역된 중국의 무협부터 이에서 비롯한 창작무협의 세계관과 그 설정을 통틀어 정리된 것임을 염두에 두어야 한다. 즉, 한국의 무협에 대해서 '정통'이라고 말하는 것은 실제 역사나 문화를 토대로 하는 구체적 배경이 존재하지 않고, 어디까지나 장르 내의 작품을 통해 성립된 관념이며, 그 실체는 그리 단단하지 못한 기반 위에 있다는 것이다. 실제로 한국 무협에서 꾸준히 등장하는 구파일방(九派一幇)이나 오대세가(五大世家) 등의 설정은 상기한 과정을 거치며 정립된 것이며, 그 구체적인 근거도 역사와 소설적 설정이 혼재되어 있다.

14 김용의 『영웅문』(김일강 번역, 고려원, 1986, 전3부 18권.)이 그 대표적인 예시이다.

이전에 비해 개방적인 공간이 된 대여점을 통해 무협소설이 공급되면서 창작도 많은 변모를 거치게 되었다. PC통신을 통해서 모인 여러 층위의 독자와 작가가 제각기 장르를 통해 익힌 관습을 정리하여 공유하기 시작했으며, 이것이 장르적으로 일부나마 체계를 갖추는 과정을 거쳤다고 할 수 있다. 하지만 이렇게 정리된 컨벤션의 기원은 '소설'이었다는 점을 염두에 둘 필요가 있다. 한국 무협 장르에서 꾸준히 등장하는 구파일방, 오대세가 같은 설정은 국내에서 재구성된 것으로, 중국의 무협에서는 거의 드러나지 않는다. 김용의 작품 등을 통해 유명한 무당파나 개방, 소림사, 아미파 등은 중국의 무협 내에서도 쓰이나, 이것이 '구파일방' 같이 고정적인 명칭의 명문대파 혹은 무협 장르에서 느슨하게나마 작동하는 행정기구와 유사한 무림맹이라는 구조[15]로 소환되지는 않는다는 점을 주목할 필요가 있다.

이러한 기원의 근간에는 '와룡생'이 있다. 와룡생의 『군협지』[16] 이래 와룡생은 한국 무협에서는 '정통'적인 존재가[17] 되었다. 량셔우중의 연구에 따르면[18] 와룡생은 실제로 대만을 비롯한 중화권에서 제법 알려진

---

15 보통 무협 장르에서는 '무림맹(武林盟)'이라는 느슨한 연합체계가 등장한다. 대부분 소림, 무당 등 명문을 위시한 정파(正派) 무림의 느슨한 행정기구로서 무림의 사무를 약간이나마 관장하는 모습을 보인다. 개별 작품마다 무척 다른 색채를 가지고 있으나, 보통은 정파 무림을 위협하는 세력에 대적하는 임시기구 겸 무림 내 갈등을 조율하는 행정기구로서의 면모를 동시에 갖추고 있다.

16 臥龍生·김일평 역, 『군협지』, 민중서관, 1966, 전5권. 원제는 『玉釵盟』(1960)이며, 팔봉 김기진의 감수와 운보 김기창의 삽화 등 고급화 전략으로 출간된 작품이다. 당시 큰 인기를 누렸고, 이후 번역 무협의 선풍적 인기에 큰 역할을 했다.

17 와룡생을 한국 무협 장르의 본격적인 기원으로 드는 것은 아무래도 구파일방의 원류격인 '구대문파'의 형식을 제시하고 이원적 대립구도의 세계관을 제시하고 있다는 점에서 논의할 수 있을 것이다. 이에 대해서는 이진원, 앞의 책, 2008, 125~141면을 참조.

18 량셔우중의 『무협작가를 위한 무림세계 구축교전』(들녘, 2018)에서 '와룡생'이라는 이름은 2회 등장한다. 본문에 단 한 번 이름만 언급되고, 국내 번역자의 각주로 단

작가였음은 맞지만, 김용이나 양우생, 고룡의 격을 넘기에는 다소 한계가 있는 작가였다. 이는 와룡생의 무협소설에서 '역사와 문화'의 감각이 상당히 옅기 때문이라고 할 수 있다. 실제로 중국에서 고평가되는 김용과 양우생은 중국의 문화에도 정통한 작가이며, 이러한 지식을 작품 내에도 최대한 활용한 것으로 알려져 있다. 김용의 무협소설에서 드러나는 역사적 배경이나 중국의 여러 사상에 대한 전반적 이해, 그리고 양우생이 보이는 폭넓은 교양은 이들의 무협소설이 1950년대 중화권의 '신무협'[19]의 선구자가 될 수 있는 바탕이 되었다. 고룡은 이들에 비해 문화적 지식이 부족했으나, 단문의 활용, 추리소설적 구성이나 다양한 장르의 기교를 활용하면서 나름의 위상을 얻었다고 할 수 있다.[20]

그렇지만 정작 한국에서 정통이 된 것은 '와룡생'이었다. 앞선 세 작가 모두 중국의 역사나 문화에 대해 어느 정도 익숙해야 상대적으로 더 온전히 향유할 수 있었다. 그에 비해 와룡생은 장르적 관습에 조금

한 번 등장한다. 상대적으로 위상이 낮은 것은 맞으나, 앞서 언급한 『玉釵盟』의 발간 60주년 기념판이 발매되는 등 대만 내에서는 입지가 있는 작가임은 확실하다.

19 중화 문화권의 신무협과 한국의 신무협은 그 개념적인 측면에서 큰 차이가 있다. 우선 중화 문화권에서 지칭하는 신무협은 일반적으로 1950년대의 홍콩과 대만에서 활동한 김용, 양우생, 고룡 및 와룡생 같은 작가들의 작품 일군을 지칭하는 용어로, 1920~30년대에 걸쳐 중국 본토의 작가들의 서사를 탈피하여 새로운 흐름을 이끌어냈다는 의미를 담고 있다. 이에 비해 한국에서는 와룡생이 활동한 1960년대 무협을 '정통'으로 수용하였으며, 이를 계승하여 창작한 1980년대 무협 장르는 대개 '구무협'으로 통칭된다. 이를 벗어나 파격적인 서사나 새로운 형식을 도입한 1990년대 중반 무렵의 PC통신 및 뫼 출판사의 작가들이 창작한 일련의 작품을 '신무협'이라 통칭한다. 다만, 현재까지도 1990년대 이후 무협을 '신무협'이라 통칭하는 현재 한국의 환경은 다소 문제가 있다. 본고의 주28에서 다시 다루었다.

20 량셔우중은 고룡이 유명한 것은 맞지만, 소설의 측면에서는 표현의 반복적 사용 및 서사 구성의 잦은 오류 등을 들며 '졸렬하다'라고 혹평한다. 량셔우중, 앞의 책, 2018, 69면.

더 집중하였기에 서브컬쳐의 한 '장르'로서 그 관습을 익히며 볼 수 있는 작품이었다. 이러한 상황이었기 때문에 적어도 한국에서는 와룡생이 '정통'이 될 수 있었다. 주로 무협의 공간적 배경이 되는 중국 본토와 교류가 단절되었고, 자료의 수집도 제한된 환경에서 와룡생의 무협소설은 장르적 컨벤션과 그 세계의 구축에 있어서 중요한 역할을 했다. 그간 김광주의 편역 무협소설이 장르를 받아들일 수 있는 기반을 마련하였다면, 와룡생의 무협소설이 그 기반에서 하나의 기둥의 역할을 수행할 수 있는 것이라 할 수 있다. 김광주라는 문인의 명성에 의존하지 않고도 와룡생의 무협소설이 성공했다는 점은 그만큼 다른 문화적 기반에서도 한두 편의 무협소설만 읽고 접해도 충분히 자체의 재미를 끌어낼 수 있었다는 것을 의미한다.

여기에는 또 하나의 이유가 있을 것이다. 당시 한국에서 무협소설을 번역하는 경우는 김광주 같은 예외적 경우를 제외하고는 대부분 재한화교, 혹은 일부 아르바이트로 번역하는 대학생들이었다. 이들의 중국에 대한 문화적 지식이 그리 충분했다고 보기에는 다소 어려운 것도 사실이다. 김현에 따르면[21], 화교 출신 번역가들은 대개 몇 년 정도 대만에 유학을 다녀온 경험이 전부였다고 한다. 또한 번역료가 낮게 책정되어 정상적인 번역이 이루어지지 않았다고 한다. 이들에게서 문화적 맥락을 잘 살린 번역이라든지, 혹은 이를 주석 등으로 충분히 살리는 것을 바라기에는 어려웠을 것이다.

이러한 상황에서 와룡생의 무협소설은 비교적 그러한 맥락이 배제된 상태에서도 충분히 받아들이기에 단순한 서사를 따르고 있다. 소위 말

21 김현, 〈武俠小說은 왜 읽히는가〉, 《세대》, 1969. 10., 294~295면.

하는 '원초적인 재미'에 가장 부합하는 형태였다고 할 수 있다. 그리고 김광주의 번역은 신문 연재 후 출간의 형식이라 상대적으로 작품의 양이 적었던 상황이었다. 또한 김광주는 최대한 한자어와 숙어도 풀어서 번역했기에 와룡생 명의로 번역된 수많은 무협소설과는 그 결이 다르다고 할 수 있다.[22] 따라서 '와룡생'은 비록 1960년대 후반부터 그 번역의 질을 담보할 수 없고, 와룡생의 작품인지도 모호했었으나[23] 그 양을 토대로 이후 무협소설의 한 기준이 될 수 있었다.

이후 와룡생은 한국 무협에서는 하나의 '정전'이 되었다. 1970년대 말엽까지 와룡생은 무협지의 대명사나 다름없었으며, 다른 작가의 작품 번역마저 와룡생의 이름으로 진행되는 경우가 빈번했다. 그만큼 와룡생의 영향력이 지대했음을 알 수 있지만, 제대로 지급되지 못한 고료와 마구잡이 번역, 그리고 이소룡이 대표하는 쿵푸 영화의 득세 등이 맞물리면서 1970년대 번역 무협소설은 빠르게 저물었다. 그리고 1980년대 들어 한국의 창작 무협소설이 본격적으로 등장하기 시작했다. 이 시점부터 한국 무협은 독자적인 형태로 무협소설의 변화가 일어나게 된다. 그 외연 자체는 분명히 중국의 그것이나, 정작 그 내포는 소설적인 재구성을 거친 것이며, 그 심상은 한국의 심상으로 탈바꿈하는 것이다. 이 글에서는 이 '내포'에 조금 더 주목하고자 한다. 우리가 말하는 무협소설의 컨벤션은 이 시점에서 재구성되었다고 할 수 있다. 1980년대 들어

---

22 대표적인 예시를 들자면 김광주가 《중앙일보》에서 연재한 「하늘도 놀라고 땅도 흔들리고」(이후 『협의도』(세계, 1993, 전6권) 등으로 재출간되었다)는 제목부터 경천동지(驚天動地)를 풀어쓴 표현이며, 작품 내에서도 타초경사(打草驚蛇)를 '풀을 때려 뱀이 놀라는' 식으로 풀어 번역하는 등 가급적 사자성어나 오래된 숙어를 풀어 표현했다.

23 1970년대 들어서 와룡생의 명성이 한국 내에 워낙 널리 퍼져 있어 이후 번역 무협 다수가 와룡생 작품인 것처럼 번역되어 잘못 알려진 경우가 있었다. 이에 대해서는 이진원, 앞의 책, 2008, 127~130면을 참조.

서 무협소설은 번역의 시대에서 벗어나 창작의 시대로 접어들었다고 할 수 있다. 이미 웬만큼 다 번역이 되기도 했거니와, 번역의 질 자체가 낮아진 탓도 있겠으나 창작 무협은 빠르게 정착하여 다방면으로 뻗어나가기 시작했다.

이때 무협소설은 이전의 시스템을 거의 그대로 이어받아 몇몇 유명 작가의 필명 하에 수많은 작가가 작품을 발표하는 대표필명, 혹은 대명이라고도 불리는 시스템이 정착되었다. 그리고 작가들이 늘어남에 따라 나름대로 이들이 공유하는 인식이 생기게 된다. 작품을 통해 경험적으로 학습한 장르의 규칙을 토대로 이를 정리한 '컨벤션'이 생기게 되는데, 그 근본에는 1970년대까지 번역된 무협소설이 있다. 당시 중국에 대한 직접적이고 구체적인 자료를 얻기 어려운 형편이어서 부득이하게 창작 무협의 근간에 사실 대신 창작물이 들어오게 된 것이다. 어느 정도는 문화적 전통을 공유하고 있지만, 그것만으로는 한계가 있기 마련이다. 당연히 한국의 무협 장르는 독자적으로 변모할 수밖에 없었고, 그에 따라 컨벤션이 재구성되는 과정을 보여주었다.[24]

여기서 사무실마다 조금씩 다른 자료들이 공유되었다고 하는데, 보통 무협소설에서 기본이 되는 문파의 명칭이나, 혈도, 몇몇 고정적인 무공 등이 이 시기부터 정리되었다고 할 수 있다. 다만 이는 사무실 내의 전승적 지식에 가까웠고 외부에서는 이를 접하기 어려웠다. 또한 어

---

24 이러한 정전화의 과정에서 문화적, 역사적 맥락이 다분히 누락된 것에는 아무래도 박영창의 필화사건의 영향을 무시하긴 어렵다. 『무림파천황』은 1981년 무렵 출간되었으나, 국가보안법 위반 명목으로 금서 처분되었다. 비록 이것이 어디까지나 박영창 개인을 국가보안법으로 엮어 투옥하기 위한 여러 명목 중 하나로 소환된 것이라고는 하나, 이후 무협 장르의 흐름이 고착되어 빠른 속도로 컨텐츠가 소진되고 쇠락하였다는 점에서 본다면 이 사건의 영향을 무시할 수는 없다. 이후 故서효원(1959~1992)의 작고 이후 대본소 무협 복간의 흐름에 따라 세계출판사에서 1993년 복간되었다.

디까지나 무협소설을 읽은 경험적 지식의 재구성에 가까웠으므로 그 근본이 다소 허무한 것이었다. 당시에도 이러한 사실을 인지하고, 당시 구할 수 있는 백과사전 등을 최대한 참조해서 컨벤션을 정리해 출판사 및 작가 사무실 등지에서 공유했다는 증언[25]이 있지만, 명백히 한계가 존재했던 것은 사실이다. 또한 소설을 중심으로 정리하는 과정에서 탈락된 역사적 사실도 상당히 많으며, '창작'에 도움이 될 정보 위주로 구성되어 많은 부분에서 공백이 발견된다는 점에 유의할 필요가 있다. 이러한 장르적 컨벤션의 구성은 개별 사무실 중심으로 진행되었으며, 1990년대 들어 이런 사무실이 거의 해체되며 PC통신 상에서 재구성되기 시작했다. 하이텔의 '무림동' 등지에서 작가나 독자층이 집단적으로 이를 재구성했으며, 더 다양한 자료를 함께 교차검증하며 컨벤션의 내용이 조금 더 구체화되었다.

다만 사무실 형식의 창작 시스템이 완전히 해체된 것은 아니었다. 야설록이 설립한 뫼 출판사는 기존의 사무실 형식을 가져오되, 대표필명 대신 작가 개인의 필명을 토대로 창작할 수 있는 여건을 마련해주었다.[26] 당시 뫼 출판사 소속 작가들은 '뫼 사단'이라 칭해질 정도로 1990년대 중반 무협 장르에서 큰 영향력을 미친 바가 있는데, 여기에서 용대운

25 텍스트릿, 「좌백/진산 선생님 인터뷰 #1, #2」, 2023. 1. 17, https://cafe.naver.com/textreet/197. 단, 앞선 용대운의 인터뷰와 동일하게 해당 인터뷰의 원본이 보존되어 있었던 홈페이지가 삭제되어 6부작이었던 원본 인터뷰를 3개의 글로 정리한 대체 링크를 가져왔음을 밝혀둔다. (검색일: 2024년 10월 31일, 최초 게시명: 텍스트릿, 「〈신무협의 시대와 그 기록〉-좌백, 진산 선생님을 만나다(1편)」, 2019. 10; 텍스트릿, 「〈신무협의 시대와 그 기록〉-좌백, 진산 선생님을 만나다(2편)」, 2019. 10.)

26 다만 계약의 경우, 이전과 같이 구두계약이거나 출판사 측에서 일방적으로 정산하여 지급하는 등 다소간 문제가 있었음은 여러 증언으로 확인된 바 있다. 계약서를 본격적으로 작성한 것은 진산, 이재일이 처음이었다는 회고가 있다. 텍스트릿, 위의 글.

작가가 소속 작가들이 쓸 기초 자료를 제작하기 위해 이러한 자료를 수합, 정리한 경우도 있었다. 다만 이러한 자료들은 그 역사적 맥락이나 문화적 맥락의 근간이 어디까지나 소설과 일부 텍스트라는 점에서 유의할 필요가 있다.

또한 용대운을 중심으로 뫼 출판사에서 정리한 자료는 어디까지나 사무실 내에서 소규모로 제작, 공유되었다. 이후 자료가 온라인으로 유통되며 수정과 가필이 이루어지면서 현재 인터넷에 통용되는 자료와는 그 형태나 구성에 있어서 다소간 차이가 있다. 해당 자료는 창작의 편의성을 도모하는 차원에서 정리되었고, '책자'로서 구성되었기에 그 나름의 체계성과 그 목차를 가지고 있다.[27] 그에 비해 온라인에서는 해당 항목이 개별 글로서 게시되거나 파일로 유통되었기 때문에 다소간 그 체계를 짐작하기 어려운 형태이다. 보통 '무협 자료'라는 형식으로 폴더 내에 간단한 분류 정도만 이루어져 있는 경우가 빈번했다.

한국의 창작 무협이 시작되는 초창기부터 한국의 창작 무협은 본격적으로 독자적 성격을 드러낼 수밖에 없었다. 앞서 살핀 대로 중국의 문화나 역사에 대한 감각이 부족할 수밖에 없었고, 이는 곧 그간 작품을 중심으로 쌓아온 무협이라는 장르에 대한 경험적 인식의 과정이 그대로

27 실물을 확인해 본 결과, 추후 확장을 염두에 두고 페이지에 여유를 두고 작성한 것으로 보인다. 창작용 자료집(표제는 「資料集」으로 기재되어 있다)은 목차상 자료는 총 120쪽 가량을 의도하고 제작되었으나, 실제는 60여 쪽으로 제작되었다. 그 내용은 중국의 고유 성씨나 문파에 관한 각종 명칭, 무림의 체계 등 창작을 위한 정보가 정리되어 있다. 이외에도 참조를 위한 「중국의 지명 및 인명 사전」이 약 120쪽 분량으로 제작되어 각 성의 주요 도시, 명승지가 정리되었고, 간단한 색인이 추가되어 있다. 앞선 서술대로 백과사전 및 당시 구할 수 있는 중국의 역사를 다룬 도서를 중심으로 정리되어 있다. 이 자료는 당시 뫼 출판사에 소속되어 있었던 좌백, 진산 작가의 소장본으로, 연구를 위하여 허가를 받아 열람, 확인하였음을 밝혀둔다.

컨벤션이 되어 하나의 맥락을 구성한다는 점에서 알 수 있다. 즉, 경험적으로 인식하는 '무협'이라는 장르에 대한 구체적인 기준이 필요했고, '장르'로서 인식하기 위한 수단으로서 컨벤션이 소환되는 것이다. 즉, 하나의 기준이 마련되면서 경험적 인식이 나름의 체계를 가지게 되는 것이고, 이를 토대로 '새로움' 혹은 답습의 맥락을 각자의 상황에 맞도록 추구할 수 있게 되는 것이다. 이렇게 부재하는 기원 하에서 나름의 맥락을 가지고 체계화된 한국 무협 장르의 컨벤션은 그 부재로 인한 여백만큼 유연성을 가지게 되었다고도 할 수 있을 것이다.

이러한 컨벤션의 재구성에서 유의할 점은, 김용과 와룡생의 문화적 위치라고 할 수 있다. 2024년 현재 무협 장르에서 확실한 정전의 위치에 있는 것은 김용이 맞고, 현재까지도 활발히 다른 미디어와 결합하는 강력한 IP를 창작한 것이 맞다. 그러나 적어도 이러한 컨벤션이 성립되던 1970년대부터 80년대 초반까지 무협 장르를 대표하는 것은 와룡생이었고, 그 원형적 형태로서 김광주가 소환된다고 할 수 있다. 즉, 이러한 맥락에서 중화적 감각을 담지하는 컨벤션의 큰 틀의 정립에는 와룡생의 작품이 중추가 되었으며, 1980년대 후반에 들어서 김용의 『영웅문』이 크게 인기를 끌며 그 틈을 메우는 양상이었다고 이해할 수 있다.

1980년대 들어 구성되기 시작한 장르적 컨벤션은 현재까지도 창작의 근간이 되고 있다. 물론 이를 전적으로 참조하는 것은 아니지만, 여전히 통용되는 관습의 일부로 여러 작품에서 종종 소환되며, 때로는 온라인상의 '밈(Meme)'으로 사용되기도 한다. 현재 우리가 '무협'하면 떠올리는 수많은 감각이 여기에서 한 차례 정리되었다고 할 수 있는 것이다. 2000년대 초반에 들어서 본격적으로 확립된 이러한 컨벤션은 현재 웹소설로 연재되는 무협 작품들의 기초가 되었다. 무당파는 태극, 화산파는 매화

등의 고정적인 이미지는 중국 무협에서는 잘 쓰이지 않는 설정으로, 한국 무협만의 특징이라고 할 수 있다. 이러한 고정적 이미지의 부여와 컨벤션화는 한국의 문화의 도교에 대한 이해의 부재를 메우기 위한 구체화의 과정이라 이해할 수 있다. 이러한 컨벤션의 구축은 1990년대를 거치며 중국의 무협과 본격적인 분화를 보여주는 것이며, 이후 한국의 무협소설은 2000년대를 맞이하며 변곡점을 다시 맞이하게 된다.

3. 매체의 복합화에 따른 무협 장르의 변천

PC통신을 중심으로 성장한 '신무협'[28]의 초기에는 대본소 무협의 담론이 소설의 기저에 자리하거나, 다양한 주제를 무협적으로 해석하는 등의 시도가 두드러졌다.[29] 이러한 과정은 무협 장르의 실험이라는 측면에서 큰 의미가 있었으나, 작품의 수요를 맞추기 어려웠다는 문제가 있었

28 '신무협'은 구체적으로는 용대운의 『태극문』(뫼, 1994, 전6권) 이후 창작된 일군의 한국 무협을 일컫고 있으나, 이 용어는 다소 한계가 있다. 30년간 장르 내적으로 많은 변화가 일어났으나, 그 변모를 구체적으로 반영하지 못하고 하나로 뭉뚱그리는 안일한 용어라고 할 수 있다. 이를 구분하기 위해 제시된 용어는 다음과 같다; 지면형 무협은 1990년대 중반부터 2000년 무렵까지 PC통신을 중심으로 태동한 무협 장르를 일컬으며 1980년대의 무협에 대한 안티테제적인 접근을 하되, 당시의 시스템적인 측면을 승계한 무협이라고 할 수 있다. 게시판형 무협은 장르의 중심이 인터넷으로 옮아간 2000년부터 2010년대까지의 무협 장르를 통칭하는 것으로, 현재 웹소설 플랫폼의 원형이 되는 홈페이지의 게시판에서 주로 연재되었다. 또한 이전에 비해 서사가 현격히 길어졌으며, 내적인 서사의 구성방식도 당시의 현실을 직접적으로 드러내면서 인접 장르의 요소를 다양하게 활용하는 변화가 있었다. 이에 대한 자세한 논의는 이주영, 「매체의 전환에 따른 무협소설의 변화 양상 연구」, 『대중서사연구』 29, 대중서사학회, 2023의 2장을 참조.

29 전형준, 『무협소설의 문화적 의미』, 서울대학교출판부, 2003, 83~104면.

다. 이 시기의 무협소설은 작가주의적, 혹은 개성이 강조되는 경향이 있었다. 그런데 작가주의적 성향의 창작은 필연적으로 창작에 더 많은 공이 들 수밖에 없었고, 그에 비해 높은 독자의 수요를 맞추는 것은 쉽지 않았다. 또한 서사의 구성에서 파격을 추구하거나, 기존의 서사와는 다른 양상을 보이는 것에 더 의미를 두어 자연스레 일반적으로 '장르'에 기대하는 바에서 벗어나는 경향이 있었다. 결과적으로 2000년대 초반 본격화된 초기 형태의 온라인 플랫폼의 형성 과정에서 신무협 초기에 데뷔한 작가들도 미디어의 변화에 따라갈 수밖에 없던 것은 필연적이라 할 수 있었다. 상대적으로 연재가 쉽고 더 많은 독자가 모일 수 있는 인터넷 홈페이지 중심으로 초기 형태의 플랫폼이 형성되자, 대여점과 소매의 수요를 함께 충족시키는 차원에서 양적인 측면에 집중하는 창작의 흐름이 생기기도 했다.

이런 흐름에 따라 지면형 무협이 계승했던 창작 시스템은 그 비중이 현저히 낮아지게 되었다. 이전처럼 작가 사무실을 운영하는 방식의 비중이 줄어들고, 잔존한 PC통신 및 온라인 홈페이지 등의 연재 플랫폼을 통해 작가를 발굴하는 방식 중심으로 변화했다. 즉, 이전보다는 비교적 자유로운 환경에서 작품 활동을 하는 작가가 늘어났으며, 공개적으로 연재가 가능한 공간에서 다양한 성향의 작품군이 출몰하기 시작했다. 또한 PC통신을 거치며 정리된 무협소설에 관련된 일련의 정보와 관습이 공개되고, 여러 경로로 접하기 쉬워지면서 창작의 시도도 이전에 비해서 원활해졌다. 이런 지점에서 작품군의 전체적인 결에서 차이가 드러나게 되었다.

특히 2000년대 들어 인터넷의 활용이 두드러지면서 '그림'이 공유되었다는 점에 주목할 필요가 있다. 이전까지 '무협' 장르에서 중원이라는 공간의 거리감은 구체성을 가지지 못한 편이었다. 특히 중국과 교류가 단절되어 있는 상태에서 현실의 중국 지도를 통해서 어렴풋이 짐작하거나, 오래된 사료를 통해서 거리를 가늠해야 했던 무협소설에서 무림(武林), 그러니까 중원의 거리감이나 구체성은 피상적일 수밖에 없었다.[30] PC통신부터 시작되었던 '개연성'[31] 문제는 지도를 포함하여 각종 자료가 인터넷을 중심으로 공유되면서 비교적 형태를 갖추기 시작했다. 그 내용이 실제의 역사적 사실과 다소 이질적인 측면[32]이 있었지만, 최소한의 장르적 규약으로 작동하며 '무협'이라는 장르의 거대한 세계관의 구축이 가능했다.

또한 인터넷이라는 공간에서 검색을 통해 불특정 다수에게 공개되긴

---

30 특히 거리감이나 지명에서 이러한 문제가 유독 두드러졌는데, 북경에서 항주까지 얼마 걸리지도 않는다든지, 성(省)이 다른 도시가 근처처럼 묘사된다든지 하는 등 무리한 묘사를 남발하는 글이 종종 있었다. 이러한 문제를 교정하려는 차원에서, 실제 중국의 지도와 무협적 컨벤션을 접목한 전도가 제작되어 참고용 자료로 유통되었다. 주로 문피아(당시 고무림)와 북풍표국 같은 온라인 사이트를 통해 유통되었다. 당시 유통된 이미지 자료는 문피아의 독자마당의 하위 항목인 무협백과에서 확인할 수 있다. 유저 수정하이퍼가 올린 두 글에서 당시 공유된 지도의 모습을 알 수 있다. 링크는 다음과 같다. 〈지도-1〉, 문피아, 2002.09.07, https://square.munpia.com/boPds_1/60; 〈지도-2〉, 문피아, 2002.09.07., https://square.munpia.com/boPds_1/61(검색일: 2024년 10월 28일)

31 당시 인터넷 상에서는 '개연성'의 의미는 '리얼'과 등치되었다. 용어가 다소 난립하여 사용되었지만, 궁극적으로는 '허구'의 무협소설이라 할지라도, 실제 지명을 활용한다면 최소한의 개연성이나 리얼리티를 통해서 성립해야 한다는 온라인상의 논의였다. 해당 사항에 대해서도 추후 논의가 필요할 것이나, 당시 실제 인터넷상의 자료가 대부분 휘발되어 구체적인 논의를 진전시키기에는 다소 한계가 있다.

32 한 예시로 현재 중국의 신강 위구르 자치구에 해당하는 '신강성(新疆省)' 같은 경우는 청나라 강희제 시대에 중국의 영토로 편입된 구역이다. 한국 무협 작품은 명말청초 이전의 시대를 시대적 배경으로 비정하는 경우가 많지만, 작품 내에서 신강성이라는 명칭을 사용하는 경우가 잦다. 이는 오류라고 할 수 있지만, 이러한 명칭의 사용은 현재 독자들의 이해를 돕기 위해 사용하는 측면과 무협 장르의 세계관의 구성에 있어서 사전 준비의 미흡이라는 측면이 결부되어 있을 것이다.

하지만, 이러한 자료는 고무림(GO!武林, 현재의 문피아), 북풍표국 등 특정 홈페이지를 중심으로 공유가 이루어졌다. 때로는 약간의 수정이 가해지기도 했으나, 내적으로 유의미한 차이가 있었다 보기에는 다소 어렵다. 2000년대 중후반부터 중국의 자료를 구하기 원활해지며 서서히 그 내용이나 질이 상당히 올라가긴 했으나, 이미 구축된 틀에 내용을 일부 채우는 형식이라고 이해할 수 있다. 다만 2000년대 초중반 들어 인터넷의 속도의 급증에 따라 와레즈나 웹하드 같은 각종 불법공유 사이트가 난립했는데, 무협소설도 이 흐름에 휘말려 온갖 방식과 형태로 공유되었다. 대본소 및 대여점의 무협소설을 직접 타이핑해 제작한 텍스트 파일, 인터넷 연재 게시판에서 복사, 붙여넣기로 제작된 파일, 후일 스캐너가 도입되며 제작되는 스캔본 등이 공유되었는데 이 과정에서 무협소설의 자료 또한 일종의 덤처럼 제작, 공유되었다.[33] 또한 들녘에서 번역, 출판한 『판타지 라이브러리』 시리즈[34]처럼 추가로 참조할 수 있는 자료가 증가함에 따라 창작의 문턱이 상대적으로 낮아졌고, 그에

---

33 이는 90년대 PC통신에서 이미 시작된 것으로, 당시 대본소나 만화방 등지의 무협소설은 특정 지역에만 공급되거나, 특정 총판을 통해서만 공급되는 경우가 있어 하이텔의 '무림동' 같은 PC통신 동호회 개인 사용자가 읽을 수 없는 작품도 있었다. 이를 사용자간에서 교환하여 읽어보는 차원으로 시작되어 차후에는 일종의 아카이브로 변형되기도 했는데, 이것이 2000년대 들어 웹하드를 비롯한 각종 불법 공유 사이트와 맞물리며 불법 공유의 형태로 변모했다. 해당 자료는 당시 대본소 무협소설의 원문을 확인할 수 있다는 차원에서 의미가 있으나, 엄연히 불법적인 공유라는 점을 인지할 필요가 있다. 당시 무협 장르에 대한 낮은 저작권 인식도 결부되었다. 특히 만화방이나 대여점 등에서 소비하는 문화로 인하여 상대적으로 소장의 필요성이 낮은 상황에서 이러한 불법적인 공유가 더 활발했을 것으로 추측된다.

34 健部伸明 외, 임희선 외 역, 『판타지 라이브러리』, 들녘, 2000~2007, 전34권. 이 시리즈는 일본에서 1980년대부터 출간되었던 장르문학의 창작에 있어 필요한 여러 소재를 다룬 시리즈이다. 동서양을 불문하고 실제 무기, 여러 신화와 전설 등을 소개하고 있으며, 도해를 포함해 다양한 자료가 들어 있으나 정확성에 문제가 있었다. 다만 자료의 양이 부족했던 2000년대 초반에는 장르 창작에 있어서 종종 활용되었다.

따라 창작자의 계층이 이전에 비해 더 복잡다단해졌으며[35], 그에 따라 기존의 무협 장르에는 다양한 방식의 재해석과 다른 분야의 지식이 장르 전체에 더해지면서 조금 더 복잡한 형태로 변화하는 과정이 있었다.

여기서 주목할 점은 1990년대를 거치며 한 차례 정비되고 재구성되었던 무협 장르의 컨벤션이 인터넷 매체에서 재정비되며 마인드맵적 구성으로 변하는 경향을 보였다는 점이다.[36] 이전의 컨벤션의 구성이 상대적으로 한정적인 공간과 고정된 텍스트를 통해 열람, 참조하는 형식에서 매체적 확장을 겪으면서 개별 주제에 따라 다소 파편화되었기에 일어난 현상이라고 할 수 있다. 즉, 검색 기능이 인터넷 매체를 통해 본격적으로 활용되면서 이전처럼 고정된 텍스트 내에 최대한 많은 정보를 백과사전식으로 담아낼 필요가 줄어든 것이다. 이와 동시에 컨벤션은 해체와 종합을 동시에 겪으면서, 장르적으로도 '퓨전'이라는 현상을 마주하면서 현재 웹소설 시장에 이르는 근본적인 형태를 갖추게 된 것이다.[37]

---

35 일례로 김남재 작가는 2002년 『요도전설』(청어람, 전6권)을 출판하며 데뷔하게 되었는데, 당시 고등학교 3학년이었다고 한다. 해당 작품은 당시 시점에서도 문장력의 부족이나 서사적인 허술함, 캐릭터의 빈곤함 등이 지적된 바 있으나, 이러한 작품이 나름의 인기를 얻고 출판되는 맥락은 당시 장르문학의 시장이 크게 변화하고 있음을 보여준다. 그 외에도 『레기오스』(퇴설당, 1995, 전4권)의 임달영, 『사이케델리아』(청어람, 2000~2001, 전12권)의 이상규 등 미성년 작가와 40대 중반이라는 비교적 늦은 나이에 2005년 『고영』(청어람, 전6권)으로 데뷔한 장담 등, 다양해지는 작가군의 면모를 알 수 있다.

36 일례로 2000년대 초반부터 운영되어 온 웹소설 플랫폼 '문피아'의 '자료실' 카테고리를 참고할 수 있을 것이다. 현재 문피아는 2002년부터 온라인상에서 수집된 다양한 자료를 보존하고 있는데, 이 자료를 살펴보면 90년대 구축된 컨벤션의 구체화는 이를 수행하는 개인의 취향에 따라서 특정 항목 중심으로 이루어지거나, 필요에 따라 일부 누락되는 경향이 드러난다. 특히 온라인상에서 공유될 때는 '책자'보다는 개별 항목으로 개설되는 과정이라는 점에서 이러한 현상이 두드러진다. 해당 자료실은 2024년 현재에도 필요한 자료가 종종 등록되곤 한다.

37 대여점 시장에 공급된 장르문학의 대표적인 장르 중 하나로 한국 장르문학의 독특한

또한 인터넷이 미디어로서 자리한 후 문피아(당시 고무림), 조아라(당시 유조아) 등 초기 형태의 플랫폼을 통해서 다양한 작품이 공급되며 작가의 절대적인 수 자체가 눈에 띄게 증가하는 모습을 볼 수 있다. 특히 이전과 다르게 연재가 어디까지나 제공되는 공간에서 '누구든' 할 수 있는 형태가 되면서 다양한 작가군이 등장했고, 이는 곧 무협의 컨벤션의 다양화까지 이어지게 된다. 기존의 컨벤션의 구성이 무협에 관련된 지식의 재정비 및 중국의 문화와 역사를 통합하는 과정이었다면, 2000년대 들어서 온라인을 통한 다양한 지식의 공유가 일어나고, 그에 걸맞은 다양한 작가군이 개입하며 무협은 기존의 전통, 혹은 정통에서 벗어나 '퓨전'적 맥락으로 재구성되는 것이다.

이러한 현상은 시간에 따른 종적인 적층만이 아니라, 다른 장르 및 매체와 결합하는 횡적인 종합이 복합적으로 일어나는 과정을 포함한다. 대표적인 문제로는 일종의 유사역사학적 문제나 과도한 민족주의적 맥락이 장르에 개입하여 영향을 끼치는 것이라고 과정이라고 할 수 있다. 중원, 무림이라는 폐쇄적 공간은 창작의 한계가 될 수밖에 없었고, 상대적으로 늘어난 작가층과 그 다양성, 그리고 여러 복합적인 요소가 함께하며 자연스레 중원 혹은 무림이라는 공간적 배경은 기존 무협에서 대적자의 공간이었던 '새외(塞外)'를 아우르게 되었고, 자연스레 한반도계 인물들이 무협의 컨텍스트로 녹아들게 된다. 이러한 현상은 무협소설만이 아니라 무협만화로도 드러나며, 대중적으로 좋은 반응을 얻은 바 있

양상이기도 하다. 보통 무협 장르와 판타지 장르의 융합적 형태로 나타나는데, 그 양상은 시간이 갈수록 복합적으로 변화하고 있다. 이에 대해서는 고훈, 「대중소설의 퓨전화」, 『대중서사연구』 19, 대중서사학회, 2008, 230~246면; 허만욱, 「한국 판타지 장르문학의 흐름과 발전 전략 연구」, 『우리문학연구』 34, 우리문학회, 2011, 501~ 504면을 참조.

다.[38] 일종의 민족주의적 열풍이 부는 와중에 이러한 흐름이 한국의 무협소설 속 중원이라는 공간의 확장으로 드러나게 된 것이다.

다만 이러한 과정에서 유의할 것은 앞서 논의한 소설 텍스트를 통한 컨벤션의 정립과 정전화 과정에서 원본의 문화적 맥락은 '형태'로만 남는다는 점이다. 일종의 학습 또한 문화의 원형에 대한 학습이라기보다는, 소설 텍스트를 원형으로 삼으면서 이것이 일종의 '이미지'로서 고착이 되고, 이에 역사적 사실이 첨가되는 형식이라고 할 수 있다. '화산(華山)'하면 매화를 떠올리거나, 곤륜(崑崙)의 대표적 무공은 '운룡대팔식(雲龍大八式)'이라는 식의 접근은 어디까지나 한국의 무협 장르에서만 관측되는 것으로서 계승되어 온 역사나 문화를 통해서는 이해할 수 없는 것에 대한 형상의 부여, 혹은 인지할 수 없는 존재나 개념에 대한 이미지의 구축과 함께 기원의 허구적 재구성이라는 측면에서 수행된 작업이라고 파악할 수 있다. 또한 중국의 고서나 고사를 직접 활용하는 컨벤션은 다소 지양되는 경향이 강해졌다. '항룡십팔장(降龍十八掌)' 같이 주역의 괘를 인용하여 상대적으로 어렵고 이미지가 덜 구체적인 경우는 현재 명칭만이 남아있다. 오히려 이렇게 명칭만이 존재한다는 점을 통해 재해석하는 작품을 시도하는 경우가 드물게나마 있다.[39]

38 박성우의 만화 『천랑열전』(서울문화사, 1997~2000, 전13권)과 최미르의 만화 『강호패도기』(대원씨아이, 2000~2008, 전37권)가 가장 적절한 예시가 될 것이다. 전자의 경우, 「虯髥客傳」이라는 당나라의 전기소설에서 모티프를 따와 이야기를 전개한다는 점에서 더 특기할 필요가 있다. 『천랑열전』은 잡지 《아이큐점프》에서 연재되었으며, 고구려가 멸망할 무렵을 배경으로, 고구려 내 권력투쟁에서 밀려난 주인공 연오랑이 무림을 종횡하는 이야기이며, 『강호패도기』는 잡지 《코믹챔프》에서 연재되었으며, '이백'이라는 고려 출신 인물을 유력한 조연으로 등장시키는 식이었다.

39 이에 대한 구체적인 예시로는 이십사수매화검법과 십단금(十段錦) 등이 있는데, 이는 각각 주45와 주43에서 상세히 다루었다.

구체적인 예시를 통해 살펴볼 필요가 있다. 무협 장르의 대표적 문파인 화산파(華山派)는 현재 실존하는 중국 화산의 도교 사원에서 기원하나, 한국 무협에서는 '매화'로 상징되는 검법을 중심으로 하는 강력한 문파로 등장한다. 속세 지향적 성격이 강한 편이라 묘사되는 경우가 잦은 편이며, 최근 비가의 『화산귀환』을 통해서 대중에게도 잘 알려지기도 했다. 이 화산파의 대표적인 무공으로 보통 설정되는 것이 '이십사수매화검법(二十四手梅花劍法)'인데, 주28에 언급했던 용대운을 위시한 뫼 출판사 작가들이 활용했던 자료집에는 화산파의 이십사수매화검법의 초식 중 3가지만 등장한다. '매화노방', '매화토염', '매개이도'가 그것인데, 이는 두 가지로 바라볼 수 있다. 하나는 창작의 여지를 마련한 것이며, 또 하나는 자료의 습합이 진행중인 과정이었다고도 할 수 있는 것이다. 2002년경을 전후로 이십사수매화검법은 하나로 습합되어 유통되는데, 총 24개의 초식의 명칭이 정리되어 각 초식별로 나름의 해석이 더해져 이십사수매화검법이라는 검법의 이미지가 어느 정도 구체화되었음을 보여준다.[40] 컨벤션의 정리 과정과 함께 이러한 내용은 이제 무협 장르의 '필수 요소'로 정립되었고, 일종의 '고증'의 영역으로 들어가는 현상도 관측된다.

2000년대 들어 이러한 컨벤션을 '온라인'으로 학습하며 창작에 참여한 작가들 다수는 1990년대 중후반 뫼 출판사 등을 통해 데뷔한 신무협

40 문피아 독자마당 무협백과에서 유저 남채화가 남긴 「무당파, 화산파.(지극히 주관적 자료.)」, 2003. 1. 1, https://square.munpia.com/boPds_1/5522(검색일: 2024년 10월 28일)에서 구체적인 초식명을 확인할 수 있다. 단 초식의 명칭이나 그 순서는 작품에 따라 약간씩 차이를 보인다. 이후 초식 명칭에 대한 해석이 더해져서 나무위키 등지에서 유통되고 있다. 링크는 다음과 같다. 「이십사수매화검법」, https://namu.wiki/w/%EC%9D%B4%EC%8B%AD%EC%82%AC%EC%88%98%EB%A7%A4%ED%99%94%EA%B2%80%EB%B2%95(검색일: 2024년 10월 28일)

작가와 상당히 다른 감각으로 무협 장르에 접근했다. 구전적인 성격이 강했던 컨벤션의 전승이 이 시점에 '정리'가 되면서 최소한의 체계화를 거치며 '검색'의 대상이 되며 이전의 계승과 그로 인한 전통적 성격이 약화되었다. 이러한 컨벤션의 구축을 기반으로 상대적으로 가볍고, 상대적으로 친근한 다른 문화적 맥락에 무협을 결합시킴으로서 어떤 의미로는 '가장 한국적인' 형태의 무협이 본격적으로 창작되며 현재의 틀을 만드는 과정에 일조했다고 할 수 있는 것이다.

4. 원용되는 보편과 무협 장르의 컨벤션의 관계도

무협소설의 주요 연재 매체가 PC통신에서 인터넷으로 전환되면서 많은 부분에서 장르적인 변화를 맞이하게 되었다. 특히 자료가 정리되며 상대적으로 창작에 접근하기 원활해지면서 다양한 장르적 전환이 일어나게 되었다. 특히 이미 학습되어 고정적이었던 컨벤션 자체에서 기원이 무엇인지를 나름의 기준으로 재해석하거나, 컨벤션 자체를 재조합하며 다른 장르의 요소를 원용하기도 했다. 또한 고정적인 구성의 서사가 PC통신 시기를 거치며 일부 해체되는 듯 보였으나, 이 시기를 기점으로 다시금 고전적 서사의 형태가 자리하기 시작했다. 다만, 그것은 어디까지나 형태적인 문제이며, 한 차례의 해체를 거친 후 재구성되는 과정에서 현대의 형식으로 변용되었다고 보는 것이 맞을 것이다.

한 예시로 지면형 무협의 대표격인 『대도오』[41]와 게시판형 무협의 초

41 좌백, 『대도오』, 뫼, 1995, 전3권.

창기 작품인 『무당마검』[42]을 비교할 필요가 있다. 『대도오』의 주인공 '대도오'는 생존에 모든 가치를 두고 있다. 그의 존재 가치는 어떤 상황에서라도 필사적으로 살아남고자 하는 것에 있으며, 기존의 무협소설 속 영웅적 가치관과는 그 궤를 달리하는 유형의 인물이다. 그리고 그는 특출난 무공이나 재질로 영웅이 되는 것이 아니라, 문파 간의 항쟁에서 생존을 위한 투쟁을 벌일 뿐이다. 끝내 대도오의 행보가 영웅 서사와 비슷한 형상으로 귀결되나, 대도오의 근간은 철저한 생존에 있고, 어디까지나 그 과정에서 성과를 부차적으로 획득하는 모습을 보인다. 즉, 대도오는 무협소설의 주인공처럼 신비함이나 영웅적 면모를 가졌다기보다는 하류의 삶을 드러내는데 좀 더 치중한 유형이라 할 수 있다.

그에 비해 『무당마검』은 상당히 다른 위치에 있다. 『대도오』가 기존 무협소설의 관습적 구도를 타파하고 새로운 유형의 인물을 그려내려 한다면, 『무당마검』은 주인공 명경을 통해 그간 정리된 무협의 관습을 재해석하는 접근법을 취한다. 주인공 명경은 고귀한 혈통과 신비한 출생이라는 화소를 그대로 유지하고 있다. 명경은 무협 장르에서는 상대적으로 드문 서구적인 외모를 지니고 있다고 묘사되며, 그의 부모가 누구인지는 모른 채 무당파에 맡겨진 채 성장한 이력이 있다. 여기에 더해 명경의 부모는 무림에서는 유력한 가문의 핵심적 역할을 하는 가신이었다고 한다. 이러한 고전 서사의 보편적 화소를 무협적으로 원용하는 것 외에도 명경은 앞서 살펴본 대도오와 달리 능동적으로 위업을 이룩한다. 물론 무당파를 떠나 여정을 하는 계기 자체는 권력자의 의지에 의한 것이었으나, 명경은 여정 동안 능동적으로 대처하려고 하는 모습을 꾸

42 한백림, 『무당마검』, 파피루스, 2003~2004, 전8권.

준히 보이고 있다. 명경은 비교적 능동적으로 '챠이'라는 악역과 대적하여 끝내 성과를 이루어내는데, 다만 그 과정이 고전 영웅 소설의 서사에서 묘사되는 것에 비해서 더 처절하고 집요하다는 점이 다르다고 할 수 있다.

이러한 재구성을 포함하여 독자적 재해석이 이루어지는데, 명경이 서사 전반부의 악역인 챠이를 쓰러트린 후, 귀환하는 것으로 하나의 서사가 마무리될 수 있었다. 하지만 서사를 더 전개하기 위하여 명경은 다시금 시련에 맞닥뜨리며 투쟁을 통한 위업의 재달성을 이룬다. 여기서는 여성 주인공인 모용청과 명경 사이의 혼사장애 모티프가 강하게 작용하지만, 주인공은 자신의 위업을 증명하며 이를 돌파하는 서사구조를 보여준다. 이러한 반복을 통해 서사가 장형화되는데, 주인공 명경이 창안하는 살상을 위한 무공인 십단금파검(十段錦波劍)이 주인공의 성장과 함께 서서히 발전, 계승되어 그의 사제인 악도균이 장법(掌法)으로 정착시킨 '십단금(十段錦)'이라는 무공[43]의 화소는 당시 한국 무협이 '기원'에 대한 일련의 소망이 있었음을 보여주기도 한다.

컨벤션의 수립 과정 자체가 구체적인 맥락을 갖추지 못하고, 어디까지나 소설 텍스트에 기인하여 정립되는 경향이 강한 관계로 이러한 정립 과정 자체가 장르문학으로서 등장하는 작품도 종종 창작되곤 한다.

---

43 십단금은 그 기원이 불명확하나, 중국의 대표적 무술인 태극권(太極拳)의 한 계통과 양우생이 창작한 '면장(綿掌)'의 개념에서 유래한 것으로 보인다. 보통 무당파의 대표적 무공으로 설정되며, 대개 앞서 언급한 면장과 유사하되 위력이 더 뛰어난 것으로 묘사된다. 앞서 언급한 뫼 출판사의 자료집에는 해당 명칭이 없으나, 2002년경 온라인상에서 유통되며 하나의 소재로 정착한 것으로 보인다. 실제 십단금은 일종의 체조운동으로 대만 등지에서 수행되는 것으로 알려져 있지만, 한국 무협의 그것과는 현격한 차이를 보인다는 점에 주의할 필요가 있다.(劉時榮, 『十段錦運動』, 大展, 2005를 참조.)

앞서 언급한 『무당마검』은 이러한 부분이 일종의 화소로서 기능하는 측면이 강한 편이다. 이에 비해 김태현의 『화산검신』[44]의 경우, 앞서 언급한 한국 무협에서 화산파의 상징적 무공인 '이십사수매화검법(二十四手梅花劍法)'이 주인공의 손을 거쳐서 완성되는 서사를 소설의 큰 줄거리로 삼아 현재 무협 장르의 컨벤션이 구축되는 과정을 은유하기도 한다. 24초식으로 이루어진 검법을 주인공이 처음 배우는 기초적인 검법부터 최종적으로 주인공이 창안하는 몇 초식을 합하여, 화산파의 검술을 집대성한 검법이라는 재구성을 통해 기원 자체를 새로이 만들어내는 것이다.[45] 이는 부재하는 기원에 대한 2000년대 중반 한국 무협의 접근법인 동시에, 장르를 향유하는 독자층의 컨벤션의 내포에 대한 기대의 반영이라고도 이해할 수 있다.

1980년대까지 대본소 중심으로 소비되었던 무협소설과 2000년대 이후 무협소설의 경향이 다소 차이점이 두드러지고, 그에 따라 소비층도 변화하는 과정에서 이렇게 기원에 대한 재구성과 그 시도가 여러 방향에서 이루어진 것으로 볼 수 있다. PC통신 시대까지 무협의 향유 계층은 아직 대본소나 만화방을 비롯한 문화에 익숙했고, 그에 따라 당시의 무협소설을 접하는 것에 익숙한 편이었다. 하지만 대본소나 만화방이 대여점으로 업종을 변경하고, 인터넷이라는 새로운 미디어가 등장하며 새로운 독자층은 이전의 무협으로부터 상대적으로 단절되었다. 이 무렵

44 김태현, 『화산검신』, 파피루스, 2008, 전8권.

45 작중에서는 선대의 가르침과 어렴풋한 해석만 존재하는 이십사수매화검법을 오지(五枝), 육근(六根), 일주(一株), 구엽(九葉), 삼화(三花)의 단계로 나누고 있다. 작품의 전개에 따라 주인공이 이를 정리, 습득하여 최종적으로 깨달음을 얻어 이를 집대성하여 '이십사수매화검법'이 정착하는 식으로 서술하고 있다. 이러한 명칭의 근저에는 불교의 육근 개념 등 동양의 종교 관념과 결부된 상상력이 있는 것으로 볼 수 있다.

데뷔한 일군의 작가들은 최소한 지면형 무협, 혹은 그 이후의 게시판형 무협으로 장르를 접한 경우가 많았는데, 이들은 오랜 기간 누적된 장르의 컨벤션을 경험적으로 습득하는 대신, 작품을 읽는 동시에 목록화된 장르의 컨벤션을 함께 접할 수 있었다. 그래서 이들은 장르 문법에서 자유로운 동시에 그에 대한 의문을 가질 수밖에 없었고, 컨벤션의 '기원'에 대한 재구성을 시도하게 되는 흐름이 생겼다. 또한 이런 재구성을 통해 장르 내의 개연성에 대한 재고가 이루어지고, 최소한의 핍진함을 확보하고자 하는 흐름이 공존했다.

이는 곧 기존의 무협 장르에 대한 접근 방식이 달라졌다는 점을 시사하기도 한다. 지면형 무협까지 PC통신 초창기의 무협소설은 이전의 작품을 다독하면서 학습한 관습이 작품 창작의 주된 동력이었다면, PC통신 후반기부터 태동한 게시판형 무협은 여타 장르를 종합적으로 수용하면서 '정리된' 자료를 통해 창작되는 것이다. 1990년대까지 무협소설을 비롯한 무협 장르의 소비자는 당시의 장르 소비에 있어서 가장 중심적인 역할을 했던 무협 영화나 여타 만화 등을 통해 관습을 암묵적으로 공유할 수 있었으나, 2000년대로 접어들면서 이러한 문화가 다소 단절되었으며 이를 공유된 자료를 통해 메우는 동시에 새로운 감각으로 그 기원에 대한 재해석을 시도했다고 할 수 있다.

즉, 지면형 무협과 게시판형 무협의 차이점은 지면형 무협이 선완결 후출간 시스템에서 가질 수밖에 없었던 한계에서 기인한 측면이 크다. 이것은 작품의 질을 관리하는 부분에서는 유용했으나, 독자의 수요나 대여점 시스템에서 필요한 양적 요구를 맞추기는 어려웠다. 따라서 인터넷으로 매체가 전환되며 연재가 본격화되었고, 게시판형 무협은 이를 통해 그 양적 요구를 충족했다고 할 수 있다. 다만 그 작품의 질은 보장하기 어려웠다. 2000년대 들어 게시판형 무협의 창작에 있어서 앞선 『무당마검』과 『화산검신』의 예처럼 재해석의 시도를 보여주는 경향이 있었는데, 추후에는 이조차도 일종의 컨벤션으로 정착하는 경향이 생겼다. 게시판형 무협은 다른 장르를 모방하기도 하며 이전의 지면형 무협과는 다른 방식으로 변모했다고 할 수 있다.

이러한 지면형-게시판형 사이의 변모 과정에서 다른 장르의 컨벤션이 유입되는 과정은 곧 '퓨전 판타지'라는 독특한 형식의 장르적 변모로 이어지게 된다. 이러한 변주의 과정은 장르적 컨벤션이 고정되어 가는 와중에 나름의 탈출구로서 기능하면서 장르적 컨벤션의 다양화를 가져올 수 있게 된 것이다. 이러한 과정이 어디까지나 소위 말하는 '설정놀음'의 수준에 그치는 면도 없잖아 있었으나, 장르 간의 교섭을 통해서 서브컬쳐로서의 장르문학의 생명력이 연장되는 데 일조했다는 점을 염두에 둘 필요가 있다. 소위 말하는 '퓨전'은 판타지적 얼개에 무협적 맥락이 삽입되는 형식이라고 할 수 있다. 90년대 후반부터 PC통신을 통하여 이영도를 비롯한 여러 작가가 데뷔하며 본격화한 판타지 장르의 약진 앞에서 무협은 나름대로 생존 전략을 구사했고, 그 결과가 '퓨전'이라는 특수한 장르의 형성이라 할 수 있다. 무협 장르의 컨벤션은 퓨전이라는 장르를 만나고, 새로운 미디어를 접하면서 그에 맞도록 변화했다고 할 수 있다.

2000년대 초반 '퓨전'의 등장은 장르의 기준을 놓고 치열한 논쟁이 온라인상에서 벌어지는 계기가 되었다. 특히 상대적으로 연령대가 높은 편이고, 공고한 독자층이 유지되는 무협 장르와 상대적으로 낮은 연령대이며 상대적 다수인 판타지 장르의 독자들 사이에서 장르의 우월성 논쟁까지 벌어지는 일련의 현상이 있었다.[46] 일련의 논쟁을 통해 장르별로 제각기 컨벤션이 재조립 혹은 재정립되는 경향이 있었는데, 여기서 인터넷을 통해 '검색'을 통한 나름의 교차검증과 다양한 분야의 지식이 다시금 개별 장르의 컨벤션에 결합하며 일종의 '검증'을 거치게 되고, 나름의 규율을 통해 부분적으로 보완되거나 재정립되었다.

이 과정에서 장르별로 기초적인 서사의 형식이 구축되기도 했고, 현재 웹소설 시장의 해시태그 형식의 원형적 형태가 구축되기도 했다.[47] 다만 무협이나 판타지 장르 모두 근본적으로 문화적 전통이나 역사적 배경을 구체적으로 갖춘 채 형성된 컨벤션을 활용하는 것이 아니었다. 이미 다른 나라의 다양한 장르를 거치며 한 차례 가공되어 정립된 컨벤션을 수용하되, 해체와 재해석을 거치며 '형태'적인 부분만 남기며 그 내적 맥락은 당대적 감각으로 그 기원까지 재구성하는 특이한 과정을 보여준다. 그리고 이 과정 자체가 장르의 생명력이 되는 경우가 많다는 점에서도 유의할 필요가 있다. 앞서 논의한 대로 한국의 장르문학은 그 서사 구조가 비교적 고정적이고 컨벤션 또한 그 형태가 비교적 명확한 편이다. 하지만 그 컨벤션의 내적 의미나 구성의 맥락이 다소간 모호한 부분이 많아 오히려 이러한 '부재'함이 장르적으로 재조립, 재해석되는 과정을 통해 그 생명력을 유지할 수 있는 바탕이 되고 있다. 수용의 과

---

46 다만 앞서 언급한 개연성에 관한 논쟁을 포함하여 이러한 논쟁은 현재 온라인상에서 대부분의 자료가 휘발되어 문피아의 독자마당 등의 일부 홈페이지에서나 그 흔적만 찾아볼 수 있다. 그렇기에 홈페이지마다 옹호와 비판의 성향이 다소 달랐음에도 현재 시점에서는 다소 편향된 일부의 의견만을 찾아볼 수 있다. 장르의 우월성에 관한 논쟁을 거칠게나마 그 편린을 통해 본다면 무협-판타지 사이의 우열관계가 중심이 되면서 당시 유행에 편승하여 창작되는 유사성이 강한, 속칭 양산형 작품에 대한 멸시가 강하게 표출되는 것이라 할 수 있다.

47 소위 말하는 '먼치킨'이나 '이고깽' 같이 작품의 큰 특질을 드러내는 표현이 등장하여 일반적인 표현으로 사용되기 시작했다. 이러한 표현은 장르를 불문하고 유사한 성향의 서사를 묶는 데 이용되었으며, 현재까지도 종종 통용된다.

정과 그 재구성의 과정은 비록 그것이 문화적이나 역사적인 구체성을 갖기는 어려우나, 그 과정 자체에서 대중적 욕망 내지는 문화적 맥락과 조응하며 '현재'의 감각이 깊이 개입하며 그 시대의 감각을 다소나마 변형된, 혹은 거칠게나마 조응하는 형태로 반영되어 장르만의 의미를 갖는다는 점에서 재고할 필요가 있다.

이러한 현상은 고전적 형태의 계승만이 아니라 일종의 원용 또한 이루어지고 있으며, 이해의 바탕에 존재하는 보편적 서사 혹은 고전적 서사가 창작으로도 이어지는 경향성을 보인다. 그와 동시에 부재하는 근원에 대한 재구성과 재해석의 과정에서 현재 한국 무협만의 독자성이 두드러지기도 한다. 이러한 무협의 장르적 특성과 컨벤션의 정립 과정은 무협 장르와 고전 사이에서 다소 막연하지만 적어도 보편에 일정 부분 근거하는 동질감을 느끼게 하는 동시에 그 끝없는 '미끄러짐'을 보여주기도 한다. 고전적 서사와 현대 장르 서사의 형태적 유사성은 어디까지나 '낯설게 하기'의 기법을 활용하면서도 대중성을 동시에 염두에 둔 결과라고 할 수 있다. 즉, 이러한 유사성의 활용은 장르에 대한 접근성을 높이기 위한 목적에 그 기준을 두고 있다. 이러한 미묘한 접점은 자칫 착시를 불러오기 쉬우나, 새로운 장르에 대한 나름의 재해석을 통해 독자성으로 나아가는 과정에서 빚어지는 산물이라고도 할 수 있는 것이다.

5. 결론: 교차하는 시간과 장르

본고에서 살펴본 무협 장르의 컨벤션의 형성과 계승은 지난 60년간 대중문화의 역사적 흐름과 함께 이를 소비하는 대중의 욕망을 일정 부분 반영하고 있다. 또한 무협의 소비의 근간에는 한국의 전통적 문화와 그 의식이 자리하고는 있으나, 현대적 맥락하에서 재구성되며 전통적인 맥락은 상당히 흐려진 상태라는 점에 유의할 필요가 있을 것이다. 중국에서 번역되어 소비되었던 무협 장르는 이제 중화 문화의 형체만 남은 채 역시 재구성되며 독자적인 맥락으로 재구성되었다고 할 수 있다.

무협 장르의 원형적 서사는 전형적인 고전의 그것에 일정 부분 근거를 두고 있으나, 그 구성의 구체적 양상을 변모시키면서 현재에 맞도록 재구성하고 있음에 유의할 필요가 있다. 즉, 고전의 보편적 서사는 무협 장르에서 낯익음을 느끼게 하는 도구로 작동한다고 할 수 있다. 특히 PC통신-인터넷의 전환기에서 보편적 서사 구조가 더 빈번히 원용되며 낯익음을 주지만, 이는 중심적인 역할까지는 아니었다. 여기에 더하여 이 무렵의 무협 장르는 서사의 내적인 측면에서 주인공의 성장이 강조되거나, 상대적으로 '실감(實感)'을 주인공에게 부여하여 영웅의 외연에 여지를 두며 주인공의 인간적 내면을 표출하기도 한다. 이러한 맥락에서 무협 장르의 컨벤션 또한 계승되는 동시에 해체, 재해석과 원용을 거쳐 재구성되는 과정의 반복을 통해 현재에 다시금 도달한다.

무협 장르의 컨벤션은 비록 그 근간이 되는 중화 문화권의 일반적인 인식이 부재한 채 구성되었으나, 그 공백 자체를 오히려 역추적하여 기원의 재구성을 이끌어냄으로서 현재 한국에서 독특한 양식으로 자리잡아 웹소설 창작의 근간이 되는 모습을 보여준다. 이러한 근간의 부재와 이를 채우고자 하는 서사적 욕망의 추동은 '무협'이 이미 한국적인 것으로 재수용되었음을 상징하는 장면이라고 할 수 있다. 이러한 공백이 발생함으로서 결국 한국의 장르 사이의 지속적인 크로스오버로 나타나며, 그 공백에 다양한 서사, 문화, 관념이 삽입되어 독특한 형태를 드러내기도 한다.

김조순의 「오대검협전」 등에서도 보이듯이 무협, 혹은 그 근간이 되는 어떤 장르적 요소, 특히 원형적 서사의 형태 같은 사항은 이미 조선시대에서부터 있었으나, 그것이 본격적으로 서브컬처적 장르로서 소비된 것은 중국 무협의 번역과 소비에서 시작했다고 할 수 있다. 비록 그 문화적 맥락이나 내적 관념은 해체되고, 기원을 상실하면서 현재 시점에서 새로이 구성되었다고 할 수 있으나, 원형 자체는 형태적으로나마 여전히 계승되고 있다는 점에서 현재 한국의 장르문학과 고전문학의 어떤 동질감을 끌어내고 있다. 다만 이러한 형태적 유사성의 문제와 그 내적 맥락의 구체적 변화, 그리고 그것이 가지는 현재적 의미에 대해서는 꾸준히 논의할 필요가 있으며 단순한 유사성의 발견에서 그치는 것이 아니라 구체적인 의미에 대해서 더 탐구할 필요가 있다. 이는 추후의 연구과제로 남기고자 한다.

무협 웹소설 〈화산귀환〉에 나타난 등장인물의 관계성과 독자의 대리만족

홍우진

1. 서론

이 글은 무협 웹소설 〈화산귀환〉의 주인공, '청명'의 행위성을 중심으로 〈화산귀환〉에 나타난 인물들의 관계성 분석을 통해 우리 시대를 살아가고 있는 독자들의 대리만족의 지향점에 대해 탐색하는 것을 목적으로 한다.

대중적인 웹소설은 독자의 눈과 마음을 사로잡아야 하고, 그래야 생존을 이어갈 수 있다.[1] 즉 독자들이 〈화산귀환〉에 열광하고 대중적 지지를 받아 무협 웹소설 1위 자리를 지킬 수 있는 것은 청명의 욕망이 현대의 독자들에게도 인정받을 만한 가치를 지녔다는 말이다. 이는 매체의

1 김경애, 「한국 웹소설 독자의 특성 연구」, 『한국산학기술학회 논문지』 22, 한국산학기술학회, 2021, 552면.

변화와 관계가 있다. 매체의 발전으로 활자중심 콘텐츠의 소비가 줄어들고 있다. 그러나 대중들의 선택을 받는 콘텐츠는 여전히 존재한다. 무협이라는 장르 역시 지속적으로 사랑을 받는 콘텐츠이다.

무협은 웹소설이 장르소설이라고 불리던 1960년대부터 국내에 확고하게 정착한 장르[2]로서 웹소설이 상용화된 현재에도 네이버시리즈에서 연재된 〈화산귀환〉, 〈나노마신〉, 〈광마회귀〉 등의 작품들이 인기작으로 발돋움하며 독자들에게 많은 사랑을 받고 있다. 특히나 남성 독자층의 전유물이라고 불렸던 무협 웹소설 〈화산귀환〉이 7억 201만뷰[3]를 달성하며 여성 독자층에게도 향유되고 있음은 무협이라는 장르가 대중문화 중 하나로 자리매김하고 있다는 것을 잘 보여준다. 따라서 이 글에서는 중국 에서 시작된 무협 장르의 시작점에 대해서 다루기보다는 한국에서 하나의 장르로 굳어진 웹소설로서의 무협에 좀 더 집중하고자 한다. 특히 우리는 이러한 변화에 따라 달라지게 된 독자들의 욕망에 대해서도 탐구해 볼 필요가 있다. 이런 문제의식을 바탕으로 이 글은 무협 웹소설 〈화산귀환〉이라는 작품을 통해 독자들의 대리만족 방향성을 조망해 보고자 한다.

무협이란 중원에서 펼쳐지는 무와 협에 대한 허구적인 이야기다.[4] 배경이 되는 중원은 중국을 무대로 하고 있는 만큼 중국에서 들여온 번역소설이 시작점이었다. 한국 무협의 역사는 1960~70년대의 번역 무협 시대, 80년대의 창작 무협 시대, 90년대의 신무협 시대, 2000년대의

---

2 이주영, 「매체의 전환에 따른 무협소설의 변화 양상 연구-1990년대~2000년대를 중심으로」, 『대중서사연구』 29, 대중서사학회, 2023, 11면.

3 네이버시리즈(2024. 12. 18. 기준).

4 좌백·진산, 『웹소설 작가를 위한 장르 가이드 6, 무협』, 북바이북, 2016, 16면.

통신 무협시대로 간략하게 구분할 수 있는데[5] 2010년대에 매체의 전환으로 웹소설로서의 무협이 시작되어 2020년대에 이르러선 무협 웹소설로 굳어졌다고 할 수 있다. 2013년 네이버에서 '네이버 웹소설'이라는 명칭을 제시하면서 급속도로 퍼진 웹소설은 약 10년 후, 2022년에 국내 웹소설 산업규모가 1조 390억원에 다다를 정도로 성장했다.[6] 웹소설 시장이 성장함에 따라 특색있는 장르들이 등장했고 그중에서도 특히 단일 웹소설 매출이 400억원을 돌파[7]한 웹소설, 〈화산귀환〉의 장르가 무협 장르라는 점에서 주목할 만하다.

무협 웹소설이라는 장르가 자리 잡기 시작하면서 진행된 연구는 많으나, 〈화산귀환〉을 대상으로 진행된 연구는 소수다. 먼저 이희영[8]의 서평을 주목할 필요가 있다. 이희영은 디지털 대전환 시기의 인문학을 웹소설 콘텐츠로서 읽기에 주목하여 바라보았다. 그는 〈화산귀환〉과 〈전지적 독자시점〉이라는 소위 메가 히트를 친 웹소설 작품들을 통해 인문학 콘텐츠로서의 웹소설 가능성을 다루었기에 가치가 있다.

반면 임소영[9]은 웹툰 〈화산귀환〉 주인공의 개성화 과정에 대해서 살펴보았다. 특히 융의 개성화 과정 이론을 〈화산귀환〉에 접목하여 주인공은 끊임없이 반복적으로 의식과 무의식의 통합과정을 거치면서 보상

---

5 좌백·진산, 앞의 책, 2016, 64면.

6 한국출판문화산업진흥원, 『2022년 웹소설 분야 산업 현황 실태조사』, 한국출판문화산업진흥원, 2022, 40면.

7 정다은 기자, 「네이버 웹소설 '화산귀환' 누적매출 400억 돌파」, 서울경제, 2023. 2.6, https://www.sedaily.com/NewsView/29LN85MVVZ.

8 이희영, 「[서평] 디지털 시대 웹소설로 인문학 톺아보기」, 『리터러시연구』 14, 한국리터러시학회, 2023, 653~668면.

9 임소영, 「웹툰 〈화산귀환〉 주인공 개성화 과정 연구」, 『스마트미디어저널』 12, 한국스마트미디어학회, 2023, 152~158면.

받는 과정에서 자기실현이 이루어진다고 분석하였다. 다만 주인공의 욕망에만 너무 치중하여 총체적인 맥락에서의 작품과 등장인물의 관계성에 대해 조망하지 못한 점이 아쉬움으로 남는다. 본 연구는 임소영의 등장인물 연구와는 다르게 주인공의 개성화의 무의식적 측면에 중점을 두지 않고, 등장인물 사이의 연관성, 더 나아가 등장인물과 독자의 관계성 측면에서 작품을 분석했다는 특징을 갖는다.

한편 송가윤[10]과 같이 무협 웹소설 〈화산귀환〉을 남성향, 여성향의 장르가 혼종적으로 구성되었다고 분석했다. 특히 텍스트에 등장하는 여성 인물 '당소소'를 무협에서 새로운 유형의 여성 인물로 지정하여 당소소의 인물 서사를 로맨스 서사와 사회적 성취 및 성공 서사로 간주했다. 결국 그는 무협의 장르 규범을 변주하고 장르적 혼종성을 창출해 이 과정에서 나타나는 다층적인 수용자 담론에 주목한 연구라고 할 수 있다. 그러므로 이 연구는 독자 수용, 특히 흥미성 측면에서 등장인물을 분석했기에 의의가 크다. 그러나 이 글은 주변인물인 당소소가 아닌 주인공 청명을 중심으로 그 캐릭터의 흥미성이나 방향성에 대해 새롭게 주목해 보고자 한다.

위와 같이 지금까지 〈화산귀환〉 연구를 정리하자면 한 캐릭터의 특성에 집중해 그 가치와 작가의 메시지를 파악한 감이 있었다. 이 글은 등장인물을 중심으로 분석한다는 점에서 공통점을 갖는다. 그러나 등장인물 사이의 관계성과 이를 통해 도출되는 흥미성, 더 나아가 독자의 대리만족한 부분이 무엇이었는지 분석함으로써 웹소설 무협 장르의 한 특징

10 송가윤, 「신무협 웹소설의 남성향/여성향 혼종적 서사 구조에 대한 독자 반응 경합 연구: 신무협 웹소설 〈화산귀환〉과 여성 인물 '당소소'를 중심으로」, 서강대학교 석사학위논문, 2024, 1~161면.

을 파악해보고자 한다. 이때 웹소설 캐릭터성의 주요한 기능을 색다른 시각에서 파악할 수 있으리라 기대된다.

2장에서는 등장인물 관계성에 주목해 과거로부터 현재의 화산파에 주인공 청명을 통해 전수되는 지향점, 즉 모방 서술 방법에 대해서 살펴보고, 3장에서는 이와 다르게 청명을 중심으로 변화하는 등장인물들의 주체성과 독자들의 대리만족 지점에 대해 분석해봄으로써 과거의 구무협과 무협 웹소설의 차이점에 대해 다뤄보고자 한다.

2. 〈화산귀환〉 내 등장인물의 관계성

이 장에서는 〈화산귀환〉의 주인공 '청명'이 소속되어 있는 '화산파'의 인물들의 관계성이 무엇인지 파악하는 데 목적을 두도록 하겠다. 그 방법으로는 청명과 청명의 사문, '화산파'와 청명 이외의 〈화산귀환〉에 등장하는 등장인물들의 관계를 통해 확인해 보고자 한다. 그 전에 〈화산귀환〉에 대해서 이야기해 볼 필요가 있다.

〈화산귀환〉의 작가는 비가이며. 2019년 4월 25일부터 현재까지 연재중인 작품으로 무려 1700화가 넘은 작품이다. 또한 웹소설을 원작으로 하여 웹툰으로 제작이 되었는데 웹소설 117화까지 스토리를 기반으로 웹툰 〈화산귀환〉 72화 1부가 제작되었다.[11] 현재는 웹툰 2부가 연재중이며 웹소설로는 200화 정도의 분량이 웹툰으로 진행되고 있는 상태이다. 다음은 주인공, 매화검존 청명의 지향점에 대해서 파악해보고자 한다.

---

11 임소영, 앞의 논문, 2023, 153면.

지향점은 욕망과 관련되어 있다. 다시 말해 어느 결핍을 가진 한 개인이 그 결핍을 충족하기 위해 행동함으로써 가지는 방향성이 바로 그 인물의 지향점이다. 〈화산귀환〉의 줄거리는 주인공, 청명이 천마를 쓰러뜨리고 죽은 후 100년 뒤에 환생하여 망해버린 화산파를 다시 부흥시키는 이야기다. 여기서 청명의 욕망은 청명의 행동의지와 정체성, 세계관, 목표, 가치관에서 포착된다. 환생이라는 코드를 사용하여 100년 후에 눈을 뜬 주인공 청명의 자아는 마음의 구성을 표상하는 꿈으로부터 시작한다. 그의 꿈은 무의식 세계에서 파편화된 부분으로써 의식을 보여준다. 그의 의식은 자각하고 있는 지각 속에서 인식으로 꿈인지, 기억인지 알 수 없는 불확실성 속에서 나타난다, 그는 주마등처럼 지나가는 전생의 기억과 깨달음과 후회로 점철된 생각들을 통해 자책하는 모습들을 보여준다. 이런 모습들을 통해 청명의 자아는 약한 자아의 모습과 부정적 이미지임을 알 수 있다. 그는 천마를 없애고 승리하였지만, 스승과 사형들의 죽음으로 겪은 분노와 증오, 자괴감, 화산파의 피해를 진정한 화산의 검을 얻지 못한 쓸모없다는 정신적 콤플렉스로 나타난다.[12] 이 콤플렉스는 청명의 자기실현(개성화)으로 이어지는데 매화검존인 자신이 충분히 강하지 못했기 때문에 사형제들을 죽음으로 몰아갔으며, 그로 인해 화산이 몰락한 것에 대한 죄책감과 책임감을 인지하고 몰락한 화산으로 다시 돌아가 강압적인 명령과 폭력, 심한 훈련 방법, 규율을 깨는 행동들을 통해 사제들을 변화시키고 성장시킨다. 이러한 지점은 주인공과 등장인물들의 관계성과 매우 밀접한 연관을 가진다.

스토리의 진행이나 변화를 표현하기 위해서는 등장인물들 간의 관계

12 임소영, 앞의 논문, 2023, 155면.

변화를 표현할 수 있어야 한다.[13] 청명과 청문 그리고 화산오검의 관계성이 중요한 이유는 환생한 청명이 청문의 지향점을 과거에서 현재로 이어주는 화산오검에게로 전달하기 때문이다.

〈화산귀환〉의 등장인물 중 가장 중요한 인물은 주인공인 청명이다. 그리고 그를 둘러싼 주변인물들 중 청문과 화산오검의 관계를 세밀히 관찰할 필요가 있다. 왜냐하면 전자는 과거의 청명의 지향점을 잘 알려주는 인물이고, 후자는 현재의 청명의 것을 알려주기 때문이다. 따라서 이 양자의 관계성을 파악할 때 청명의 지향점을 궁극적으로 알 수 있고, 독자들 또한 그런 청명의 지향점을 통해 대리만족을 얻을 수 있다.

1) 모방하는 지향점의 양상: 청문 → 청명

청명은 환생한 인물이다. 이것을 '회빙환'으로 부를 수 있는데, 회빙환이란 회귀, 빙의, 환생을 이르는 신조어다. 주인공이 과거로 회귀하거나, 다른 세계의 인물에 빙의하거나, 또는 다른 세계에서 환생하여, 미래의 정보 또는 자신이 본래 속했던 세계의 정보를 '처음부터' 가지고 이야기를 이끌어나가는 서사 구조를 말한다.

2010년대 후반부터 대부분의 웹소설은 회빙환을 활용하여 창작되었고 이 시기 웹소설 작법서나 웹소설 강연에서 회빙환은 "웹소설의 욕망을 설명하는 마스터플롯"으로 소개되어왔다. 현재 인기 웹소설 작품들은 회빙환 코드를 토대로 하여, 여성향 장르와 남성향 장르 각각의 마스터플롯, 모티프, 클리셰를 선택적으로 또는 혼종적으로 차용하는 양상을 보인다.[14]

---

13 박승보·백영태, 「등장인물들의 시간적 관계 변화에 기초한 스토리 가시화에 관한 연구」, 『한국컴퓨터정보학회논문지』 18, 한국컴퓨터정보학회, 2013, 122면.

그리고 이러한 코드들을 웹소설을 향유하는 독자들은 대부분 이해하고 있으며 최근 들어 웹소설 원작 웹툰, 드라마의 OSMU(One Source Multi Use)를 통해 일반인들도 향유하는 코드가 되었다. 이 코드에 열광하는 사람들은 대부분 대리만족을 통해 내가 겪어보지 못한 삶을 텍스트에 투영한다. 〈화산귀환〉은 회빙환 코드 중 '환생'을 채택해서 서사를 전개한다. 작가는 왜 환생을 채택했을까?

거지의 몸으로 깨어난 청명은 전생의 삶을 통해 '화산파'에 대한 애착을 지니게 되었다. 그러나 천마와의 전투 이후로 몰락의 길을 걷게 되었고 그 연유에 자신의 대책 없는 행동들이 있다는 것을 깨닫고 일말의 책임감을 느끼게 된다.[15] 100년 후에 환생한 청명은 화산파가 망했다는 소식에 화산으로 돌아온다. 가장 먼저 만나게 되는 등장인물은 현(現) 화산파의 장문인 현종이다. 현종은 망해가는 화산파의 명맥을 유지시키기 위해 노력해온 인물이다.

청명이 화산으로 돌아와 비루해진 화산파를 회복시키기 위하여 비고를 털어 현종에게 재물과 비급을 쥐어 준 이후, 청명은 화산의 장문인만 출입할 수 있는 비고에서 실전된 이십사수매화검법을 펼치지 못하여 비고를 열지 못하는 현종의 울고 있는 모습을 목격한다. 청명은 이십사수매화검법을 통해 비고를 열고 비고 안에서 청문이 남긴 글을 확인한다. 청문은 구 화산파의 장문이자 청명의 사형인데, 그는 청명의 지향점을 확립시키는 데 가장 높은 기여도를 자랑하는 등장인물이다. 아래는 청문이 남긴 글귀다.

---

14 송가윤, 앞의 논문, 2024, 4면.

15 〈화산귀환〉 제19화, 화산이 박살이 난 게 나 때문이라고? (4).

장문인 친전.

누군가 이 글을 읽고 있다면 다음 대의 장문인이 결정되었다는 뜻일 것이다. 때로는 백마디의 말보다 한 줄의 글귀가 더 많은 것을 전해 주기도 하는 법이기에 굳이 글로 나의 뜻을 남긴다.

화산의 장문인이라는 자리는 결코 화산을 이끌어가는 자리가 아니다.

후인도 장문인이 된 이라면 이미 알고 있겠지만, 화산을 이끌어가는 이들은 화산의 제자들이며, 화산에서 자라나고 있는 어린아이들이다. 장문인은 그저 그들이 제 뜻을 펼칠 수 있도록 지켜주고, 밀어주는 역할로 족하다.

화산의 장문인이 되었으니 화산을 이끌어야 한다는 조바심은 버리길 바란다. 화산은 그저 화산일 뿐이다. 누구도 이끌 수 없고, 누구도 휘두를 수 없다.

후인이여.

현실의 어려움과 어깨를 짓누르는 무거운 짐에 지칠 때면 기억하라.

화산의 정기는 쇠하지 않는다.

화산은 그저 화산이다. 그 기세가 쇠락하든, 천하에 융성하든 화산은 그저 화산일 뿐이다. 장문인으로서 후인이 지켜 나가야 할 것은 화산의 얼과 그 정기다.

선인들이 지켜온 화산의 의지가 후대에도 이어지도록. 그리고 만세토록 변하지 않도록 후인을 키우고 우리의 뜻을 이어 다오.

선인으로서 그리고 전대의 장문인으로서 그대에게 무거운 짐을 남긴다.

대화산파 이십일 대 장문인 청문.

– 〈화산귀환〉 제25화. 종남에서 오셨습니까? (5)

이 글귀는 작품 내에서 중요하게 작동한다. 과거 장문이자 청명의 사형인 청문이 후대의 장문인에게 부친 일종의 편지인데, 이 편지는 청문의 의도와 다르게 후대 장문인도 아니면서 또 자신의 사형제인 청명, 그러면서도 후인인 청명에게 전달되었기 때문이다. 이로 인해 청명은 장문인이 아니지만 장문인의 사명감을 갖고 행동하는 자아, 혹은 그 방향성을 획득하게 된다. 결론적으로 청명은 자신도 깨닫지 못하는 사이에 일종의 '매개자'가 된 것이다. 다시 말해 과거 화산파의 의지를 현재의 화산파에게 전달해주는 매개자라고 할 수 있다. 다음의 발화는 환생 후, 화산파의 장문인인 현종과 청명이 화산파를 어떻게 생각하는지 대화를 나누는 장면이다.

> 덩달아 슬쩍 웃으며 현종이 말했다.
> "청명아."
> "예, 장문인."
> "너에게 화산은 무엇이더냐?"
> 청명이 대답하지 않고 고개를 들었다.
> 푸르디푸른 하늘에 그의 사형제들의 모습이 보이는 것 같다.
> 화산. 화산이라.
> "제게 있어 화산은……."
> 장문사형이 말했었지.
> "그저 화산입니다."
> 이제는 그 말뜻을 조금 알 것 같다.
> 청명의 답에 현종이 가볍게 고개를 끄덕인다.
> "네가 화산의 제자라면 그걸로 됐다."
> 그의 입가에 따뜻한 미소가 맺힌다.

"사람은 그저 그 자리에 있으려 하나, 세상은 사람을 그저 내버려두지 않는 법이다. 세상의 이치가 그러하다. 너는 그 모든 것을 감당할 수 있겠느냐?"

청명이 씨익 웃었다.

"감당할 수 없었으면 시작도 하지 않았을 겁니다."

–〈화산귀환〉 제113화. 네가 화산의 제자라면 그걸로 됐다. (3)

위 예문처럼 청명의 지향점은 전생처럼 혼자서 강해지는 것이 아니라 화산파가 다시 예전의 화산파로 돌아가는 것이다. 그리고 이것은 과거 화산파의 장문인이자 자신의 사형인 청문의 글귀로부터 촉발되었다. 그것은 화산파를 다시 화산파 '답게' 만들겠다는 욕망이자 지향이 담겨 있다. 위의 인용문에서 현종의'너에게 화산은 무엇이더냐?'라는 물음에 '그저 화산입니다'라고 대답하는 청명은 청문의 의지를 잇는 인물이라는 것을 보여주고 있다. 그리고 더 나아가 청문의 의지를 다시 현종 등 현재의 화산파 인물들에게 전달해주는 매개자이다. 결국 청명의 지향점은 곧 화산파의 창달과 번영이며, 이를 달리 표현하면 '재건(再建)'이라 할 수 있다.

살펴본 바 〈화산귀환〉의 주인공 '청명'의 지향점에 대해 분석해봤다. 청명은 과거 등장인물과의 관계성 속에서 그 가치 지향성이나 행동의 방향성이 수립된다. 결국 청문은 중개자인데, 이러한 맥락에 따라 청명의 지향성은 청문이라는 타자에 의해 모방된 욕망이라고 판단된다. 화산의 제이십일대 장문인, 청문은 주인공 '청명'이 가장 존경하던 사람이자 무서워하던 사람이었다. 과거, 화산을 이끌어왔던 청문은 청명을 감싸주는 유일한 존재였던 만큼 청명이 정신적으로 의지하다 보니 청문이라는 타자의 욕망을 간접적으로 표방하게 된 것이다.

2) 관계성의 전개 양상: 청명 → 화산오검

100년 후, 화산파로 돌아온 청명은 실력이 뛰어난 사형과 사제인 백천과 유이설, 조걸, 윤종 등 먼저 입문한 제자들을 앞지르는 무공을 선보이며'화산오검'이라 불리게 된다. 이후 뒤늦게 당소소라는 막내 제자가 합류해 6인 체제로 모험을 떠나게 된다. 이들을 중요하게 다룰 필요가 있다. 앞서 청문이 과거로부터 청명을 통해 지금에까지 그 의지를 잇게 했다면, 이들은 그 의지가 청명에게서 이들에게 실질적으로 발현되는 양상을 그리기 때문이다. 이것이 작품의 주요한 서사로 전개가 되고, 따라서 이 부분을 세심하게 읽을 때 작가의 메시지나 독자가 대리만족하는 부분을 확인할 수 있으리라 본다. 그리고 이들 화산오검의 양상은 주변인물의 대표성을 띠기 때문에 이들을 탐구할 때 다른 인물과의 양상을 아울러 살펴볼 수 있다는 장점을 갖는다.

〈화산귀환〉에서 화산오검이 만나는 장면은 대체로 비슷한 구조를 갖는다. 대략적인 구조를 서술하면 아래와 같다.

1) 청명이 화산오검을 만난다.
2) 화산오검 중 하나가 청명과 대립 혹은 비우호적 관계로 나타난다.
3) 화산오검 중 하나가 청명이 아닌 다른 인물에게 피해를 입는다.
4) 청명이 화산오검 중 하나를 대신해 피해를 입힌 상대를 제압한다.
5) 화산오검 중 하나가 청명에게 감복해 우호적 관계로 전환한다.

위의 구조에 따라 대표적으로 화산오검 중 백천을 들어보자. 백천은 청명과 대결을 통해 화산에서 가장 뛰어난 후기지수가 되겠다는 개인적인 욕망이 실패하는 과정을 보여준다. 청문이 주인공에게 긍정적인 영향을 끼친 인물이라고 하면 백천은 환생한 청명에게 부정적인 영향을 끼친 인물이다. 그렇기에 초반에는 백천과 청명이 대립하는 경쟁적인 구도를 보여준다. 화산파 최고의 후기지수가 되고자 하는 백천의 욕망은 청명이 욕망을 실현하면 실패할 수밖에 없다. 백천의 욕망을 실현하는 데 청명은 방해자였기 때문이다. 아래는 백천과 청명의 관계 구조이다.

1) 청명이 백천을 만난다.
2) 백천이 청명과 비우호적 관계로 나타난다.
3) 백천이 화종지회 때 친형인 진금룡에게 패배한다.
4) 청명이 백천을 대신해 진금룡의 사문인 종남파의 이대제자를 제압한다.
5) 백천이 청명에게 감복해 우호적 관계로 전환한다.

위에서 볼 수 있듯 백천이'변화'하는 부분이 중요한데, 그는 원래 청명과 비우호적 관계를 가졌을 때 단순히 화산파의 가장 뛰어난 후기지수가 되겠다는 목표를 지니고 있었다. 그러나 일련의 사건을 겪은 후 그는 화산파 최고의 후기지수라는 지엽적인 목표가 아닌 무인으로서 강해지고 싶다는 열망이 화산파의 재건과도 맞닿아 있도록 그 생각과 행동 등이 크게 변화한다. 다시 말해 청명의 지향점이 백천에게 모방-전이된 것이다.

백천은 청문과는 달리 과거의 사람이 아닌 현재 청명과 함께 화산파를 이끌어나가는 화산오검의 일인으로 청명의 욕망에 도움을 주는 긍적적인 인물로 변해나간다. 웹소설로 매체가 변화된 무협 장르에서는 '공감'을 유도하는 유형의 주인공이 등장하게 된다. 상대적으로 오래된 장르라는 인식을 지녔다는 한계에서 벗어나기 위해 등장인물에 한층 더 몰입감을 부여하기 위함임을 알 수 있다. 이는 두 가지 방식으로 드러나는데, 하나는 독자의 현실적인 감각을 자극하는 것을 들 수 있고, 다른 하나는 작중 인물의 과거 내지는 감정선을 인물의 입을 통해 직접적으로 드러내는 것이다.[16] 백천은 후자에 속하는 인물이다. 백천은 청명을 만나고 청명과 비슷한 존재가 되기 위해 노력한다. 그것이 강함이든, 지향점이든, 대부분의 성격, 성향이 청명과 비슷해지는 과정을 작품에서는 꾸준히 그려내고 있다.

이것은 조걸의 경우도 마찬가지다. 조걸 역시 청명을 만난 이후 조걸에게 반발하지만 청명이 시킨 수련을 통해 삼대제자들이 변화하는 모습을 지켜보게 된다. 스스로 한계까지 몰아붙이는 수련을 통해 청명과 함께라면 지금보다 더 강해질 수 있다고 생각하게 되는 조걸 또한 청명에게 감화된 인물이다.

이렇게 변하는 인물은 조걸 뿐만이 아니다. 화산오검의 일인인 윤종 또한 조걸과의 대화를 통해, 그리고 청명과 함께 일련의 사건을 경험한 후에 공통된 지향점을 갖게 되는 과정을 보여준다. 이러한 지향점들의 공통점은 화산파의 미래를 걱정하는 공동체성을 강조하고 있다. 또한 청명은 화산파 소속 인물들과의 충돌(비우호적 관계 → 우호적 관계)을 통해 등장인물들이 강해지고 싶다는 무(武)에 대한 지향점을 일으킨다.

지금까지 살펴본 결과, 〈화산귀환〉에 나타난 관계성은 모방과 전이라고 할 수 있다. 그런데 이 과정은 대체적으로 수직성을 갖는다. 즉 과거

16 이주영, 앞의 논문, 2023, 36면.

청문에서 청명으로, 그리고 다시 청명에서 현재의 화산오검으로 내려오는 이 의지는 모방과 확산을 통해 등장인물의 지향점과 행위 방식을 결정한다. 그리고 이 모방과 확산 구조는 일종의 사이다식 전개를 가능하게 해주는 마스터 플롯이다. 마스터 플롯은 특정한 스토리가 다양한 형태로 반복되는 것을 의미한다.[17] 청명과 화산오검의 관계 변화는 화산파의 재건(그것이 정체성 혹은 권력)을 위해서라면 어떤 행동이든 납득 가능하도록 해준다. 이와 같은 플롯은 주인공이 대의명분을 이루도록 분명하게 제시해주며 등장인물이 주체적으로 변화하는 동기를 보여주어 이를 감상하고 있는 독자들마저도 서사에 몰입할 수 있게 도와준다.

3. 〈화산귀환〉을 통해 본 독자의 대리만족

1) 변화하는 주체를 통한 대리만족

21세기는 웹소설 호황기라고 불릴 정도로 웹소설과 웹툰 시장이 호황을 이룬 시기이다. 코로나의 영향으로 사람들이 집밖으로 나갈 수 없게 되고 난 이후 즐길거리를 찾던 사람들이 웹툰과 웹소설을 향유하기 시작했다. 이는 나이, 성별을 상관하지 않고 증가했다. 그렇다면 이들은 어떻게 웹소설의 장르를 선택하고 향유하는 걸까.

이것은 남성향 장르의 주류 독자들이 "끊임없이 사이다 전개를 요구"한다는 점과 관련이 깊다. 남성향 장르의 남자 주인공은 끝없는 욕심을 느끼고, 지치지 않고 쉽게 만족하지 않는다. 〈화산귀환〉의 주인공, 청

17 안상원, 「한국 장르소설의 마스터플롯 연구: 모험서사의 변이로 본 '차원이동' 연구」, 『국어국문학』 184, 국어국문학회, 2018, 167면.

명도 마찬가지다. 그를 통한 이 끊임없는 사이다식 전개는 독자가 즐거워하는 장면이며, 이를 통해 대리만족을 느끼게 된다.[18] 하지만 이는 독자들이 일방향적이며, 반복적인 플롯이기도 하다. 대부분의 독자들은 새롭고 변화하는 이야기에 관심이 있다. 이런 점에서 앞서 2장에서 살펴본 이 반복적인 마스터 플롯은 작품 내에서 물림 현상을 가져오기 쉽다. 따라서 이를 해결하기 위해서 마스터 플롯 내에서도 '차이'를 발생시키는 부분이 필요하다.

들뢰즈는 니체를 따라, 모든 존재함이 힘의 의지의 발현이라는 점을 분명히 한다. 그리고 힘의 의지가 작동하는 방식을 통해 힘의 차이를 보여준다. 이러한 차이의 무한 반복을 들뢰즈는 생성이라고 말하며, '생성', 즉'되기'는 주체에게도 해당된다.[19] 이것은 어떤 지나간 것이 다시 오거나 혹은 동일한 것이 다시 되돌아오는 것을 의미하지 않고, 오히려 힘들 사이의 '차이'가 영원히 반복해서 생산됨을 말한다. 이 사유를 다시 서사의 측면으로 가져와 보면, 서사는 사이다식 전개의 반복만으로는 재미가 형성되지 않는다. 그리고 독자 역시 이를 통해 대리만족을 느끼는 것은 일부분에 지나지 않을 것이다. 그러므로 반드시 주인공 행동의 같은 구조의 반복 중에서 차이를 발생시키는 부분을 자세히 관찰해야 비로소 독자의 흥미 지점과 대리만족 지점을 파악할 수 있을 것이다.

가령 청명은 인물과의 충돌이 있을 때마다 마음에 안 드는 방해물을 손쉽게 제거하는 호쾌한 사이다식 전개를 보여준다. 청명이 이와 같은

---

18 송가윤, 앞의 논문, 2024, 3면.

19 Deleuze, Nietzsche et la philosophie, 52(이관표, 「미래 시대 새로운 주체 이해의 모색: 탈-존적 주체, 유목적 주체, 그리고 포스트휴먼 주체로의 이행과 관련하여」, 『현대유럽철학연구』 65, 한국하이데거학회, 2022, 47면)에서 재인용.

행동을 보여줄 수 있는 이유는 환생했기 때문이다. 웹소설에서 '회빙환' 모티프는 웹소설을 향유하는 독자라면 이제는 당연하게 받아들일 수 있는 코드이다. 즉, 회빙환은 본질적으로 시간적 속성을 지닌 스토리 유형이다. 그것은 본질적으로 '후회', '자조(自照)', '반성' 같은 '돌이킴'의 정동과 시간을 되돌릴 수 있다면 이렇게 살아 보겠다는 '재건', '자조(自助)' 등 '개선'의 욕망을 함축한다.[20] 화산파는 환생하기 전의 청명의 행동으로 인해 몰락하게 되었다. 몰락한 화산파를 재건하겠다는 청명의 지향점 자체가 독자들에게는 반성적인 삶과 더 나은 사회를 바라는 대리만족 요소로서 작용할 수 있다는 것이다. 기존 구무협 주인공들은 협객의 모습을 보여주면서 세상사와 개인사에서 갈등하는 현실적인 주인공의 모습들을 보여주었다면 무협 웹소설의 주인공에게 몰입하는 독자들은 개인적인 측면에서 반성과 후회를 통해 더 나은 사람을 지향하는 모습에서 대리만족을 경험하며 웹소설에 대한 흥미를 느낀다. 아래는 주인공 청명이 이미 고인이 된 장문사형, 즉 청문이 후대에도 지속적으로 등장하는 장면이다.

> 확실한 것은 하나.
>
> '오늘 이 일로 화산은 바뀌겠지.'
>
> 물줄기를 틀었다.
>
> 패배의식에 사로잡혀 있던 제자들은 이제 긍지를 가질 것이다. 그리고 언젠가는 그 긍지가 이들을 더 높은 곳으로 이끌 것이다.
>
> '장문사형. 됐습니까?'

---

20 김경애, 「회빙환과 시간 되감기 서사의 문화적 의미-웹소설 『내 남편과 결혼해 줘』를 중심으로」, 『한국한학기술학회 논문지』 25, 한국산학기술학회, 2024, 735면.

> - 고생했다. 청명아.
>
> 거 칭찬 한 번 받기 더럽게 어렵네.
>
> 청명의 입가에 더없이 뿌듯한 미소가 자리 잡았다.
>
> -〈화산귀환〉 제111화. 네가 화산의 제자라면 그걸로 됐다. (1)

청문은 이미 전대에 죽은 사람이지만 환생한 청명의 내면 세계에 등장하며 청명과 대화를 나눈다. 청명이 사이다식 전개를 통해 화산을 변화시키는 부분이 나타나날 때마다 종종 등장하며 이런 부분들이 사이다식 전개와 함께 어우러져 있다. 이러한 과거의 존재와 대화하는 부분들은 현재의 화산이 변화하고 있다는 감각을 독자들에게 환기해 준다. 더 나아가 이 플롯은 수직적, 일방향적으로 진행되는 사이다 플롯과 다르게, 다시 말해 빠른 전개와는 다른 감각을 전달한다. 그러므로 이것은 청명이 과거를 돌아볼 수 있고 현재의 자신을 반성하는 주체로 만드는 부분이라고 할 수 있겠다.

청문이 과거와 현재를 이어주는 매개자라면 화산오검의 경우는 어떠할까? 청명이 이들을 대하는 태도는 이중적이다. 다시 말해 현재의 청명에게는 사형제 관계로 부각되지만 과거의 청명에게 화산오검은 후인이다. 청명이 이들을 대하는 태도는 굉장히 모호한데, 청명은 화산파를 과거의 화산처럼 만드려는 모습을 보이면서도 현재의 화산은 이들이 스스로 만들어가는 것이라 생각한다. 가장 대표적인 예시가 아래의 구절이다.

> 청명이 버럭 소리를 질렀다.
>
> "길게 끌 것 없으니까 한 번에 덤벼!"

"가자!"

"대가리를 깨 버리겠다!"

"한 대는 패고 죽는다! 딱 한 대!"

사형제들이 모두 눈에 핏발을 세우고 청명에게 달려들었다.

그 광경에 청명은 그만 낮게 웃고 말았다.

'정말 더럽게 마음에 드는 녀석들이라니까.'

사형.

장문사형.

이 화산도 나름 괜찮다니까요.

헤헤헤.

-〈화산귀환〉 제181화. 어머나, 세상에. 이게 뭔 일이야. (1)

앞서 언급했듯 예전에는 청명이 대련을 하자고 하면 피하기 급급했던 화산오검은 청명과 비슷한 존재로 변화한다. 그러나 단순히 청명과 비슷한 존재가 아닌, 자신의 방식대로 해결해 보려고 노력하는 존재들로 변화한다. 그리고 청명은 나름의 길을 만들어가려는 현 세대의 화산오검이 변화하는 모습을 보고 반성하며 그들이 변화를 반긴다. 그리고 이들을 통해 청명은 현재에 더욱 동화된다.

위와 같은 부분이 독자들에게 어필하는 점이 무엇인지 깊이 생각해볼 필요가 있다. 사이다식 전개는 강한 흥미성을 유발했고 비(非)사이다식 전개를 통한 관계 변하는 곧 과거에 대한 후회, 반성과 같은 주체를 만들어 작품의 진한 감동을 선사했다. 그러므로 이 감동은 독자들에게 다른 대리만족의 부분을 채워주었다. 이러한 방식의 전개가 가능해진 건 분명 회빙환 모티프가 가진 큰 장점이자 기능이다. 과거를 겪어본

주인공이 미래를 향해 나아가며 과거와 현재를 비교할 수 있음으로써 생기는 반성과 변화야말로 변화하는 주체를 바라보는 독자들의 궁극적인 대리만족 요소이다.

2) 구무협과 무협 웹소설의 차이를 통해 본 대리만족

〈화산귀환〉은 무협 웹소설로 구무협과 간텍스트성을 이루고 있다. 특히 구파일방과 오대세가라는 설정은 한국형 웹소설 시장에서 연재되고 있는 무협 웹소설에 빈번하게 등장하는 설정이므로 무협이라는 장르를 향유하는 시대·문화적 맥락에서 창작되었을 확률이 높다.

〈화산귀환〉은 무협 장르지만 매체는 웹소설이다. 그리고 웹소설은 스낵컬처의 하나로 5~15분의 짧은 시간에 읽혀야 한다는 생존조건을 지닌다. 웹소설은 주로 모바일을 통해 유통 되므로, 좁고 답답한 줄글은 잘 읽히지 않을 것이라는 계산에서 독서 시간과 템포를 고려한 서술과 문단 구성을 보여주고 있다.[21] 그렇다 보니 독자들이 좀 더 쉽게 이해할 수 있도록 '회빙환'모티프를 사용하는 경우가 잦다. 〈화산귀환〉 역시 회빙환 모티프 중 '환생'이라는 코드를 차용한 무협 웹소설이다. 이를 통해 〈화산귀환〉이 인기 있었던 이유를 지목하자면 첫 번째는 환생을 통해 과거의 힘을 빠르게 회복한 '먼치킨'형 주인공이 모방과 전이를 활용해 수직적 구조로 사이다적 전개를 보여주었고, 두 번째로 과거를 반성하고 새로운 주체를 만들어내 독자들이 대리만족하는 구조를 형성해 시너지 효과를 일으켰다고 할 수 있다. 이는 웹소설이라는 매체의 특성을 활용해 구무협과 차이를 재구성했기 때문이다.

21 김경애, 앞의 논문, 2024, 741면.

구무협의 대표격이라고 할 수 있었던 김용의 무협소설이 오랫동안 독자들의 많은 사랑을 받아온 이유는 '무(武)'와 '협(俠)'에 대한 남다른 묘사에 기인한다고 할 수 있다. '무'와 '협'은 무협소설의 기본바탕으로 수많은 무협소설에서 '협의(俠義)'의 정신을 가진 이상적인 인간상이 주인공으로 등장한다. 그러나 그동안 구파 무협소설 작가들이 천편일률적으로 이 공식을 이어온 것과 달리 김용은 '협(俠)'과 '인간(人間)'의 결합 방식을 끊임없이 탐구하며 다양한 인간상을 만들어냈다. 결과적으로 김용은 무협소설 속 '협의(俠義) 정신을 가진 이상적인 인격의 인물'이라는 틀에서 벗어나 끊임없이 변화하면서 새로운 인간상을 창조해냈다. '협'은 무협소설에서 가장 중요한 요소 중 하나로, 협객(俠客)으로서의'협'과 협의(俠義) 혹은 협기(俠氣) 등으로서의 '협'으로 나누어 생각해 볼 수 있는데, 협객으로서의 '협'이 바로 무협소설의 중심적 인물이 지녀야 할 소양이며, 이를 지닌 주인공들은 모두 '협객'으로 등장한다. '협객'이라는 말은 무협소설에서 일차적으로는 그 주인공이며 좀 더 포괄적으로는 무협소설의 주제와 이념적 지향으로까지 확대된다. 그래서 무협소설이 지향하는 가치와 주제 등을 살필 때, '협'이 어떤 성격을 가지는가를 살펴보는 것이 중요한 것이다.[22]

웹소설과 같은 대중소설은 상업성을 목적으로 출판된 것이므로 독자들의 성향을 적극 고려하여 출판된다. 즉, 무협을 향유하는 독자들은 구무협이 연재되었을 때부터 무협을 관통하는 이념, 즉 '협'에 몰입하여 무협이라는 장르를 즐겼을 것이다. 대표적으로 〈신조협려〉의 주인공, 양과는 성장과정에서 가족의 이익과 민족의 이익으로 갈등하는 내적인

22 왕봉경, 「김용 소설의 인물형상과 유형」, 대진대학교 석사학위논문, 2013, 11~12면.

충돌을 겪었고, 전통사회의 예절규범 유지와 타파 사이에서 또 다른 외적 충돌을 경험했다.[23] 이는 회빙환이라는 모티프를 적용하지 않았기에 발생하는 충돌이다.

하지만 〈화산귀환〉의 주인공, 청명은 이미 한 번의 생을 살았고 '환생' 이후, 화산파를 재건하고자 하는 명확한 지향점이 존재하며 등장인물들과의 관계 변화를 통해 욕망을 실현하고자 한다. 청명의 지향점은 전생에서는 존재하지 않았으므로 청명은 매개자인 '청문'을 통해 지향점을 탐색한다. 김용이 무협소설에서 영웅과 악인이라는 기준에서 평면적 인물 혹은 줄곧 나쁜 짓만 일삼는 일차원적 차원의 인물들이 주를 이뤘다면 〈화산귀환〉의 작가 비가는 환생을 통해 새로운 삶을 얻은 청명의 모방-전이-확산을 통해 등장인물들을 입체적인 인물들로 조형했다. 처음에는 청명과 비우호적 관계로 만났지만 청명에게 감복한 화산오검은 화산파를 재건하고자 하는 주인공의 지향점을 따르게 된다.

구무협과 달리 무협 웹소설을 대표하는 〈화산귀환〉의 주인공 청명은 이상적인 인간상을 추구하기보다는'협'을 추구하는 개인과 공동체에 초점을 맞춰서 등장인물들 간의 관계를 중점적으로 보고 있다. 이러한 주인공들의 특징은 〈화산귀환〉 뿐만 아니라 여타의 웹소설 무협 장르 작품 〈광마회귀〉, 〈무당파 천재 막내제자〉 등에서도 공통적으로 나타난다. 〈광마회귀〉에서는 '회귀'모티프를, 〈무당파 천재 막내제자〉에서는 '회귀'와 '빙의'모티프가 적용되었다. 이렇듯 〈화산귀환〉의 주인공 청명이 추구하는 지향점은 결국 환생을 통해 삶을 돌아보는'반성', 더 나은 사회를 위한 '지향'이라 할 수 있다. 이는 개인주의가 만연한 사회에서

23 왕봉경, 앞의 논문, 2013, 37면.

끊임없이 발전하고자 지난 삶을 반성하고 미래지향적으로 살아가고 싶어하는 독자들에게 대리만족을 선사할 수 있다.

〈화산귀환〉은 무협 웹소설 뿐만 아니라 전체적인 웹소설 시장이 성장하는 데 영향력을 끼쳤다. 웹소설 시장의 시장규모가 빠르게 성장할 수 있었던 이유는, 시대의 변화에 따른 독자들의 요구를 수용해 작가들이 계속해서 익숙함 속에 특별함을 갖추기 위한 시도를 했기 때문이다. 웹소설을 제공하는 플랫폼은 시장에서의 우위를 점하기 위해 지속적으로 시스템의 개선을 모색해왔고, 작가들 역시 철저히 독자의 취향을 만족시키는 글쓰기를 추구했다.[24] 무협이라는 장르를 읽어오던 독자층은 시대의 변화에 따라 변해왔고 〈화산귀환〉에 나타난 등장인물들의 지향점은 곧 현대에서 무협 웹소설을 향유하는 독자의 대리만족을 반영했다고 볼 수 있다. 〈화산귀환〉의 독자들은 〈화산귀환〉의 인물들을 통해 무를 숭상함으로써 화산파를 재건해 나가는 과정을 정면으로 응시한다. 즉 독자들이 〈화산귀환〉에 열광하는 이유는 주인공 청명과 청명을 따르는 화산오검을 통해 지나온 삶을 반성하고 목표를 향해 나아가는스스로의 모습을 등장인물들에게 투영한 것이다. 그러므로 〈화산귀환〉의 이면적 의미는 각박한 사회 속에서 현실이 아닌 소설 속에서라도 대리만족을 느끼고자 하는 현대인들의 시대정신이 스며들어 있다고 볼 수 있다.

---

24 박수미, 「웹소설 시스템이 서사구조에 미친 영향」, 『인문과학』 87, 성균관대학교 인문학연구원, 2022, 105면.

4. 결론

지금까지 〈화산귀환〉에 나타난 주인공과 등장인물들의 관계성과 〈화산귀환〉을 향유하는 독자의 대리만족을 분석해보았다. 〈화산귀환〉에 등장하는 인물들의 관계성을 분석한 결과, 주인공 청명은 매개자 청문의 지향점을 모방하며 전이를 통해 등장인물들과 함께 화산파를 재건하고자 한다. 비우호적 관계에서 우호적 관계로 바뀌어나가는 화산오검은 주인공 청명을 따르게 되며 그 이유는 화산파를 재건하고 싶다는 지향점의 일치화이며, 무를 숭상해 협을 이루고자 하는 열망의 발현이다.

무협 웹소설 〈화산귀환〉은 등장인물 간의 관계가 이들의 성장과 주체성을 형성할 뿐만 아니라, 독자들에게 강력한 대리만족의 메커니즘으로 작용함을 잘 보여준다. 독자는 대리만족의 대상을 웹소설 속 등장인물을 매개자로 삼아 자신을 투영한다. 특히 주인공 청명에게서 독자들이 현실에서는 행할 수 없는 시원하면서도 통쾌함을 느끼며 다양한 인물들과의 충돌과 반복을 통해 대리만족을 느낀다. 즉, 무협 웹소설 〈화산귀환〉은 독자의 대리만족을 반영했기 때문에 성공했다고 볼 수 있다.

〈화산귀환〉의 주인공 청명은 '회빙환' 모티프 중 '환생'이라는 코드를 활용하여 환생 이후 화산파 재건이라는 지향점을 청문을 편지를 통해 모방하고 등장인물들에게 전이-확산시키고 있다. 또한 〈화산귀환〉 속 청명은 자신의 행동을 청문에게 확인받음으로써 의지를 다진다. 〈화산귀환〉의 독자들 역시 등장인물 간의 관계를 통해 발전해나가는 화산오검의 모습을 보면서 협의를 실천하는 모습을 통해 통쾌한 카타르시스를 경험한다. 구무협의 등장인물들이 주로 개인 영웅담과 경직된 이상에 초점을 맞춘 평면적인 인물들로 구성되었다면 〈화산귀환〉의 등장인물들은 현대의 독자들에게 더욱 공감을 일으키는 입체적인 등장인물들로 구성되었다. 이러한 접근은 개인적 및 집단적 갈등을 결합하여 독자들이 스스로의 자기 개선과 사회적 기여에 대한 욕망을 등장인물들에게 투영하며 깊은 감정적 몰입을 경험하게 한다.

더불어, 〈화산귀환〉의 성공은 성장하는 웹소설 시장의 광범위한 트렌드를 반영하고 있다. 독자들의 요구에 맞춘 등장인물 중심의 서사와 역동적이고 다차원적인 관계성은 몰입적이고 성찰적인 스토리텔링에 대한 현대적 수요를 충족시켰다고 볼 수 있다.

무협 웹소설 〈화산귀환〉은 1,700화가 넘는 장편소설에 걸맞게 화산오검 뿐만 아니라 다양한 인물들이 등장한다. 이를 전부 연구하지 못하고 초반부의 인물들에게 초점을 맞추어 분석한 것은 한계가 있음을 다소 인정한다. 다만 웹소설이라는 매체는 주인공과 등장인물들 간의 관계성과 그들이 목표로 하는 지향점을 통해 독자들이 대리만족을 느끼면 느낄수록 상업적인 성과를 드러낸다. 앞으로 무협 웹소설뿐만 아니라 웹소설 장르를 통틀어서 등장인물들의 관계성을 분석하는 연구들이 지속적으로 출현한다면 다양해지는 독자층을 겨냥한 매력적인 K-서사의 청사진을 제시할 수 있을 것이라 기대한다.

참고문헌

제1장 메타모포시스(Metamorphosis)의 현장

1. 기본 자료

尉遲文, 〈劍海孤鴻〉, 臺灣 眞善美出版社, 1961.

臺灣華文電子書庫(Taiwan-eBook),
https://taiwanebook.ncl.edu.tw/en/search/all/

김광주, 〈정협지〉, 생각의 나무, 2002.

완판본 〈조웅전〉, 김동욱 편, 『영인 고소설판각본전집』 삼, 인문과학연구소.

2. 단행본

김흥규, 『한국문학의 이해』, 민음사, 1986.

이진원, 『한국무협소설사』, 채륜, 2008.

조동일, 『한국소설의 이론』, 지식산업사, 1977.

3.연구 논문

고 훈, 「1930년대 한국 무협소설연구-〈강호기협전〉과 〈무술원조 중국외파무협전〉을 중심으로-」, 『어문론집』 90, 중앙어문학회, 2022.

______, 「김광주 〈정협지〉의 대중성 확보 전략 연구」, 『대중서사연구』 24(4).

______, 「〈무술원조 중국외파무협전 연구〉」, 『대중서사연구』 29, 대중서사학회, 2013.

공상철, 「중국무협소설에 나타나는 영웅의 형상」, 『상상』, 1996년 겨울.

곽보미, 「영웅소설의 무장화소 연구」, 서울대학교 석사학위논문, 2018.

김동욱, 「고전소설의 정난지변(靖難之變) 수용 양상과 그 의미」, 『고소설연구』 41, 한국고소설학회, 2016.

김재용, 「영웅소설의 두 주류와 그 원천」, 『한국언어문학』 22, 한국언어문학회,

1983.
김 현,「무협소설은 왜 읽히는가-허무주의의 부정적 표출-」,『현대한국문학의 이론/사회와 윤리』, 문학과 지성사, 1991.
육홍타,「시장 측면에서 본 한국 무협소설의 역사」, 대중문학연구회 저,『무협소설이란 무엇인가』, 예림기획, 2001.
윤재민,「초창기 한국 냉전 문화와 유행의 신체 1954-1964」, 동국대학교 대학원, 2021.
이등연,「무협소설의 현단계」,『상상』 1994년 겨울.
이치수,「중국무협소설의 번역 현황과 그 영향」, 대중문학연구회 저,『무협소설이란 무엇인가』, 예림기획, 2001.
전성운,「조웅전에 나타난 예지담의 양상과 의미」,『우리어문연구』 48, 우리어문학회, 2014.
정규복·박재연,「머리말」,『제일기언』, 국학자료원, 2001.
조성면,「김광주의 〈정협지〉와 1960년대 대중문화」,『한국학연구』 제20집, 고려대학교 한국학연구소, 2009.
______,「무협만화의 영웅소설, 또는 꿈과 전망을 잃어버린 시대의 대중적 서사시」, 대중문학연구회 저,『무협소설이란 무엇인가』, 예림기획, 2001.
조현우,「무협소설의 흥미 유발 요인 탐색-낯익게 하기의 미학을 중심으로」, 대중문학연구회 저,『무협소설이란 무엇인가』, 예림기획, 2001.
한명환,「무협소설의 환상성 고찰: 김광주 '정협지' 화소분석」,『현대소설연구』 12, 2000.

제2장 의적에 대한 구술 기억과 구술 담론

1. 단행본

강명관,『이타와 시여: 조선 후기 문학이 꿈꾼 공생의 삶』, 푸른역사, 2024.
김종군,『조선후기 대도설화 연구』, 박이정, 2007.
레비-스트로스, 안정남 옮김,『야생의 사고』, 한길사, 1999.
알라이다 아스만, 변학수 외 역,『기억의 공간』, 경북대학교출판부, 2003.
에릭 A. 해블록, 이명훈 옮김,『플라톤 서설: 구송에서 기록으로, 고대 그리스의

미디어 혁명』, 글항아리, 2011.

____________, 권루시안 옮김, 『뮤즈, 글쓰기를 배우다: 고대부터 현재까지 구술과 문자에 관한 생각』, 문학동네, 2021.

윌 제임스 스콧, 김춘동 옮김, 『농민의 도덕경제』, 아카넷, 2004.

월터 J. 옹, 이기우·이명진 옮김, 『구술문화와 문자문화』, 문예출판사, 1995.

2. 연구 논문

서유석, 「설화에서의 도적 혹은 의적 재현에 관하여: 도적을 의적으로 호명하는 욕망과 그 의미」, 『한국문학연구』 63, 동국대학교 한국문학연구소, 2020.

신호림, 「退溪 설화에 나타난 지식의 성격과 의미-가능세계의 관점에서-」, 『고전과해석』 36, 고전문학한문학연구학회, 2022.

이영배, 「도둑 표상의 문화적 의미와 민중의 감성적 인식」, 『실천민속학 연구』 16, 실천민속학회, 2010.

한국문화인류학회 편, 『낯선 곳에서 나를 만나다』, 일조각, 1998.

홍우진·신호림, 「고전문학 기반 웹소설의 서사 확장 방식에 대한 試論-웹소설 〈용왕님의 셰프가 되었습니다〉를 대상으로-」, 『기호학연구』 68, 한국기호학회, 2021.

Lubomír Doležel, "Mimesis and Possible Worlds," *Poetics Today*, Vol.9 No.3, Duke University Press, 1988.

Lubomír Doležel, "Possible Worlds of Fiction and History," *New Literary History*, Vol.29, No.4, The Johns Hopkins University Press, 1998.

Marie-Laure Ryan, "From Possible Worlds to Storyworlds: One the Worldness of Narrative Representation," *Possible Worlds Theory and Contemporary Narratology*, (ed. Alice Bell&Marie-Laure Ryan), University of Nebraska Press, 2019.

제3장 한국 한시에 나타난 협의 형상화 양상

1. 기본 자료

『史記』

『漢書』

『韓非子』

『吳越春秋』

『李太白文集』(이상 文淵閣 四庫全書 電子版)

具容, 『竹窓遺稿』, 한국문집총간 16, 한국고전번역원.

權相一, 『淸臺集』, 한국문집총간 속61, 한국고전번역원.

朴永元, 『梧墅集』, 한국문집문총 302, 한국고전번역원.

成侃, 『眞逸遺稿』, 한국문집총간 12, 한국고전번역원.

成俔, 『虛白堂風雅錄』, 한국문집총간 14, 한국고전번역원.

柳尙運, 『約齋集』, 한국문집총간 속42, 한국고전번역원.

李奎報, 『東國李相國集』, 한국문집총간 1, 한국고전번역원.

李明漢, 『白洲集』, 한국문집총간 97, 한국고전번역원.

李潋, 『弘道遺稿』, 한국문집총간 속54, 한국고전번역원.

李承召, 『三灘集』, 한국문집총간 11, 한국고전번역원.

李時恒, 『和隱集』, 한국문집총간 속57, 한국고전번역원.

李植, 『澤堂集』, 한국문집총간 88, 한국고전번역원.

李胤永, 『丹陵遺稿』, 한국문집총간 속82, 한국고전번역원.

李震白, 『西巖遺稿』, 한국문집총간 속36, 한국고전번역원.

李天輔, 『晉菴集』, 한국문집총간 218, 한국고전번역원.

李獻慶, 『艮翁集』, 한국문집총간 234, 한국고전번역원.

鄭斗卿, 『東溟集』, 한국문집총간 100, 한국고전번역원.

丁範祖, 『海左集』, 한국문집총간 239, 한국고전번역원.

鄭士信, 『梅窓集』, 한국문집총간 속10, 한국고전번역원.

丁若鏞, 『與猶堂全書』 한국문집총간 281, 한국고전번역원.

蔡濟恭, 『樊巖集』, 한국문집총간 235, 한국고전번역원.
崔有淵, 『玄巖遺稿』, 한국문집총간 속22, 한국고전번역원.
許筠, 『惺所覆瓿藁』, 한국문집총간 74, 한국고전번역원.
許穆, 『記言』, 한국문집총간 98, 한국고전번역원.
洪良浩, 『耳溪集』, 한국문집총간 241, 한국고전번역원.
李睟光, 『芝峯類說』.
『古文眞寶』 前集 (이상 한국고전종합DB).

2. 단행본

陳伯海, 李鍾振 옮김, 『당시학의 이해』, 사람과 책, 1994.

3. 연구 논문

강혜규, 「雪橋 安錫儆의 「劍女」 硏究-女俠敍事 傳統의 繼承과 變容」, 『한국한문학연구』 41, 한국한문학회, 2008.
박혜순, 「俠傳의 초기적 형태로서의 '蔣生傳' 연구」, 『어문논집』 60, 민족어문학회, 2009.
윤재민, 「안석경(安錫儆)의 〈검녀(劍女)〉 다시 읽기」, 『고소설연구』 51, 한국고소설학회, 2021.
이경미, 「朝鮮後期 漢文小說 『劍女』를 통해 본 韓·中 女俠의 세계」, 『석당논총』 40, 석당학술원, 2008.
이승수, 「對淸 使行과 荊軻의 문학적 형상」, 『한국한문학연구』 36, 2005.
이채은, 「조선 후기 문학과 회화 속 '여협(女俠)' 형상과 그 의미」, 『한국고전여성문학연구』 44, 한국고전여성문학회, 2022.
임준철, 「유협시의 유형적 전통과 17세기 조선시단의 유협시」, 『한문교육연구』 26, 한국한문교육학회, 2006.
정우봉, 「조선 후기 俠妓의 유형과 그 의미」, 『고전문학연구』 38, 한국고전문학회, 2010.
조혜란, 「조선의 여협(女俠), 검녀(劍女)」, 『한국고전여성문학연구』 12, 한국고전여성문학회, 2006.

제4장 조선 시대 협사(俠士) 예양(豫讓)에 대한 담론과 그 시대적 의미

1. 기본 자료

司馬遷, 『史記』
班固, 『漢書』
『小學』
『通鑑節要』

姜再恒, 『立齋遺稿』, 한국문집총간 210, 민족문화추진회.
具赫謨, 『愼菴遺稿』, 한국역대문집총서 1624, 경인문화사.
郭鍾錫, 『俛宇集』, 한국문집총간 340~344, 민족문화추진회.
權尙夏, 『寒水齋集』, 한국문집총간 150~151, 민족문화추진회.
金元行, 『渼湖集』, 한국문집총간 220, 민족문화추진회.
金昌淑, 『心山遺稿』, 한국사자료집 18, 국사편찬위원회.
文達煥, 『遯齋集』, 호남근현대문집, 한국호남학진흥원.
朴胤源, 『近齋集』, 한국문집총간 250, 민족문화추진회.
朴宗永, 『松塢遺稿別編』, 한국역대문집총서 631~633, 경인문화사.
宋時烈, 『宋子大全』, 한국문집총간 108~116, 민족문화추진회.
純祖, 『純齋稿』, 한국문집총간 속 120, 민족문화추진회.
安永鎬, 『岌山文集』, 한국역대문집총서 2771, 경인문화사.
禹夏九, 『百愧集』, 한국역대문집총서 1009, 경인문화사.
劉秉憲, 『晩松遺稿』, 한국역대문집총서 1091, 경인문화사.
李慶全, 『石樓遺稿』, 한국역대문집총서 652, 경인문화사.
李秉烈, 『龍岡先生文集』, 한국역대문집총서 871, 경인문화사.
張福樞, 『四未軒集』, 한국문집총간 316, 민족문화추진회.
鄭琦, 『栗溪集』, 호남근현대문집, 한국호남학진흥원.
鄭叔周, 『學圃集』, 한국역대문집총서 399, 경인문화사.
周基鎰, 『玉峰文集』, 한국역대문집총서 872, 경인문화사.
洪直弼, 『梅山集』, 한국문집총간 295~296, 민족문화추진회.

2. 연구 논문

백진우, 「조선후기 사론 산문 연구」, 고려대학교 박사학위논문, 2011.

_____, 「인물 詠史詩를 통해 본 조선후기 대청 복수 담론의 일국면」, 『개신어문연구』 36, 개신어문학회, 2012.

_____, 「丁卯·丙子胡亂시기 管仲의 상징성과 歷史類比-설득 근거로서의 활용 양상을 중심으로-」, 『동양한문학연구』, 동양한문학회, 2012.

_____, 「병자호란 상흔에 대한 문학적 치유 양상 연구-역사 인물 句踐에 대한 해석을 중심으로」, 『어문논집』 69, 민족어문학회, 2013.

_____, 「전란의 기억과 문학적 극복-정묘·병자호란 이후 17세기 후반에 나타난 문학적 현상에 주목하여-」, 『동양고전연구』 68, 동양고전학회, 2017.

서동일, 「면우 곽종석의 현실인식과 대응책」, 건국대학교 석사학위논문, 2000.

안유경, 「면우 곽종석의 삶과 성리학 일고-항일운동의 이론적 기반-」, 『동양고전연구』 78, 동양고전학회, 2020.

우지영, 「擬作의 창작 동기와 창작 양상에 대한 一考 - 韓信 소재 의작 작품을 중심으로」, 『동방한문학』 41, 동방한문학회, 2009.

임준철, 「유협시의 유형적 전통과 17세기 조선시단의 유협시」, 『한문교육논집』 26, 한국한문교육학회, 2006.

정하정, 「조선(朝鮮) 사론 산문(史論 散文)의 한 단-소식(蘇軾)의 사론 산문에 대한 비판 양상-」, 『한국고전연구』 32, 한국고전연구학회, 2015.

_____, 「蘇武를 제재로 한 科表 창작의 시대적 동인과그 양상」, 『한국언어문화』 60, 한국언어문화학회, 2016.

_____, 「조선 후기 北伐論의 餘脈과 伍子胥 담론」, 『한국한문학연구』 81, 한국한문학회, 2021.

조재곤, 「1894년 일본군의 조선왕궁(경복궁) 점령에 대한 검토」, 『서울과역사』, 서울역사편찬원, 2016.

하윤섭, 「조선후기 삼국지 인물 차용 시조의 유행과 시대적 동인에 대한 탐색」, 『고전문학연구』 41, 한국고전문학회, 2012.

허태용, 「17, 18세기 北伐論의 추이와 北學論의 대두」, 『대동문화연구』 69, 성균관대학교 대동문화연구원, 2010.

제5장 무협 장르 컨벤션의 고전적 성격과 현대적 재구성의 교차에 관한 소고

1. 기본 자료

『史記』

『藫庭叢書』

《세대》

《중앙일보》

금강, 『금검경혼』, 서울창작, 1993, 전3권.

김광주, 『협의도』, 세계, 1993, 전6권.

김용, 김일강 역, 『영웅문』, 고려원, 1986, 전3부 18권.

김태현, 『화산검신』, 파피루스, 2008, 전8권.

박성우, 『천랑열전』, 서울문화사, 1997~2000, 전13권.

박영창, 『무림파천황』, 세계, 1993. 전3권.

성상현, 『망향무사』, 파피루스, 2018~2019, 전14권.

臥龍生, 김일평 역, 『군협지』, 민중서관, 1966, 전5권.

이상규, 『사이케델리아』, 청어람, 2000~2001, 전12권.

좌백, 『대도오』, 뫼, 1995, 전3권.

최미르, 『강호패도기』, 대원씨아이, 2000~2008, 전37권.

한백림, 『무당마검』, 파피루스, 2003~2004, 전8권.

2. 단행본

健部伸明 외, 임희선 외 역, 『판타지 라이브러리』, 들녘, 2000~2007, 전34권.

박희병·정길수 편역, 『기인과 협객』, 돌베개, 2007.

梁守中, 김영수 역, 『무협작가를 위한 무림세계 구축교전』, 들녘, 2018.

劉時榮, 『十段錦運動』, 大展, 2005.

이진원, 『한국무협소설사』, 채륜, 2008.

전형준, 『무협소설의 문화적 의미』, 서울대학교출판부, 2003.

3. 연구 논문

고훈, 「대중소설의 퓨전화」, 『대중서사연구』 19, 대중서사학회, 2008.

김예니, 「대중서사 속 '클리셰'의 변화양상-로맨스 웹소설을 중심으로」, 『돈암어문학』 42, 돈암어문학회, 2022

송정우, 「조선후기 한문 검협서사 연구」, 서울시립대학교 석사학위논문, 2019.

이주영, 「매체의 전환에 따른 무협소설의 변화 양상 연구」, 『대중서사연구』 29, 대중서사학회, 2023.

한상헌, 「1990년대 한국 SF 소설 팬덤의 문화 실천」, 『현대소설연구』 87, 한국현대소설학회, 2022.

허만욱, 「한국 판타지 장르문학의 흐름과 발전 전략 연구」, 『우리문학연구』 34, 우리문학회, 2011.

4. 기타

도서출판 뫼 편집부, 「資料集」, 1995~1996년경.

텍스트릿, 「지금, 신무협은 어디에-용대운 선생님을 만나다 3편」, 2019.04, https://cafe.naver.com/textreet/184.

텍스트릿, 「좌백/진산 선생님 인터뷰 #1, #2」, 2019.11, https://cafe.naver.com/textreet/197

「영웅소설(英雄小說)」, 한국민족문화대백과사전, https://encykorea.aks.ac.kr/Article/E0037575

나무위키, https://namu.wiki/

문피아, https://www.munpia.com/

제6장 무협 웹소설 〈화산귀환〉에 나타난 등장인물의 관계성과 독자의 대리만족

1. 단행본

비가, 『화산귀환』, 네이버시리즈, 러프미디어, 2019, 1~1797화.

좌백·진산, 『웹소설 작가를 위한 장르 가이드 6, 무협』, 북바이북, 2016.

한국출판문화산업진흥원, 『2022년 웹소설 분야 산업 현황 실태조사』, 한국출판문화산업진흥원, 2022.

2. 연구 논문

김경애, 「한국 웹소설 독자의 특성 연구」, 『한국산학기술학회 논문지』 22, 한국산학기술학회, 2021, 552면.

______, 「회빙환과 시간 되감기 서사의 문화적 의미-웹소설 『내 남편과 결혼해줘』를 중심으로-」, 『한국한학기술학회 논문지』 25, 한국산학기술학회, 2024.

박승보·백영태, 「등장인물들의 시간적 관계 변화에 기초한 스토리 가시화에 관한 연구」. 『한국컴퓨터정보학회논문지』 18, 한국컴퓨터정보학회, 2013.

박수미, 「웹소설 시스템이 서사구조에 미친 영향」, 『인문과학』 87, 성균관대학교 인문학연구원, 2022, 105면.

송가윤, 「신무협 웹소설의 남성향/여성향 혼종적 서사 구조에 대한 독자 반응 경합 연구: 신무협 웹소설 〈화산귀환〉과 여성 인물 '당소소'를 중심으로」, 서강대학교 석사학위논문, 2024.

안상원, 「한국 장르소설의 마스터플롯 연구: 모험서사의 변이로 본 '차원이동' 연구」, 『국어국문학』 184, 국어국문학회, 2018.

이관표, 「미래 시대 새로운 주체 이해의 모색: 탈-존적 주체, 유목적 주체, 그리고 포스트휴먼 주체로의 이행과 관련하여」, 『현대유럽철학연구』 65, 한국하이데거학회, 2022.

이주영, 「매체의 전환에 따른 무협소설의 변화 양상 연구-1990년대~2000년대를 중심으로」, 『대중서사연구』 29, 대중서사학회, 2023.

이희영, 「[서평] 디지털 시대 웹소설로 인문학 톺아보기」, 『리터러시연구』 14, 한국리터러시학회, 2023.

임소영, 「웹툰 〈화산귀환〉 주인공 개성화 과정 연구」, 『스마트미디어저널』 12, 한국스마트미디어학회, 2023.

왕봉경, 「김용 소설의 인물형상과 유형」, 대진대학교 석사학위논문, 2013.

3. 기타

정다은, 「네이버 웹소설 '화산귀환' 누적매출 400억 돌파」, 서울경제, 2023.02.06, https://www.sedaily.com/NewsView/29LN85MVVZ.

집필진

전성운

고려대학교 대학원에서 문학박사학위를 취득했으며 현재 순천향대학교 한국문화콘텐츠학과 교수로 재직 중이다. 주요 경력으로 순천향대학교 한국어교육원 원장, 아산학연구소 소장 등을 역임하였다. 논저로 『신광한 기재기이』(보고사, 2022), 『역사 기록속의 牙山』(보고사, 2021), 『한중소설대비의 지평』(보고사, 2005) 외 다수가 있다.

신호림

고려대학교 대학원에서 박사학위를 받았고, 지금은 국립안동대학교 국어국문학과에서 근무하고 있다. 저서로는 『로컬한 역사와 문화의 공간, 안동 구시장』(공저, 민속원, 2023), 『종교민속학과 이야기』(공저, 민속원. 2021) 등이 있고, 논문으로는 「〈삼공본풀이〉와 환대의 서사학: 타자, 폭력, 포용의 관점에서」(2023), 「설문대할망 전설의 비극성 재고」(2023) 등이 있다.

이남면

고려대학교 대학원에서 박사학위를 받았고, 지금은 충남대학교 한문학과에서 조교수로 재직하고 있다. 역서로 『현주집(玄洲集)』, 『체소집(體素集)』 등이 있고, 논저로 「『雪窖酬唱集』에 수록된 曺漢英의 시 연구」(2023), 「조찬한의 「칠각(七覺)」에 대하여」(2020), 「조선 중기 배율 창작에 대하여」(2016) 등이 있다.

정하정

고려대학교에서 한문학 전공으로 박사학위를 받았고, 지금은 계명대학교 한문교육과에서 근무하고 있다. 역서로는 『수몽집(守夢集)』, 『척암선생문집(拓菴先生文集)』 등이 있으며, 논저로는 「조선 후기 北伐論의 餘脈과 伍子胥 담론」(2021), 「조선 후기 蘭亭會 계승과 「蘭亭記」 수용의 특징」(2020) 등이 있다.

이주영

고려대학교에서 박사과정을 수료하였고, 현재 원광대학교 문예창작학과 강사로 재직 중이다. 논저로 『웹소설 큐레이션: 판타지·무협 편』(공저, 에이플랫, 2021), 『비주류선언: 서브컬처 본격 비평집』(공저, 요다, 2019), 「매체의 전환에 따른 무협소설의 변화 양상 연구」(2023) 등이 있다.

홍우진

안동대학교 대학원에서 석사학위를 받았고, 수성대학교 웹툰웹소설과에서 학과장으로 재직 중이다. 또한 웹소설 작가 출신으로 주요 저서로는 『전생에 천마였던 드래곤』(인타임, 2024), 『천마빙의』(스토리튠즈, 2023) 등이 있고, 웹소설 관련 논문으로는 「고전문학 기반 웹소설의 서사 확장 방식에 대한 試論」(2021), 「웹소설 〈소설 속 엑스트라〉의 빙의 화소를 통해 본 정체성의 문제와 가능세계의 양상」(2023) 등이 있다.

순천향인문진흥총서 11

협俠의 전통과 한국 문학

2025년 02월 28일 초판 1쇄 펴냄

엮은이 순천향대학교 인문학진흥원
발행인 김흥국
발행처 보고사

책임편집 김태희
표지디자인 김규범

등록 1990년 12월 13일 제6-0429호
주소 경기도 파주시 회동길 337-15 보고사
전화 031-955-9797(대표), 02-922-5120~1(편집), 02-922-2246(영업)
팩스 02-922-6990
메일 kanapub3@naver.com / bogosabooks@naver.com
http://www.bogosabooks.co.kr

ISBN 979-11-6587-797-2 94810
979-11-5516-755-7 94080 (세트)

정가 14,000원